KB237144

무적지존
武敵搭尊
천뇌 新무협 판타지 소설
FANTASTIC ORIENTAL HEROES

무적지존 1

천뇌 新무협 판타지 소설

초판 1쇄 찍은 날 § 2010년 11월 12일
초판 1쇄 펴낸 날 § 2010년 11월 19일

지은이 § 천뇌
펴낸이 § 서경석

편집팀장 § 서지현
편집책임 § 박우진
편집 § 주소영

펴낸곳 § 도서출판 청어람
등록번호 § 제1081-1-89호
등록일자 § 1999. 5. 31
어람번호 § 제2-2002호

주소 § 경기도 부천시 원미구 심곡2동 163-2 서경B/D 3F (우) 420-822
전화 § 032-656-4452 팩스 § 032-656-4453
http://www.chungeoram.com
E-mail § chungeoram@chungeoram.com

ⓒ 천뇌, 2010

ISBN 978-89-251-2348-6 04810
ISBN 978-89-251-2347-9 (세트)

무적지존
FANTASTIC ORIENTAL HEROES
천뇌 新무협 판타지 소설
1
도서출판 청어람

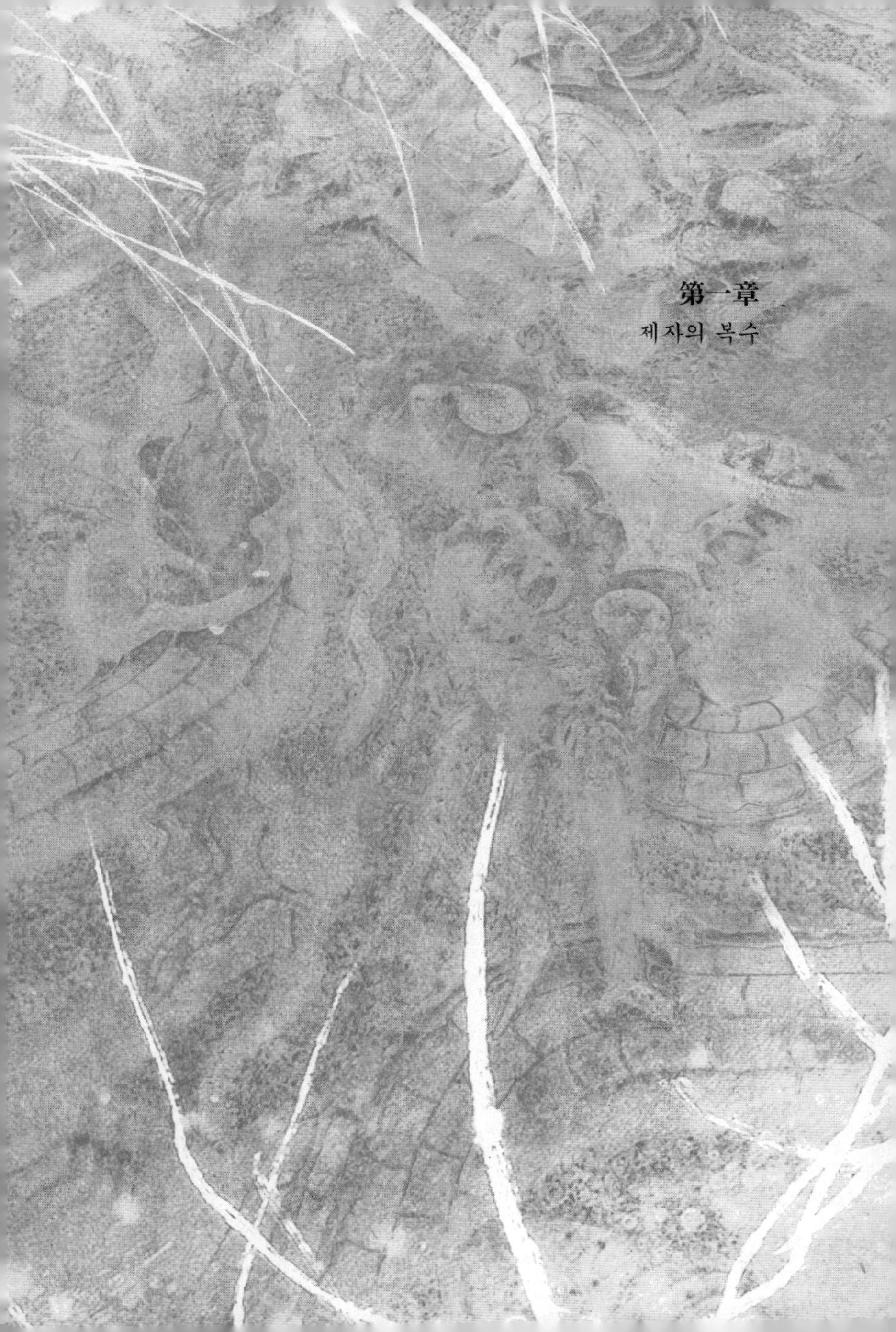

第一章

제자의 복수

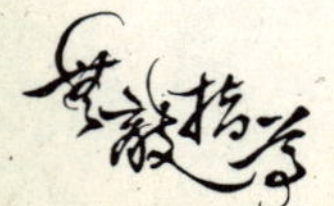

하남성 천중산(天中山).

여름의 풍경이 아름답게 펼쳐져 있다.

우거진 숲으로 쏟아지는 햇살 아래 기화요초들이 자라고, 바위 위에는 어린 산새들이 모여앉아 수다를 떨었다.

그런데 산새들이 앉아 있는 바위의 색깔이 심상치 않다.

지옥의 심연에서 갓 건져 올린 것처럼 진한 어둠을 가지고 있는 바위.

악마의 손바닥처럼 넝쿨이 바위를 삼키고 있었다.

보는 사람으로 하여금 절로 두려움이 생겨 가까이하고 싶지 않은 분위기였다.

그때, 바위 안에서 사람의 목소리가 들렸다.

"빌어먹을 것! 네가 이기나 내가 이기나 이번엔 제대로 해
보자!"

쩌쩌억! 콰콰쾅!

천지를 뒤흔드는 소리와 함께 바위가 썩은 수박처럼 터져
나갔다.

놀란 사슴이 줄행랑치고, 지저귀던 산새들은 하늘 멀리 사
라져 버렸다.

뿌옇게 솟아올랐던 먼지가 가라앉을 무렵, 한 사내가 시꺼
먼 동굴에서 팔을 앞으로 쭉 뻗은 채 걸어나왔다. 팔의 끄트
머리에는 검지가 은은하게 빛나고 있었다.

작은 키에 각진 턱선, 주먹만 한 머리통에 어울리지 않는
큰 눈을 가진 사내아이였다. 왼쪽 귀에 매달린 파란 구슬의
귀고리가 조금 전의 격전을 말해주듯 심하게 흔들렸다.

사내는 자신이 부숴 버린 바위를 한번 훑고는 신경질적으
로 걷어차 버렸다.

'네놈이 정말 천재라면 삼 년이면 뚫고 나오겠지? 크흘흘
흘!'

빌어먹을 소리가 머릿속에서 떠나질 않는다.

자신이 동굴에 들어갈 때가 여름이었는데 나오니 또 여름
이다. 도대체 동굴에서 얼마 동안 있었을까.

오랜만에 햇빛을 보는지 한참 동안 위를 향해 쳐다보고 있

는 사내다.

잠시 후, 만감이 교차하는 눈으로 어딘가를 노려보며 입을 열었다.

"빌어먹을 영감탱이! 모가지를 비틀어 버리겠다!"

동굴에서 나온 사내는 원한 가득한 외침을 터뜨리며 몸을 움직였다.

주변 지형을 눈으로 살피며 익숙한 길을 쏜살같이 달려갔다.

상당 시간 그렇게 움직이자 계곡이 눈에 보였다.

일단은 흥분된 가슴을 다스리기 위해 계곡 물을 들이켰다.

시원하게 목울대를 넘어가는 이 청량함, 그리고 만족감.

"꿀꺽꿀꺽! 그래, 이게 물이었어. 이게 물이라고!"

지금까지 자신이 동굴에서 먹던 흙 섞인 물이 아닌 바깥세상의 깨끗한 물인지라 달게만 느껴졌다.

사내는 이런 사소한 것에 감동을 받게 만들어준 장본인을 찾아야 했다.

잠시 그 사람을 생각한 사이에 또 감정이 북받쳐 올라왔는지 이빨을 '뿌득' 하고 소리 내어 강하게 다문 사내다.

"후우!"

그는 숨을 깊게 들이마시며 감정을 억누르곤 계곡을 따라 다시 달려가기 시작했다.

한참을 달려가자 계곡의 옆쪽으로 집이 한 채 보였다.

동굴에 갇히기 전까지만 해도 자신이 살았던 집이다.

집의 마당에 들어서서 주변을 한번 둘러보자 방 안에서 기척이 느껴졌다.

자신을 힘들게 했던 장본인이 방 안에 있다는 것을 몸이 알고 있다.

그는 심호흡을 하며 흥분으로 떨리는 가슴을 진정시키려고 노력했다.

그때, 방 안에서 목소리가 들려왔다.

"마당에다가 꿀을 발라놨냐! 집에 왔으면 냉큼 사부한테 인사부터 할 일이지 뭘 꾸물거려! 흘흘흘!"

사내는 몸을 움찔거리며 깜짝 놀란 표정을 지었다. 그러다 이내 인상을 찌푸렸다. 강하게 나가리라 다짐에 다짐을 했었다. 하지만 옛날 얻어터지던 감각이 아직도 몸에 배어 있는지 목소리만 들어도 움츠러 드는 자신이 마음에 들지 않았던 것이다.

'천무악(天無惡) 이 바보 자식아! 고작 목소리 따위에 놀라면 어떡하자고! 마음을 단단히 먹어라!'

스스로 다짐을 하는 사내 천무악이 지기 싫다는 듯 소리쳤다.

"이 늙은이가 미쳤나! 지금 누구한테 호통을 쳐! 내가 이 집을 부숴 버려도 할 말이 없을 텐데? 들어오라면 내가 겁먹고 못 들어갈 것 같아!"

악쓰며 외친 천무악은 문을 벌컥 열고 방으로 들어갔다.

"빌어먹을 늙은이! 내가 이렇게 다시 세상 밖으로 나왔다! 용서해 줄 생각 따윈 없으니 각오하시지!"

그의 강렬한 눈빛이 방 안에 앉아 있는 노인에게로 폭사되었다.

노인은 긴 수염과 눈썹이 하얗게 물들어 있는 게 나이가 상당히 많아 보였다. 하지만 피부가 좋고 근엄한 표정까지 지녀 신선이라 불릴 만한 외모였다.

'흥! 그렇게 근엄한 표정을 짓고 있으면 내가 용서해 줄 것 같아? 난 그 얼굴 속에 숨겨져 있는 악마(惡魔)를 알고 있어! 사악한 사부 영감!'

천무악이 부릅뜬 눈으로 보고 있는 노인은 자신의 사부 화지천(化支天)이었던 것이다.

그간 고생한 것만 생각하면 얼굴도 보기 싫은 사부였지만 자신을 왜 동굴에 가뒀는지 묻고 따져야만 앞으로 살아갈 수 있을 것 같았다.

"소리 지르지 마라. 귀 아프다. 그리고 언제까지 서 있을 테냐."

화지천의 말에 일단 자리에 앉는 천무악이다.

"네놈이 생각보다 잘 견디더구나. 근성이 썩어서 한 달도 못 견디고 쓰러지지 않을까 걱정했다만 이렇게 성공적으로 나오다니. 흘흘흘! 흑단석(黑鍛石)을 부수는 기간도 많이 단축했고.”

천무악은 자신을 동굴에서 못 나오게 막았던 무쇠보다 단단하다는 흑단석의 이름을 또 들으니 화가 뻗쳤다.

“뭐? 근성이 썩어? 그리고 많이 단축? 으득! 내가 동굴에 얼마 동안이나 갇혀 있었던 거야?”

사부라는 인간은 수련을 시킨다는 목적으로 자신을 억지로 동굴에 가뒀다.

그곳에서는 시간 개념이 없었다. 그렇다 보니 천무악은 동굴에 갇힌 날로부터 얼마의 시간이 흘렀는지조차 알지 못했다.

짜증스런 천무악의 말에 화지천이 감았던 눈을 떴다.

“말하는 꼬락서니 하곤! 쯧쯧! 삼 년 동안 수련을 했더구나. 사 년은 넘게 걸릴 것이라고 생각했는데…… 네놈의 능력만큼은 대단하구나. 흘흘흘!”

화지천은 수련에 성공하고 나온 것이 신기하다는 듯 천무악을 바라보며 웃었다.

‘네놈이 정말 천재라면 삼 년이면 뚫고 나오겠지? 크흘흘흘!’

자신을 동굴에 가두고 사부가 한 소리다. 그때만 생각하면 혈압이 뻗쳐 뒤로 넘어갈 것만 같았다.

천무악은 그 말을 한 장본인이 웃으며 말하니 화가 났다.

자신을 동굴에 넣길 잘했다는 것처럼 들려서 가만히 듣고 있을 수가 없었다.

"삼 년밖에라고? 그리고 뭐? 대단? 미친 노인네야! 내가 그 동굴에서 얼마나 힘들었는지 알아? 하루하루 당신을 저주하면서 살았다! 왜 나를 그런 곳에 처넣은 거야! 도대체 내가 무슨 잘못을 했다고! 뭐, 됐어. 이젠 다 필요없지. 나는 당신에게 내 한을 풀기만 하면 돼! 결투를 신청한다, 늙은이!"

천무악은 흥분해서 자신을 동굴에 넣은 이유는 듣지도 않고 화지천에게 다짜고짜 결투를 신청했다.

천무악의 말에 가부좌를 틀고 있던 화지천의 미간이 꿈틀거렸다.

비록 오랜만에 만나 서로를 위하는 자리가 될 것이라고 생각하지는 않았지만 제자가 이런 식으로 나오니 자신도 기분이 상하기는 매한가지였다.

성질은 사부나 제자나 별반 차이가 없어 보였다.

"네놈이 조금 컸다고 사부가 떠다니는 먼지로 보이나 본데… 아직 너의 실력으로는 나를 이길 수가 없다. 자리에 앉아 그간의 수련 상황을 정리해 보자."

화지천은 고생하고 온 제자를 상대로 실랑이하기는 싫었는지 한번은 참는 눈치였다.

하지만 지금 천무악의 눈에 그런 것이 들어올 리가 없었다.

"그딴 것은 됐고! 얼른 나오시지! 설마 겁먹고 빼는 것은 아니겠지?"

그 말을 끝으로 천무악은 방을 나가 버렸다.

천무악이 나가자 가만히 있던 화지천의 이마에 갑자기 핏줄이 돋았다. 그리고는 어깨를 풀며 자리에서 일어나는 것이 아닌가.

"하! 이 자식이…… 오랜만에 만나는 것이라 좋게 넘어가려고 했는데 굳이 매를 버네. 자기 사부가 얼마나 무서운 인간인지 뜨거운 맛을 보여줘야겠어! 흘!"

자리에서 일어나는 화지천의 얼굴이 짙은 웃음과 강렬한 눈빛으로 번졌다. 아무래도 단단히 버릇을 고쳐주기로 다짐한 것 같았다.

천중산 중턱에 있는 공터.

천무악과 화지천이 마주 보고 서 있다.

차분한 화지천에 비해 천무악은 많이 흥분한 상태였다.

"요놈아! 네놈이 고작 삼 년 수련으로 엄청난 자신감이 붙었나 본데 한번 덤벼나 봐라. 네놈의 실력이 얼마나 보잘것없는지 몸으로 깨닫게 해주마! 흘흘흘!"

화지천의 말에 눈이 반쯤 돌아가려는 천무악이다.

"저놈의 밑도 끝도 없는 자신감! 내가 오늘 바닥을 긴다는 것이 어떤 건지 알려주겠다!"

말과 동시에 자리에서 사라진 천무악이 화지천의 오른쪽에 나타났다. 그리고는 검지에 기를 둘러 강하게 찔렀다.

"쿵! 섬뢰일원보(閃雷一元步)의 경지가 그것밖에 안 되냐! 번개의 속도는커녕 굼벵이만도 못한 것 같네! 천공일지공(天孔一指攻)은 또 어떻고! 내가 너 따위 놈을 제자라고 가르치고 있다니! 흘흘!"

천무악의 검지가 자신을 향해 다가오자 슬쩍 뒤로 피하며 거리를 만들어 버린 화지천이 자신의 검지를 튕겼다.

퉁!

튕겨진 손가락에서 터져 나오는 풍압에 천무악의 앞머리가 흩날렸다.

"선풍무결지(颼風無缺指)! 흥! 그 정도 가지고 큰소리치기는!"

천무악이 다가오는 지풍(指風)에 코웃음 치며 섬뢰일원보를 사용해 옆으로 피해냈다. 그리고 고개를 돌려 화지천에게로 튀어나가려 했다.

"응? 이게……."

화지천이 보이지 않았다. 분명히 선풍무결지를 피하기 전까지 보였던 사부가 사라진 것이다.

하지만 찾는 데 시간이 오래 걸리진 않았다. 자신의 왼쪽 옆구리로 검지가 찔러 들어왔기 때문이다.

"으악!"

상대의 위치를 파악하지 못하니 방어가 늦었다.

"상대가 어디에 있는지 확인도 못하는 놈이 나를 상대하겠다고. 쯧쯧쯧! 네놈의 눈은 쓸모없이 달려 있기만 하구나!”

제자가 공격을 피하는 사이에 곁으로 바짝 다가온 화지천이 천공일지공의 전 사(四)식을 사용하기 시작했다.

슈슈슈슉!

천무악의 옆구리에 찌르기를 성공한 화지천은 검지에 두른 기의 형태를 바꿔 베기의 형태로 공격하고 있었다.

화지천의 손가락에서 날카로운 지기(指氣)가 손가락 하나 정도 솟아올라 마치 검(劍)을 휘두르는 것과 흡사했다.

천무악이 급하게 막으려고 해봤지만 실패해 몸에서 핏물이 튀었다.

파앗!

검에 베인 것처럼 가느다란 실선이 천무악의 몸에 가득했다.

“이… 이 인간이!”

천무악은 받은 공격의 반탄력으로 물러나며 검지를 화지천에게 튕겼다.

후웅!

그러자 천무악의 검지에서 섬광과 같은 지기가 튀어나갔다.

주위의 공기를 터뜨리며 강력한 위세로 곧장 화지천에게 날아갔다.

“호! 섬뢰일지(閃雷一指)! 그래, 이 정도는 터득했으니 동굴에서 나올 수 있었겠지. 하지만 말이야······."

목소리의 처음은 분명히 멀리서 들렸는데 끝은 천무악의 바로 옆에서 들려오고 있었다.

"그따위 섬뢰일원보와 완벽하지(?) 않은 무공으로는 어림도 없단다, 사랑하는 제자야!"

픽!

화지천이 검지로 천무악의 머리를 튕기자 충격에 멀리 날아가 버렸다.

그 공격을 시작으로 일방적인 대결이 되었다.

퍼퍼퍼퍽!

한참 뒤, 공터엔 당당히 서 있는 사부 화지천과 쓰러져 숨을 헐떡이고 있는 천무악이 보였다.

"젠장할! 빌어먹을! 아직도 안 된다는 거야! 정말 더러워서 못해먹겠네!"

악을 쓰며 천무악이 소리를 질렀다.

화지천과 천무악의 대결은 간단히 말해 천무악의 완전한 패배였다.

동굴에서 지내며 상당한 내공을 쌓고 기를 사용하는 방법을 알았다고 해도 움직이는 상대와 겨루어본 적 없는 천무악이 화지천의 상대가 될 수 없었다.

거기다가 기의 운용도 화지천에 비해 많이 부드럽지가 못했다.

자신의 사문 천지문(天指門)의 무공을 사용해 대결에서 이기려면 반드시 물 흐르듯 이어지는 신법이 필요했지만 천무악은 동굴에 갇혀 지내다 보니 내공에 비해 수준이 많이 떨어졌다.

그가 많은 수의 지기(指氣)를 날리고 몸으로 부딪쳐도 봤지만 자신에 비해 훨씬 많은 대결 경험을 가진 화지천에게는 역부족이었다.

그나마 한 번의 공격이 화지천의 얼굴 정면으로 날아갔지만 그는 얼굴색 한번 변하지 않고 그것을 손바닥으로 쳐내 버렸다.

화지천이 쓰러져 있는 천무악을 위에서 내려다봤다.

"이따위 실력으로 어찌 내게 덤빌 수가 있는지. 쯧쯧! 멀었다. 오늘의 대결을 잘 정리해서 다시 정진하도록!"

그 말을 끝으로 화지천은 산을 내려가 버렸다.

"후우, 젠장!"

화지천이 내려간 공터에는 천무악의 한숨 소리만이 가득했다.

집 근처로 내려온 화지천은 천무악이 있을 뒤를 한 번 힐끗 보고는 계곡으로 내려가 손을 씻었다.

손을 씻은 물의 색이 빨갛게 변했다.

"흘흘! 녀석! 화가 많이 났었나 보군. 마지막 공격만큼은 상당히 괜찮았어. 내 제자라서가 아니라 대단하긴 정말 대단해. 내가 저 나이 때는 상상도 못한 수준이니. 하지만 아직 멀었다. 조금 더 분발을 해줘야 해. 쥐어 터지지 않으려면 말이지. 흘흘흘!"

화지천이 생각하기에 천무악은 공격하는 것에만 열중했지 움직임을 미리 읽어 상대를 맞추겠다는 노력은 부족했다.

화가 머리를 장악하다 보니 똑똑한 천무악이라도 이성적인 판단이 안 되었던 것 같았다.

물론 아직 천무악이 천지문의 모든 것을 아는 것은 아니었기 때문에 화지천에게 상대가 안 되는 것은 당연했다.

하지만 마지막 공격만큼은 예측하고 미리 피했는데 꼭 맞추겠다는 의지 때문인지 화지천이 피한 곳으로 지기가 휘어서 날아왔다.

그 공격을 허용해 굳이 천무악의 기를 살려줄 필요는 없었다. 그래서 직접 손으로 막았는데 설마 그 공격이 기로 보호되고 있는 자신의 손바닥을 이렇게 찢어놓을 것이라고는 화지천도 생각지 못한 일이다.

화지천은 혹시나 천무악이 자신의 상처를 볼까 봐 급하게 자리를 뜬 것이다.

앞으로 더 열심히 수련해야 할 제자가 혹시나 자만심이라도 생길까 걱정되어서 사전에 모든 것을 차단한 것이다.

화지천은 천무악이 고마우면서도 자랑스러웠다. 이렇게 성장해서 돌아온 제자를 보니 노심초사하며 기다린 보람이 있었으니 말이다.

사부가 산을 내려가자 천무악이 몸을 일으켜 앉았다.
천무악의 몸은 성한 곳이 없을 정도로 멍투성이였다.
자신은 정말 몸을 상하게 할 생각으로 지기를 날렸었다. 하지만 사부는 그런 마음이 없었는지 지풍과 구타로 자신을 전투 불능 상태로 만들어 버렸다.
천무악의 입에서 헛웃음이 나왔다.
"크크큭! 크큭! 젠장! 이번만큼은 반드시 이길 수 있을 것이라 생각했는데……."
동굴에서 삼 년이 넘는 시간 동안 사부에게 한을 풀기 위해 악바리 근성으로 수련했지만 아직도 상대가 되지 않았다.
오히려 자신과 사부와의 무공 차이를 더 뼈저리게 느끼고 있는 천무악이다.
사부 화지천의 '멀었다'는 말에 자신의 무능함을 느꼈다.
그 한마디에 그동안 가지고 있던 복수심이나 수련을 통한 자신감이 덧없게 느껴졌다. 그렇게 노력을 하고도 못 이겼으니 자신은 사부에게 큰소리를 칠 수가 없다.
사부를 이겼을 때, 자신의 큰소리가 먹히는 것이지 이렇게 당하고 소리치는 것은 불쌍한 바보밖에 안 되는 거다.

천무악은 허탈한 마음에 점점 어두워지는 하늘을 바라보았다. 어두워지는 하늘이 꼭 자신의 현재 마음을 표현해 주는 것 같았다.

'그래, 내 인생에 어둠은 그날로부터 시작된 거지.'

그 시간, 화지천도 마당에 앉아 하늘을 올려다보며 회상하고 있었다. 자신과 제자의 첫 만남을 떠올리고 있는 것이다.

*　　　*　　　*

"흘흘! 제자로 들일 만한 놈이 정녕 없다는 말이냐!"

하남 정주(鄭州)의 거리를 투덜거리며 털레털레 걸어가는 노인이 있었다.

이 노인이 바로 사부 화지천이었다.

천지문이라는 일인전승 문파의 문주로, 제자를 구하기 위해 이십 년이란 세월 가까이 세상을 떠돌고 있었다.

"늙어 죽을 날도 얼마 남지 않았는데 눈에 딱! 하고 들어오는 어린놈 하나 보이지 않네. 제길! 정말 미쳐 버리겠구나!"

이십 년 가까이 세상을 떠돌았으니 제자로 들일 만한 아이가 전혀 없었던 것은 아니다. 자신을 따라가자는 말에 모르는 사람은 따라가기 싫다, 돈을 달라, 문파에 여자 문도는 있냐는 둥 정말 별의별 놈이 다 있었다.

'어린놈의 자식이 도대체 벌써부터 여자는 왜 찾는 건지!'

제자를 구하지 못한 제일 큰 이유는 따로 있었지만 그것을 제외하더라도 눈에 띄게 자질이 뛰어나거나 이놈이 아니면 안 되겠다고 생각하게 만드는 아이가 없었다.

처음에는 고만고만한 아이들 중 괜찮으면 급한 마음에 제자로 들이려 했지만 이십 년을 그런 식으로 거절당하거나 흥미가 떨어져 버리다 보니 이제 웬만한 아이는 다 그놈이 그놈으로 보였다.

자신도 이제 점점 지쳐 갔기에 이번 해만큼은 반드시 구하겠다는 마음으로 천하를 돌았다. 하지만 그것도 실패할 가능성이 컸다.

여기 하남 정주가 마지막으로 둘러볼 곳이었으니 말이다.

"여기도 어린놈들이라고는 눈 씻고 봐도 없네. 흘흘! 씨가 말라 버렸나?"

아이들이 한곳에 모여 있을 리는 없으니 이곳저곳 기웃거리며 거리를 방황하는 화지천이었다.

골목골목을 찾아봐도 어린아이들이 눈에 보이지 않아 큰 거리로 나가기 위해 발걸음을 옮기려는 찰나, 화난 외침이 화지천의 귀에 들려왔다.

"이 자식아! 귀 먹었냐? 내 말이 우스워?"

화지천이 소리가 나는 곳으로 서둘러 가보니 큰길 바로 옆

골목에 여러 명의 아이들이 모여 있었다. 그중 소리를 지르는 것은 다른 아이들보다 머리 하나는 더 있어 보이는 덩치 큰 아이였다.

화지천은 눈깔을 희번덕거리며 아이들을 두루 살폈다. 그리고…….

'에잉! 괜찮은 놈은 없구나! 이 동네도 이렇게 끝인가.'

자신의 마음에 드는 아이가 없어 그대로 몸을 돌리려던 그때, 한 아이가 눈에 들어왔다.

'잉?'

"내가 말했지! 내 눈에 띄지 말라고. 그런데도 큰길에서 너같이 더러운 놈이 구걸을 하고 있어? 너만 보면 아침에 먹은 밥이 넘어오려고 한단 말이야! 정말 내 주먹 맛 좀 볼래?"

덩치 큰 아이가 아주 작은 아이의 멱살을 잡고 자신의 눈높이까지 들어 올려 겁을 줬다.

'오호라! 워낙 작은 놈이라 애들에게 가려져서 보이지가 않았구나. 하긴 고놈, 작긴 더럽게 작네!'

갑자기 불쑥 아이의 얼굴이 솟아나자 그제야 어찌 된 일인지 알아차리는 화지천이다.

"너 내가 아버지께 한마디만 하면 그대로 죽여 버릴 수도 있어! 우리 아버지가 이 동네에서 가장 큰 상회를 가지고 있거든! 내 말 알아들었으면 꺼지라고!"

덩치 큰 아이가 목숨까지 위협하며 겁을 주고 있었지만 키

작은 아이는 신경도 쓰지 않았다. 오로지 자신의 양 검지를
모아 지렁이가 꿈틀거리듯 꼬물거리고 있는 중이다.

"그래도 이 자식이!"

덩치 큰 아이는 더 이상은 참을 수가 없었는지 아이를 들어
그대로 던지려고 했다. 하지만,

따악!

경쾌한 소리가 골목에 울려 퍼졌다. 그리고 덩치 큰 아이는
급히 자신의 이마를 손으로 가리며 뒤로 물러나다 바닥에 주
저앉아 버렸다.

"크악! 우앙! 저 개자식이! 너 기다려! 아버지한테 일러줄
테니깐!"

황소의 뿔처럼 부어오르는 자신의 이마를 두 손으로 막고
서 눈을 부라리며 사라지는 덩치 큰 아이였다. 그가 당하자
따라왔던 다른 아이들도 황급히 뒤따라 도망쳤다.

"새끼! 별것도 아닌 놈이 귀찮게 하고 있어! 덤비려면 언제
든지 덤벼!"

키 작은 아이는 자신의 오른 검지를 입으로 후! 불며 당당
하게 소리쳤다. 아이는 자신의 오른 검지를 왼손으로 강하게
당긴 뒤 튕겨서 대장을 처리한 것이었다. 그리고 이런 일은
많이 겪어봤는지 눈 하나 깜짝하지 않았다.

화지천은 손가락을 이용해 상대를 이기는 것을 보고 깜짝
놀랐다. 그리고 소리를 통해 보통 강한 손가락이 아니라는 것

도 파악했다.

혹시나 자신이 찾던 아이가 아닐까 싶어 관심있게 아이를 살폈다.

화지천의 눈에 들어온 키 작은 아이는 제대로 먹지 못했는지 몸에 살집이라고는 찾아볼 수 없었고, 꼬질꼬질한 누더기 옷을 입고 있었다. 하지만 눈매만큼은 사나워 성질이 보통이 아닐 것이라고 예상했다.

화지천이 멀리서 키 작은 아이를 이리저리 살펴보고 있는데 아이가 고개를 들다가 자신의 눈과 마주쳤다.

그러자 아이는 화지천에게서 무엇을 봤는지 깜짝 놀라며 고개뿐만 아니라 몸을 완전히 반대로 돌려 버렸다.

'엥? 왜 그러지?'

자신보다 덩치 큰 아이를 때릴 만큼 강단이 있는 아이다. 그런 아이가 왜 자신을 보자마자 외면하는지 화지천은 너무 궁금해서 물어보기로 마음먹었다.

화지천이 점점 다가갈수록 아이는 조금씩 움직여 골목 구석으로 몸을 파묻었다.

아이에게로 바짝 다가온 화지천이 고개를 쭉 내밀며 얼굴을 보려 하자 아이는 다급히 몸을 빼려고 했다.

'이놈이 정말 왜 그래?'

도망가려는 아이를 붙잡고 화지천이 물었다.

"애야, 무엇 때문에 나를 이렇게 피하는 것이냐?"

아이는 화지천을 보지 않기 위해 고개를 돌리며 몸을 부들
부들 떨었다. 화지천은 처음 보는 사람이 말을 걸어오니 긴장
해서 그런가 보다 하고 부드럽게 말했다.

"괜찮단다. 아무 짓도 안 할 테니 왜 그런지만 말해다오.
그러면 보내주마."

"저… 정말요?"

"그럼! 허허허."

화지천은 아이의 양손 검지를 어루만지며 안심시키려 노
력했다. 하지만 속으로는 아니었다.

'부… 분명하다! 투심지(透甚指)가 분명해!'

사문의 무공을 익히기에 가장 좋다는 투심지. 웬만한 충격
에도 부러지지 않는다는 강골의 손가락을 아이가 가지고 있
었다. 화지천의 몸이 흥분으로 점점 떨리기 시작했다.

화지천의 반응을 아이가 알 리 없다. 아이는 그냥 주저하다
가 할아버지가 궁금해하는 것을 말해주기 위해 입을 열었다.

"하… 할아버지한테서 무서운 느낌이 나오는 걸 느꼈어요.
결코 다가가고 싶지 않은 느낌이요."

"뭐? 무서운 느낌?"

흥분해 있던 화지천은 갑자기 아이가 이상한 말을 하니 의
아했다. 아이가 무엇을 말하는지 몰라 고개를 갸웃거리다가
번쩍 떠오르는 것이 있었다.

'서…… 설마 이 아이가 숨겨진 내 기세를 읽었단 말인가!'

자신이 생각하는 것이 옳다면 이 아이는 천재다. 고수의 숨겨진 기세를 읽을 정도로 기감(氣感)이 발달했다는 것이니 말이다.

"저… 정확히 어떤 느…… 느낌을 말하는 것이냐?"

"음… 정확히 표현은 못하겠지만 뾰쪽한 것이 제 몸을 찔러오는 느낌이랄까?"

화지천은 아이의 설명을 듣자마자 바로 느낌이 왔다.

"제대로 찾았다!"

아이가 깜짝 놀라는 것도 못 느낄 정도로 화지천은 희열에 흠뻑 둘러싸여 소리를 부르짖었다.

드디어 자신이 원하던 아이를 찾은 것이다. 이런 아이는 다시 찾을 수가 없을 것이다. 투심지에 천재적인 기감을 가지고 있는 아이는 세상을 다 돌아다녀도 없을 것이다.

이십 년 동안의 방황은 바로 이 아이를 찾기 위한 고행이었다고 화지천은 믿어 의심치 않았다. 너무 기뻐 더 날뛰려다가 아차 싶었다.

'아직은 안심하면 안 된다. 천천히 구슬려 꼭 데리고 가야 돼. 이 아이를 놓치면 천지문은 끝이다!'

아이는 눈을 크게 치켜뜨고 화지천을 바라보고 있었다.

'무서울 뿐만 아니라 미치기까지 했다!'

아이는 속마음을 들킬까 봐 고개를 급하게 옆으로 돌렸다. 화지천이 갑자기 아주 친근하게 웃으며 자신에게 얼굴을 들이밀었으니 말이다.

"아이야, 나를 따라가지 않으련? 손가락으로 이 세상을 시원히 뚫게 해주마!"

"그런 것은 필요없는데요."

"으…… 응, 그러냐?"

"보내준다면서요? 이제 가도 되죠?"

"자, 잠깐! 잠깐만 이야기 좀 하자꾸나. 허…… 허허허."

'이놈, 쉽지 않은데!'

이마 위로 흐르는 식은땀을 슬쩍 훔치는 화지천이다.

화지천은 아이가 호락호락하지 않아 조바심이 났다. 입에서 주저리주저리 아무 말이나 막 튀어나왔다.

아까 그런 애들은 한 방에 날리는 방법을 알려주겠다, 여자를 떼거지로 구해주겠다, 돈을 주겠다는 둥 말이다. 하지만 아이의 반응은 시큰둥했다. 고작 그런 이유로 무서울 것 같은 사람을 왜 따라간다는 말인가.

아이는 완고했다. 꼬마 애들이라면 좋아할 만한 것들을 다 주겠다고 해봤지만 소용이 없었다. 화지천은 자신의 머리 위로 먹구름이 잔뜩 몰려오는 것 같았다.

결국 될 대로 되라는 심정으로 말을 더 쥐어짜 내다가 문득 떠오르는 것이 있었다.

"너, 굶는 것이 싫지 않냐? 따라오면 평생 배부르게 먹여주고 재워주마."

“정말요?”

드디어 아이가 반응을 했다. 계속 싫다고 말하던 아이가 관심을 보이기 시작한 것이다.

“그럼! 네 배가 터지도록 먹여주고 따뜻한 방에서 재워줄게.”

“와! 그럼 정말 좋겠다!”

아이에겐 돈보다 밥이 더 좋은 것 같았다.

아이의 반응에 화지천은 속으로 회심의 미소를 지었다. 이제 다 잡은 물고기였다. 그때, 아이가 다시 입을 열었다.

“그래도 싫어요.”

“뭣! 이…… 이놈이!”

‘아, 안 돼! 참아야 한다!’

이빨을 꽉 다문 화지천이 마지막으로 한마디를 뱉었다.

“내가 너의 가족이 되어 지켜주겠다. 부모가 없다고 너를 깔보지 못하도록 해주겠단 말이다.”

갑자기 아이는 충격을 받은 듯 눈이 아주 커졌다.

‘가…… 족!’

가족은 아이에게 항상 필요한 것이었다.

기억이 나는 순간부터 고아였던 아이에게 배고픔보다 더 힘든 것은 부모가 없다는 것이었다.

사람들이 ‘부모 없는 놈’이라며 손가락질하고 동냥을 하러 가도 음식을 던져 주듯 하는 경험을 수없이 받아온 아이다.

그럴 때마다 가족에 대한 그리움은 더욱 두드러지는, 숨길 수 없는 감정이었다.

가족에 대한 그리움은 그 어린 나이에도 가슴에 사무치는 감정이었던 것이다.

"저…… 정말로 저의 가족이 되어주실 건가요?"

아이는 눈에 눈물을 그렁거리며 화지천에게 진심으로 묻고 있었다.

화지천은 아이의 눈을 봤다. 맑고 투명하지만 그 깊숙이 숨겨져 있는 외로움을 느낄 수가 있었다.

환하게 미소 지은 화지천이 아이의 손을 꼭 잡으면서 입을 열었다.

"그럼! 내가 너의 든든한 가족, 누구도 건드릴 수 없는 울타리가 되어주겠다."

결국 아이는 닭똥 같은 눈물을 흘리고 말았다.

"그…… 훌쩍! 그래만 주신다면… 따라갈게요. 저에게 그런 말씀 해주서서 정말…… 훌쩍! 감사합니다."

'어린 나이에 얼마나 힘들게 살아왔으면 이런 모습을 보인단 말인가. 정말 사랑스런 아이구나.'

화지천은 푸근한 미소를 지으며 자신을 따라오는 아이의 머리를 쓰다듬었다.

"내가 네 부모가 되어주겠다! 이런 서러운 눈물 따위는 흘리지 않도록 해주마! 대신 네 인생을 나에게 맡겨라. 그러겠느냐?"

"네!"

화지천의 말에 아이는 울면서 그러겠노라 고개를 연신 끄덕였다. 그러다 문득 할 말이 남았는지 눈물 젖은 눈으로 화지천을 바라봤다.

"아! 그리고 아까 해준다고 했던 것들 다 해줘야 해요. 특히 밥은 꼭이요. 아주 중요한 거니깐 확인하는 거예요. 헤헤!"

"으…… 응, 그러마."

화지천은 똑 부러지는 아이의 성격에 고개를 절레절레 젓고는 부드럽게 길을 인도했다.

끝없이 이어진 길을 걸으며 그는 다짐했다.

'그 어느 누구도 건드릴 수 없도록 너를 강하게! 만들어주마. 대신…….'

화지천의 얼굴에 미소가 퍼지기 시작하더니 이내 얼굴 전체를 장악해 버렸다.

'그 과정에서 오는 고통은 네놈이 참아내야 할 것이다! 흘흘흘!'

키 작은 아이 천무악은 그렇게 화지천의 손아귀에 들어왔다.

이것이 사부와 제자의 첫 만남이었다.

하남 천중산 거처에 도착해서 화지천은 감회가 가득한 눈을 하고 주위를 둘러봤다.

'드디어 천지문의 불초 제자 화지천이 제자를 데리고 돌아왔습니다! 하늘에서 지켜봐 주십시오! 이놈이 우리의 염원을 이루어줄 것입니다.'

하늘에 있을 문파의 어른들에게 인사를 한 화지천의 눈매가 바뀌었다. 이제 본격적으로 시작할 때였다. 마음을 강하게 먹지 않으면 계획은 엉망이 될 뿐이다.

화지천이 몸을 뒤로 돌렸다.

거기서 천무악은 악마(惡魔)를 보았다.

자신을 바라보던 근엄하고 부드러운 얼굴은 지금 화지천의 얼굴에는 존재하지 않았다.

눈은 길게 찢어졌고 입꼬리는 하늘 무서운 줄 모르고 올라가 있었다. 그 얼굴로 처음 한 말은 천무악을 미치게 만들었다.

"야, 밥해!"

"네?"

'미친! 혹시 나 지금 낚인 거냐?'

*　　*　　*

"하! 하하하! 참 멍청했지. 충분히 뒤를 예상했어야 하는데……."

그 뒤로 자신이 겪은 일들은 말로 형언할 수 없는 고통이었다. 수련이라는 명목하에 진흙을 검지로 찌르다가 손톱이 수도 없이 빠져나갔고, 겨울에는 내공 수련의 일환이라며 꽁꽁 언 계곡물에 들어가야 했다.

그 모든 것을 시키고도 모자랐는지 사부는 동굴에 자신을 억지로 집어넣었던 것이다.

"후우! 또다시 예전으로 돌아왔구나."

사부를 이기지 못했으니 자신은 변함없이 시키는 대로 할 수밖에 없었다.

터벅! 터벅!

천무악이 힘없는 발걸음으로 집으로 향하기 시작했다.

저녁 늦은 시간이 다 되어서야 천무악은 집으로 들어섰다.

자신의 비참함을 한동안 되뇌면서 마음의 정리가 필요했기에 시간이 걸렸다.

이곳으로 오지 않고 다른 곳으로 도망갈까도 생각해 봤지만 갈 곳이 없었다. 자신은 고아이지 않던가.

천무악은 방에 있을 사부에게는 딱히 말하지 않고 예전에 자신이 쓰던 방으로 들어섰다.

삼 년 만에 들어온 방이 어제까지만 해도 사람이 살았던 것처럼 깨끗하게 정리되어 있었다.

천무악은 방의 상태에 피식 웃음이 났다.

"크! 그래도 제자라고 신경은 쓴 것 같은데?"

이리저리 둘러보던 천무악의 눈에 천으로 덮어놓은 밥상이 보였다.

무엇인지 궁금해서 천을 치워보니 자신이 예전부터 가장 좋아했던 멧돼지 구이와 물고기 반찬으로 이루어진 따뜻한 밥상이 차려져 있었다.

천무악은 아무 생각 없이 밥상에 앉아 밥을 먹기 시작했다.

삼 년 만에 맛보는 따뜻한 밥인지라 허겁지겁 정신없이 먹었다.

어릴 때부터 먹는 것에 예민했고, 동굴에선 모래처럼 씹히는 벽곡단만 먹었다. 그러다 드디어 밥다운 밥을 먹게 되니 너무나 행복했다.

"이야, 진짜 맛있네. 이게 얼마 만에 먹어보는 밥이냐. 이제 벽곡단은 안녕이다. 크크크."

조그마한 소리로 말하며 혼자 들떠서 열심히 먹던 천무악의 등이 어느 순간 들썩이기 시작했다.

"크큭, 큭! 훌쩍! 젠장! 무슨 놈의 밥이 이렇게 매워! 영감, 밥도 제대로 못해!"

천무악은 삼 년 만에 먹어보는 밥이기도 했거니와 사부가 돌아온 자신을 위해 손수 좋아하는 반찬으로만 밥상을 차려 놓았다는 것에 눈물이 났다.

그래도 자신을 챙겨주고 기다려 주는 사람은 사부 화지천밖에 없다는 생각이 들었기 때문이다.

죽이고 싶었고 말도 섞기 싫은 사람이었지만 또 한편으로는 자신이 살아온 짧은 인생 중에 얼굴을 맞대고 산 유일한 가족이었다.

'그렇구나……. 드디어 집에 돌아왔구나!'

천무악의 눈물이 하염없이 흘러 방바닥을 적시고 있었다.

화지천의 방.

천무악의 눈물 섞인 외침이 가부좌를 틀고 앉아 있던 화지천의 귀에도 들렸다.

화지천은 천무악의 외침을 듣더니 고개를 숙이고는 속삭였다.

"고생 많았다. 무사히 잘 돌아와 줬구나. 내 제자 무악아…… 그리고 미안하다. 서러운 눈물 따윈 흘리지 않게 하겠다고 처음에 약속을 했건만… 이 사부가 못나서 그렇다. 정말 미안하다."

어린 제자를 고생시켰다는 미안한 마음과 아무 탈 없이 돌아와 줬다는 고마움에 화지천의 눈에도 눈물이 고였다.

서로에 대해 생각해 보는 그날 밤은 그렇게 깊어만 갔다.

第二章
혈음마군

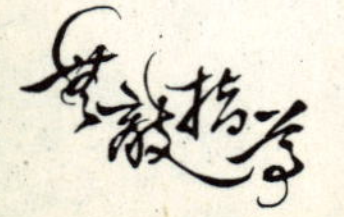

천무악이 집으로 돌아온 다음날 아침.

화지천은 아침 일찍부터 방을 나섰다. 천무악에게 밥을 시키기 위해서였다.

"고생하고 나왔다 해서 봐주면 안 되지. 암! 저 싸가지없는 놈에겐 계속 명령을 내려야 해. 그래야 자신이 나한테 졌다는 것을 계속 상기해서 수련에도 열중할 테니 말이야. 흘흘!"

하지만 가장 큰 이유는 사실 더 이상 밥하기가 싫었던 것이다. 제자가 없는 동안 귀찮게 직접 밥을 해먹어야 했던 화지천이다.

이제는 밥할 제자가 돌아왔는데 왜 자신이 직접 한단 말인

가. 세상 어느 문파에서도 사부가 제자 밥 차려주는 곳은 없을 것이다.

그런 확고한 생각을 가지고 화지천이 마당으로 나오려는데 발밑에 무엇인가가 떨어져 있었다.

"응? 이게 뭐냐?"

가만히 보니 나뭇잎에 무엇인가가 감싸져 있었다.

화지천이 손으로 나뭇잎을 한 꺼풀씩 벗기자 안에서 산새 알이 나왔다. 따끈따끈한 것이 삶은 지 얼마 되지 않은 것 같았다.

"헐! 무악이 요놈이 이상한 짓을 하려고 하네? 어제 잘못 맞았나?"

이곳 천중산에는 자신과 제자 둘밖에 없으니 당연히 이 산새 알은 천무악이 가져다 놓았을 것이다. 자신이 해놓지는 않았으니.

자신들은 민가처럼 닭을 기르지 않았다. 그렇기 때문에 알은 산새에게서 얻을 수밖에 없었다. 하지만 산새 알은 미리 둥지를 눈여겨봐 두지 않으면 구하기 힘든 음식이었다.

그런 산새 알을 제자가 아침부터 움직여 찾아왔다는 생각에 두근거림이 생겼다.

"따끈한 것이 맛있겠는걸. 꿀꺽! 아침 먹기 전에 요놈부터 먹어볼까?"

화지천이 군침을 꿀깍 삼키며 삶은 산새 알을 까기 시작했다. 그리고 자신도 모르게 얼굴에는 미소가 감돌고 있었다.

천무악이 정확히 어떤 의도로 가져다 놓은 것인지는 모른다.

하지만 정(情)이 느껴졌다.

말 한마디 서로 따뜻하게 나누지 못했고 자신의 행동을 모두 이해하는 것은 아니겠지만 한 가족이라는 정이 화지천에게 전해지고 있었다.

화지천이 행복한 미소를 지으며 산새 알을 까먹고 있을 때, 갑자기 천무악이 밥상을 들고 나타났다.

"꿀꺽! 쿨럭!"

천무악의 등장에 화지천은 화들짝 놀라며 얼굴의 미소를 지웠다. 그리고 목에 남아 있던 알을 그대로 삼켜 버렸다.

"뭐 합니까? 아침 드십시오."

천무악의 퉁명스런 말에 화지천은 목이 메었지만 대답은 해야 했다.

"그, 큭! 그러… 자."

화지천의 행동이 조금 이상했지만 천무악은 신경 쓰지 않고 밥상을 내려놓으며 자리에 앉았다.

화지천도 자리에 얼른 앉으며 자신의 밥그릇 옆에 있는 물그릇을 벌컥벌컥 비웠다.

"크흠! 휴! 그래, 밥 먹자."

물을 마신 화지천은 그나마 속이 시원해졌는지 밥을 먹기 시작했다.

잠시 후에 보니 밥을 먹는 분위기가 이상했다. 서로의 눈치를 보는 그런 분위기가 만들어지고 있었던 것이다.

삼 년 만에 조우(遭遇)한데다가 어제 그렇게 싸운 후 같은 밥상머리에서 밥을 먹으려니 여간 어색한 것이 아니었다.

그것을 견디지 못한 화지천이 먼저 자리에서 일어났다.

"험! 오늘은 좀 적게 먹고 움직일까."

"뭐, 그렇게 하세요. 제가 한 밥을 간만에 드시니 입에 맞지 않겠지요. 네네."

자신이 한 밥을 다 먹지 않고 화지천이 일어나자 천무악이 투덜거렸다.

그 모습에 속으로 피식 웃은 화지천이 밖으로 나가며 조용히 말했다.

"아침에 산새 알을 너무 맛있게 먹었더니 배가 좀 부르다. 네놈 덕에 자알 먹었어."

그의 말을 들은 천무악의 얼굴이 뻘겋게 변했다.

이상하게 부끄러웠던 것이다. 자신의 속마음을 들킨 느낌에 고개를 들지 못했다.

그렇게 밥을 먹은 두 사람은 천중산 중턱의 공터에서 마주 앉아 있었다.

"산새 알은 제가 준비한 것이 아닙니다. 제가 미쳤습니까?

그 귀한 것을 왜 사부에게 줍니까?"

천무악은 아침의 일이 계속 신경 쓰였는지 자기가 한 일이 아니라며 발뺌을 했다.

"흘흘! 그럼 산새라는 놈이 내 방 앞으로 날아와 지 몸에 불을 지른 후 알이라도 낳았다는 말이냐?"

그의 말에 천무악은 오히려 괜한 말을 했다는 생각에 얼굴을 붉혔다. 본전도 못 찾았으니 말이다.

"크으흠! 그거 어제 먹은 저녁밥에 대한 보답으로 한 겁니다. 사부에게 빚 같은 것은 절대 만들기 싫으니까요!"

천무악은 자신의 본심을 숨기려는 듯 화지천을 노려보며 으르렁거렸다.

"그럼 됐어! 이렇든 저렇든 간에 배로 들어간 것 토해내란 소리만 아니면 되지. 고맙게 잘 먹었다 치고, 수련이나 하도록 하자."

화지천은 대충 넘어가자는 식으로 말하고 수련을 시작하려 했다.

사부의 반응이 마음에 들지 않았는지 천무악은 짜증을 냈다.

"어제 삼 년 만에 동굴에서 나왔고, 거기다가 지독하게 두드려! 맞았습니다. 그런데 여독을 풀 시간도 주지 않고 이러깁니까?"

"삼 년이나 가둬두면 뭐 해? 나아진 게 없는데! 그리고 내가 네놈의 그런 것까지 배려해 줘야 되냐? 웃기는 놈일세. 흘!"

"쳇! 정말 짜증나게 말하네."

천무악이 투덜거려 봤지만 화지천은 싸늘했다.

화지천의 말은 결국 자신에게 대항할 수 있는 힘을 기르기 전까지는 시키는 대로 하라는 것과 같았다.

"오늘은 네놈에게 우리 천지문의 무공을 사용하는 데 있어 가장 중요하다고 할 수 있는 감각법에 대해 전수하겠다. 흘흘! 본 문에는 천능동해각법(天能動解覺法)이라는 감각법이 있다. 이 감각법이라는 것이 우리 천지문의 무공에서 중요한 이유는……."

천능동해각법은 상대방이 움직이려는 방향과 행동 등을 기의 결(缺)로 느낄 수 있게 한다. 그래서 상대방의 움직임을 미리 예측할 수 있는 깨달음의 무공이었다.

이 감각법이라는 것 자체가 매우 심오하고 어려워 아무리 뛰어난 강자라도 쉽게 대성하기 힘들었다. 천지문에서도 문파를 세운 구지청을 제외하면 전 오 단계 중에 삼 단계 위로는 익힌 사람이 없었다.

하지만 화지천은 기를 느끼는 감각이 뛰어난 천무악만큼은 더 오를 수 있을 것이라고 기대하는 무공이다.

천능동해각법은 명상(瞑想)으로 기감을 극대화시키는 참오의 방법 중 하나였다.

지독히도 진전이 느려 쉽게 포기하고 마는 무공인데 천지문 역사에 뛰어남으로 다섯 손가락 안에 들 것이라 예상되는 화지천도 삼 단계에서 그쳐 있었다.

이것을 대성한다면 단 한 번의 공격으로 상대방의 움직임을 막고 숨통을 끊을 수 있는 엄청난 무공이었다. 그렇지 않아도 공격 방법이 단순할 수밖에 없는 천지문의 무공에선 가장 중요했다.

"알겠냐? 이 감각법을 대성한다면 너는 역대 천지문도 중 가장 강한 자가 될 수도 있단 말이다! 그러니 안 돌아가는 머리통을 열심히 굴려 수련해야 할 것이야!"

화지천의 설명이 끝났을 때, 천무악은 초점없는 눈으로 멍하니 사부 얼굴을 바라보고 있었다.

그것이 이상했던 화지천이 물었다.

"어디다가 혼을 빼놓고 있어! 내 말을 제대로 듣긴 들었냐?"

그의 말을 들은 천무악이 멍한 얼굴로 고개를 천천히 끄덕였다.

"그런데 반응이 왜 그따위야!"

화지천은 천무악의 반응이 마음에 안 들었는지 큰 소리를 질렀다. 자세히, 그것도 유심히 들어야만 받아들일 수 있는 심오한 무공에 대한 이야기다. 그런 것을 배워 성공하겠다는 의지나 새로운 것에 대한 기대감을 보일 줄 알았는데 그냥 멍하게 있으니 화가 날 만도 했다.

화지천의 큰 소리에 천무악의 눈이 점점 또렷해지더니 별안간 얼굴을 일그러뜨렸다.

"왜?"

화지천의 물음에 드디어 천무악이 입을 열었다.

"젠장! 그렇게 중요한 무공을 지금 말해주면 어쩝니가? 최소한 동굴에 처박아 넣기 전에 알려 줬어야지! 혹시 제가 나와 싸웠을 때 질까 봐 그랬습니까?"

이번엔 화지천이 넋 나간 얼굴을 했다.

'예, 제가 한번 해보겠습니다' 이런 반응을 기대했는데 이 따위 반응이라니!

"뭐라고, 이놈아!"

"그리고 사부도 이제야 삼 단계라는 무공을 지금에 와서 알려주며 대성을 하라니요! 가능하다고 봅니까?"

화지천은 천무악이 기를 느끼고 움직이는 것에 능통해졌을 때 천능동해각법을 알려줘야 더욱 크게 깨달을 것이라 확신하며 천천히 기다려 준 것이다. 그런데 천무악의 말은 자신을 치졸한 사람으로 만들고 있었다.

"이 정신 나간 놈이! 기껏 네놈 생각해 줘서 단계를 밟아왔건만 뭐라고, 이 자식아! 걷지도 못하는 놈에게 뛰는 법을 알려주면 그것이 도움이 될 거라 생각해! 다 순서라는 것이 있는 것이다, 쥐뿔도 모르는 놈아!"

화지천이 열 받아서 폭발하려고 하기 직전에 천무악이 말로 막았다.

"아, 됐습니다! 한번 해보기는 하겠습니다. 대신 못한다고 때리지만 마십시오. 다 이 천재를 몰라보고 일반 사람의 기준에 맞춰 수련시킨 사부 잘못이니까요."

"뭐, 천재?"

화지천이 어이없어하자 바로 천무악이 대답했다.

"동굴에서 삼 년 만에 나오면 천재라면서요? 그것도 거짓말이었습니까? 에휴! 어쨌든 어떤 사람은 걷는 것보다 뛰는 것을 먼저 배울지도 모르는 일 아닙니까. 흠! 그건 그렇고, 이 귀고리는 뭡니까? 보통 물건이 아니던데."

천무악이 자신의 왼쪽 귀에 달린 귀고리를 만지작거리며 물었다.

화지천은 주먹을 부르르 떨며 화를 참기 위해 노력하는 것 같았다.

"어, 뭡니까? 때리려고요?"

"누가!"

"지금 주먹을 부르르 떠는 게 한 방 치고 싶어 그러는 것 같은데요? 때리려면 때리십시오. 뭐, 사부가 때린다면 힘없는 제자는 맞을 수밖에 없지 않겠습니까? 사부 잘못 만난 저를 원망해야겠지요."

"젠장!"

중요한 수련이라 조금은 진중한 모습을 보이려 했건만 또 제자의 흐름에 말려든 것 같아 후회하는 화지천이다. 그리고 동굴에서 역시나 쌓인 것이 많았는지 꼬박꼬박 따지는 천무 악이다.

"후, 꼴통 같은 네놈을 제자라며 가르치고 있는 내가 멍청한 놈이지. 흘! 자기 주제도 모르는 놈을 가르치고 있으니. 쯧쯧, 일단 귀고리에 대해 말해주마. 그 귀고리는……."

천무악이 하고 있는 귀고리는 천지문의 문주를 나타내는 신물(神物)로, 자정이환(自淨耳環)이라고 불리는 물건이다.

오백 년 전까지만 하더라도 무림십대기보에 속하는 엄청난 물건이었다.

하지만 그 뒤로 더 뛰어난 기보도 많이 나왔고, 자정이환을 착용하고 나와 이름을 날리는 천지문의 사람도 없었다. 그래서 자연적으로 지금에 와서는 그런 기보가 있었다는 것도 거의 모르는 천지문만의 신물이 되어버렸다.

자정이환의 공능(供能)은 지금까지 밝혀진 바로는 두 가지다.

한 가지는 피독(避毒)의 공능이다.

만독불침(萬毒不侵)까지는 독을 뒤집어쓰고 확인해 보지 않아서 알 수가 없었지만 백독불침(百毒不侵) 정도는 거뜬히 가능하다고 전해진다.

또 다른 한 가지의 공능은 자정이환을 착용하고 내공을 운

기하면 그냥 하는 것보다 더 정순한 기를 쌓을 수 있다는 것
이다.

자정이환이 주변의 기 중 좀 더 정순한 기를 착용자 주변으
로 끌어들여 내공의 질과 농도를 올려주기 때문에 내공고수
로 갈 수 있는 지름길을 닦아주는 효과가 있었다.

한때는 이 공능으로 인해 사람들에게 큰 관심을 받았던 기
보이다. 하지만 그 뒤 정순한 기를 끌어들이는 정도가 그냥
운기하는 것보다 조금 나을 뿐 큰 차이를 보이지는 않는다고
알려져 관심을 끊은 기보였다.

그러나 사람들에게 알려지지 않은 것이 있었는데, 이 자정
이환은 착용하는 사람에 따라 그 정도가 변한다는 것이다. 천
지문의 문주를 상징하는 신물이다 보니 여러 사람이 착용해
보고 비교할 수 없는 일이었기 때문이다.

기를 느끼는 능력이 남들과 다르게 탁월한 천무악에게 이
보다 더 좋은 보물(寶物)은 없었다.

화지천의 설명을 모두 들은 천무악은 자신에게는 엄청나
게 나타났던 자정이환의 공능에 대해 딱히 말할 필요성을 느
끼지 못해 그런가 보다 하고 그냥 넘어갔다.

"…그래서 다시 말하면 네놈이 자정이환을 착용한 날부터
너는 천지문의 십대문주가 된 것이야. 그러니 어디 가서라도
부끄럽지 않도록 항상 당당하게 행동해야 한다! 흘흘흘!"

"엥? 아니 갑자기 말이 왜 그렇게 됩니까? 사부가 멀쩡히

살아 계신데 왜 제가 문주를 해야 합니까? 사부는 문주 하기 귀찮습니까! 그리고 저는 사부가 문주라고 해서 이런 귀고리를 하고 있는 모습을 본 적도 없습니다! 문주니 뭐니 거짓말 하는 것 아닙니까?"

"더럽게 시끄럽네! 난 귀고리를 안 했던 이유가 있다! 그리고 문주 자리를 일찍 넘겨주는 것은 사부가 나이가 들었으니 앞으로는 너의 시대로 만들라는 의미에서다. 그러니 너는 입 다물고 그냥 하라는 대로 자부심 가득한 문주다운 모습을 보이면 돼!"

"자부심은 개뿔! 밑에 문도 하나 없는 문주가 무슨 대수라고…… 아얏! 왜 때립니까!"

"이놈이 참으려고 했더니! 어디서 그따위 말을 해! 네놈은 적어도 문주라는 위치를 쉽게 봐서는 안 된다! 앞으로 문도가 생기게 되면 문주의 말은 천금과도 같고 모두가 너의 말에 복종(服從)을 하게 될 것이다! 비록 네놈이 노력하기에 따라서지만……."

"젠장. 다 내가 하기 나름이라고 말하면 사부의 짐은 가벼워집니까? 이거 뭐 다 떠넘기는 식이니……. 아! 잠깐. 문주의 말에는 모두가 이유 불문하고 들어야 한다면…… 사부도 내 명령을 들어야 하는 것 아닙니까? 맞죠?"

"이놈이 드디어 정신을 놓았네. 어디 하늘같은 사부를! 이 세상에 사부보다 높은 것은 없어! 문주도 사부보다 높을 순

없지! 암!"

"어디서 그런 말도 안 되는 소리를 합니까! 앞으로 나를 문주님이라고 부르고 제 말을 들으셔야 하는 것 아닙니까?"

"됐고! 나불거리려면 혼자 해라. 나는 간다. 그리고 천능동해각법 수련하는 거 잊지 마라. 쥐어 터지기 싫으면 말이야. 흘흘흘!"

"사부!"

천무악이 큰 소리로 사부를 외쳤지만 화지천은 멈추지 않고 얼른 산을 내려가 버렸다.

그런 사부의 뒷모습을 보던 천무악이 피식 미소를 짓고는 가부좌를 틀고 자리에 앉았다.

"쳇! 그래도 이제 무조건 때리거나 윽박지르지는 않네. 예전에는 마구 밟더니…… 날 조금은 인정해 주는 건가?"

솔직히 밥 한번 잘 차려줬다고 사부에 대한 원망이 모두 사라질 수는 없다. 하지만 자신을 길러준 사람이 인정해 주고 성장을 기대한다는 것에 왠지 모르게 부응하고 싶은 마음이 들었다.

그리고 강해졌을 때, 당당하게 물어보는 거다, 도대체 자신을 왜 이렇게까지 수련시키려 하느냐고.

지금 말하면 칭얼거리는 어리광에 불과하다는 것을 느꼈기 때문이다.

혼자 조용히 중얼거리던 천무악이 자세를 바로잡으며 눈

을 감았다. 아까 화지천에게 들었던 천능동해각법에 대해서
생각해 보기 위해서다.

"얼마나 대단한 무공인지는 모르지만 노력하고도 별로 강
해지지 않으면 다 사부 잘못이다. 암! 그렇지! 크크크."

말로는 그랬지만 이런 무공까지 알고 있는 사부도 무림에
서 절대강자라는 소리는 못 들었다고 했다. 새삼 무림이라는
곳에 경각심이 생겼다.

천능동해각법을 대성하기 위해서는 언제 어디서든 기의
흐름을 파악할 수 있어야 했다. 주변의 기를 파악하고 있다가
그 흐름을 깨고 움직이는 결을 보는 무공이 천능동해각법이
다.

항상 주변에 흐르는 기를 장악하지 않고서는 불가능한 것
이었다.

결을 본다는 것은 다시 말해 상대방 쪽의 기들이 '여기가
움직이려 한다'며 자신에게 정보를 주는 것과 다를 것이 없
었다.

그러려면 기와의 끊임없는 대화를 통해 정보를 얻어내야
하는데 쉬운 것은 아니었다. 하지만 기감이 좋은 천무악에겐
달랐다.

자신은 모르고 있지만 사실 천무악의 몸은 특이했다.

천능동해각법은 중단전의 무공이다.

사람 몸에는 중단전과 상단전이 있다. 이것은 심장과 머리

에 자리잡고 있는데 열 수 있는 사람은 많지 않았다.

갓난아이 때는 모두 열려 있는 상단전과 중단전은 ‘나’라는 의식을 가지기 시작하면서 둘 다 서서히 닫히게 된다. 그리고 그것을 다시 열기 위해서는 엄청난 노력뿐만 아니라 운도 따라줘야 한다.

그러나 천무악은 그 중단전뿐만 아니라 상단전까지도 완전히 닫히지 않아 기감이 뛰어났던 것이다.

지금까지는 그냥 자신이 노력을 하다 보니 자연스럽게 기의 흐름을 쉽게 파악할 수 있게 되었다고 생각하고 있었다. 하지만 오히려 중단전의 존재를 깨닫지 못하고 자신의 의지에만 집중하는 것이 성장에 더 큰 도움이 되었다.

중단전이라는 것에 얽매이지 않았으니 말이다.

천무악이 눈을 감고 천능동해각법의 깨달음을 속으로 외우며 점점 자신의 기감을 퍼뜨려 나갔다.

천무악이 동굴에서 나온 지도 어느덧 이 년이 흘렀다.

나이도 이제 스무 살이다.

이 년이라는 시간이 지났지만 천무악의 생김새에는 큰 변화가 없었다. 여전히 또래에 비해서는 작은 키를 가지고 있는 데다가 워낙 눈이 크다 보니 곱상한 아이로만 보였다.

하지만 무공 실력은 일취월장(日就月將)했다.

천공일지공은 피나는 노력 끝에 전 사(四)식의 식(式)을 완전히 습득하여 사용함에 있어서 전혀 끊임이 없었고, 후 오식 중 삼식까지는 대성은 아니지만 터득을 하여 시전할 수 있었다.

안타까운 점이라면 검지에 기를 둘렀을 때, 아직 초식에 따라 기의 변형이 완숙하지가 못하다는 것이다.

전 사식의 경우 근접용으로 초식에 따라 기의 형(形)이 있는데 그것을 성공하기가 생각보다 쉽지 않아 진도가 느렸다.

내공심법인 천공일원심법은 의식하지 않아도 끊임없이 몸 구석구석을 흘러 다니다가 천무악이 요구하는 곳이 생기면 적절하게 움직이는 수준에까지 다다랐다.

이 두 무공이 이렇게 발전할 수 있게 된 것은 천무악이 끊임없이 노력한 것도 있지만 일 년 전부터 화지천과 계속하고 있는 대련이 있었기에 가능했다.

일 년 전, 천무악은 더 이상 큰 진전이 없는 자신의 무공에 대한 걱정으로 벽을 뚫기 위해 무리하고 있었다.

천능동해각법을 연성하려고 명상을 해도 잡념이 들었고, 혼자 연습하는 천공일지공은 흐름에 변화가 없이 틀에 박힌 수련만을 반복하고 있었다.

그것을 보던 화지천은 천무악 스스로 벽을 뚫기를 원했지만 더 이상 놔두다가는 무공의 성장이 완전 정지해 버릴 것 같아서 고심하던 중에 대련을 생각했다.

대련이 실전 감각을 기르고 부족한 점도 고쳐나가는 더욱 좋은 방법이라고 생각한 것이다.

화지천이 처음 대련을 하자고 했을 때, 천무악은 똥 씹은 표정을 하며 극구 거부했다.

"두드려 맞을 것이 분명하니 하고 싶지 않습니다!"

하지만 화지천이 하기 싫다는 천무악을 억지로 끌고 나와서 무작정 대련을 시작했다.

천무악은 처음엔 마냥 얻어터지기만 하니 짜증이 나서 하기 싫었지만 그 와중에도 깨닫는 것들이 있었다.

'이 부분에서 안 맞고 움직이기 위해서는 이렇게 기를 운용해야 하는구나! 이제 좀 알 것 같다!'

그런 깨달음을 얻기 시작하면서 근래에 와서는 화지천에게 맞기만 하는 것이 아니라 상당한 공격까지도 하게 되었다.

비록 화지천이 무공의 수위를 천무악에게 상당 부분 맞추고 있었지만 말이다.

그리고 화지천과 대련다운 대련을 하기 위해서는 신법이 뛰어나야 했다.

천공일지공의 전 사식을 이용한 근접전이 대련의 반 이상을 차지했기에 피하고 공격하기 위해서는 정확한 신법이 필요했다. 실수로 자신의 거리를 만들지 못하고 접근해 버리면 그날은 밥을 먹을 때 젓가락도 못 들 정도로 맞았으니 말이다.

그렇게 얻어맞지 않기 위해 노력하다 보니 자연적으로 신법의 경지가 상당 수준에 이르게 되었다.

그래도 천무악의 발전 중에 가장 큰 발전이라고 할 수 있는 것은 천능동해각법이었다.

자신의 사부가 머물고 있는 삼 단계를 천무악도 밟게 되었다. 거기에다가 중단전뿐만 아니라 상단전까지 약간 열려 있다 보니 결을 보는 능력이나 기감은 사부를 능가하는 면이 없지 않았다.

하지만 대련의 경험이 적고 화지천 한 사람과만 대련을 하다 보니 임기응변이나 숙련도가 달라 수준을 낮춘 화지천과 겨우 대등하게 보일 정도였다.

천무악은 천중산에서 아래가 훤히 내려다보이는 바위 언덕 위에 앉아 눈을 감고 명상에 잠겨 있었다.

사부 화지천은 삼 개월 전 잠시 친구를 만나고 오겠다며 천중산을 내려갔다. 그래서 현재 천무악 혼자 집을 지키고 있는 상태였는데, 하루하루 자신이 발전해 간다는 것을 느끼고 있었기에 사부가 없어도 수련을 게을리하지 않았다.

지금은 기감을 퍼뜨려 주위 십 장이란 공간을 장악하고는 천능동해각법을 연공 중이었다.

눈을 감고 있어도 십 장 뒤에 있는 나무가 불어오는 바람에 흔들리는 것을 느낄 수가 있었다.

이번에는 불어오는 바람이 '오 장 뒤에 있는 저 나무를 흔들어 볼게' 하고 자신의 귀에 속삭이는 것을 느꼈다. 그러면 여지없이 오 장 뒤에 있는 나무는 휘청거리며 흔들렸다.

그렇게 천능동해각법으로 주변의 움직임을 알게 되니 뿌듯한지 자신도 모르게 미소를 짓고 있었다.

천능동해각법은 천무악에게 자연의 흐름이라는 끊이지 않는 움직임들을 볼 수 있게 해줘서 삶에 생동감을 불어넣어 주고 있었다.

계속 흐름이 변하니 심심하지 않고 그것을 관조하는 자신이 굉장하게 느껴졌다.

그때, 무엇인가가 자신이 펼쳐 놓은 기감의 끝을 살짝 스치며 빠른 속도로 지나갔다.

"응? 뭐지?"

워낙 순간적이어서 천능동해각법을 사용하는 도중인데도 그 물체의 정체를 알 수가 없었다.

탓! 다다닥!

'따라가 보자!'

자신이 태어나서 사부 화지천 외에 가장 빠른 물체를 지금 발견한 것 같았다. 새로운 것에 대한 궁금증일까. 천무악의 섬뢰일원보가 극성으로 펼쳐지고 있었다.

잠시 후, 물체의 뒷모습을 보게 된 천무악은 속으로 기함을 토했다.

'뭐야! 사람을 한 명 어깨에 메고도 저런 속도가 나와? 대

단한데!'

자신의 기감을 건드리며 사라졌던 물체의 정체가 사람이 었던 것이다.

'그런데 얼마나 바쁘기에 이 산중에서 사람을 메고 경공을 펼치지? 크! 뭐, 나랑은 상관없지. 공터에서 천공일지공이나 수련하자.'

천무악은 이대로 따라가면 나오는 공터에서 수련을 할 요량으로 달려가고 있었다. 하지만…….

"젠장! 이년이 누구기에 이렇게 죽어라 따라오는지! 다행히 지금은 기척이 느껴지진 않는다만. 휴우, 여기서 한숨 돌리고 움직일까. 어차피 목적지도 얼마 남지 않았고."

'젠장, 하필 한숨 돌리는 곳이 내 수련장이냐고!'

멈춰 선 남자의 말에 천무악의 얼굴이 일그러졌다. 이렇게 되어버리면 태연하게 나서기도 어정쩡했다. 그렇다고 가만히 있자니 훔쳐보는 것 같고.

지금은 천능동해각법 때문에 기척이 자연과 동화되어 있지만 남자는 자신이 신법을 펼치고도 따라오기 힘들었던 사람이다. 금방 들킬 것이 분명했다.

'에라, 모르겠다! 조금 있다가 태연하게 등장하자. 그럼 뒤따라온 것처럼은 느껴지지 않겠지, 뭐.'

그냥 편안한 마음으로 시간이 가길 기다리는 천무악이다.

공터에 도착한 사람은 등에 도(刀)를 멘 덩치가 엄청난 남자였다.

얼핏 보면 산적이라고 생각할 만한 생김새에 나이가 상당한지 머리와 수염이 흰색으로 물들어 있었다. 어깨에는 여인한 명을 메고 있었는데 버둥거리는 것이 빠져나오려 안간힘을 쓰고 있었다.

남자는 뒤를 힐끗거리며 무엇인가를 걱정하는 듯했지만 이내 마음을 정했는지 편안한 눈으로 주변을 두리번거렸다.

'좋은 일을 하는 사람은 아닌 것 같은데…… 왜 도둑놈처럼 자꾸 주위를 힐끗거려? 눈에서도 맑은 기운이 흐르지 않잖아.'

천무악은 남자에게서 무엇인가 좋지 않은 느낌을 받았다.

"호, 이렇게 경치 좋은 곳이 있구나! 흐흐. 그냥 지나치기 아쉬운 곳인데? 크하하!"

갑자기 남자는 고민을 하고 있었다. 힐끔힐끔 여인의 얼굴을 보는 것이 좋은 뜻은 아닌 것 같았다.

"천하의 내가 이런 곳을 그냥 지나칠 수는 없지. 그놈들이 나보고 데려오라고만 했지 별다른 말은 없었잖아? 내가 슬쩍 한번 맛봐도 상관없겠지? 크하하하!"

장소가 운치있으니 남자의 즐거움을 채우기에는 최상이었다. 음심(淫心)이 가득한 눈으로 여인을 바라보며 즐거워하는 남자다.

"으으읍! 으읍!"

여인은 자신의 위기를 느꼈는지 더욱 발버둥치며 소리를 냈다. 하지만 아혈을 점혈당해 입 밖으로 소리는 흘러나오지 않았다.

"흐흐흐, 이년아! 네가 누군지는 모르겠다만 내 손에 맡겨진 이상 단념하여라. 나 혈음마군(血淫魔君)이 너 같은 미인을 어찌 그냥 보내겠느냐! 그놈들도 다 이렇게 될 것이라 예상하고 있을 것이다. 크하! 크하하하!"

여자의 눈에서 눈물이 흘렀다. 돼먹지 않은 인간에게 자신의 몸을 맡겨야 하는 상황이 되어가고 있으니 말이다.

여자가 몸부림치자 오히려 그것이 더 좋다는 듯 웃는 남자였다.

그는 입맛을 다시며 자신의 즐거움을 채워줄 적당한 자리를 찾고 있었다.

'저거 완전히 미친놈 아냐? 왜 우는 여자를 괴롭히고 그래? 여자를 울리면 나쁜 놈이라고 사부가 못 박았었거든! 거기다가 신성한 내 수련장에서 무슨 짓이야? 안 되겠다!'

사부가 자신에게 말했었다, 여자는 울리면 안 되는 존재라고.

천무악은 흘러가는 분위기가 점점 마음에 들지 않아 일단 움직이기로 마음먹었다.

천능동해각법을 풀며 태연한 얼굴로 공터에 들어서는 천

무악이다.

"아잣차! 비가 오려나? 오늘따라 왜 이렇게 몸이 찌뿌드드한지. 그나저나 오늘 하루는 뭘 하고 놀까?"

맑은 하늘을 올려다보며 기지개를 한껏 켜는 천무악이 공터에 나타났다.

"저놈은 뭐야? 별 미친놈 다 보겠네. 멀쩡한 하늘을 보고 비라니……."

남자는 의뭉스레 나타난 천무악을 이상하게 바라보다가 이내 인상을 찌푸렸다.

"그게 아니잖아. 애송아, 너는 여기서 뭐 하는 거냐?"

이런 험한 산중에 키 작은 아이가 혼자 있다는 것이 이상했는지 정체를 물어오는 남자다.

'애송이? 지가 뭔데 날 애송이라고 불러!'

"그냥 산보하는 중입니다. 오늘따라 풍경이 너무 예쁘지 않나요? 이런 날은 배부르게 먹고 그늘에서 자는 낮잠이 최곤데."

천무악은 능청스럽게 말하며 남자를 살피고 있었다. 여차하면 몸으로 남자를 막아야 할지도 모르기 때문이다. 천무악은 상대가 눈치채지 못하게 은근슬쩍 천능동해각법을 펼쳤다.

움찔!

'젠장! 이거 잘못 튀어나왔나? 보통이 아닌데?

천능동해각법을 펼쳐 상대의 기세를 보고 내린 결론이었다.

남자에게서 나오는 기세를 기감으로 느껴보니 자신과 비슷하거나 조금 상회한다는 것을 알았기 때문이다.

“그럼 낮잠이나 자러 가거라. 두리번거리지 말고. 괜히 여기서 머물다가는 나한테 얻어맞을지도 모르거든. 크하하하!”

별것 아닌 꼬맹이라는 결론을 내렸는지 남자는 천무악을 경계심없이 대하고 있었다. 저런 아이가 자신의 행사를 방해할 수 없다는 강한 자신감이었다.

‘네가 때리고 싶다면 내가 맞아주고? 뭔 놈의 말을 저따위로 하나? 미친놈!’

“그럴까요? 덩치 큰 아저씨한테 맞고 싶진 않네요. 얼마나 아프겠어요? 콜록! 하지만 볕을 쪼금만 쬐고 갈게요. 몸에 곰팡이가 피어대서 바짝 말리고 가야 하거든요. 하하하!”

“뭐라?”

천무악의 능청스러움에 남자는 눈을 찌푸렸다.

‘도대체 뭐 하는 놈이야? 건방진 애송이 같으니라고! 콱 죽여 버려?’

남자가 고민하고 있을 때, 어깨에 있던 여인은 자신들 말고 다른 사람이 있는 듯하자 소리가 들리는 방향으로 고개를 돌렸다.

천무악의 눈도 그녀에게로 돌아갔다. 그리고 그대로 굳어

버렸다.

'헉!'

슬픈 눈을 하고 있는 그 여인은 하얀 눈처럼 뽀얀 피부와
평지에서 홀로 우뚝 솟아 있는 산처럼 날카로운 콧날을 가지
고 있었다.

하얗다 못해 창백해 보여 인형이 아닌가 싶었지만 분홍빛
의 생기 있는 입술은 그녀가 사람이라는 것을 알려주었다.

여자라는 존재를 진지하게 본 적도, 생각해 본 적도 없는
천무악이었지만 눈앞의 그녀는 순수한 청년의 방심(芳心)을
흔들 정도로 뛰어난 미인이었다.

고개를 든 여인, 은설련(化雪蓮)은 작은 소년이 자신을 보
고 있음을 발견했다. 그녀의 눈에 눈물이 고였다.

원래의 자신이라면 남에게 이런 감정을 보이지 않는데
처지가 너무 좋지 않다 보니 슬픔이 절로 눈에 나타난 것이
다.

비록 소년이라지만 자신에게 도움을 줄지도 모른다는 생
각에 무언(無言)의 호소를 하는 것이었다.

천무악은 놀란 토끼눈을 하고 은설련을 바라보고 있었다.
바라보지 않으려고 해봤지만 자신도 모르게 계속 눈길이 갔
다. 그러다 그 눈을 봤다.

슬픔이 가득한 눈. 간절히 도와주길 바라는 그녀의 눈을 보
자 그대로 모른 척하기가 쉽지 않았다.

‘불쌍해. 저 눈을 보니 정말 구해주고 싶다…….’

자고로 미인은 천하도 움직인다는데 평범한(?) 청년인 천무악도 별수없을 것 같았다. 하지만 천무악은 고개를 돌려 버렸다.

그 모습을 본 은설련은 남은 희망마저도 놓아버렸는지 고개를 푹 숙였다. 자신에게 도움을 줄 사람은 이제 없었다.

천무악은 은설련이 실망하는 모습을 보고는 눈을 질끈 감았다.

‘그쪽에게는 미안하지만 지금 내가 바로 저 남자에게 덤벼든다면 둘 다 위험하게 될 거야. 조금만 기다리라고.’

남자는 어림잡아도 나이가 사부와 비슷해 보였다. 그런 자의 무공이 자신과 동등한 수준이라면 경험의 차이로 대결이 어떻게 될지 몰랐다.

거기다가 지금 자신에게는 금제까지 걸려 있는 상태다. 그것만이라도 없었다면 당당하게 붙을 만했을 것인데, 자신이 그 금제를 풀 수 있는 것은 아니었기에 조금 조심하기로 마음먹은 천무악이었다.

‘자리에서 벗어나는 척하며 상대를 안심시킨 다음 기습으로 여자를 구한다!’

은설련이 도움을 청하는 것을 느꼈지만 가만히 놔둔 혈음마군이다. 그리고 천무악의 고개가 돌아가는 것을 보고 고개를 끄덕였다.

‘그럼 그렇지! 제까짓 놈이 어디 어른들 일에 끼어들겠어? 크하하! 이로써 오늘은 충분히 재미를 보겠는데?’

여인이 절망을 맛보아야 자신의 처지를 받아들일 것 같아서 보고 있었는데 역시나 계획대로였다.

“하하하! 저런 겁쟁이 애송이에게 무엇을 기대하는 것이냐! 체념하고 즐겁게 받아들여라! 이 어르신과 몸을 섞고 나서 더 놀아달라며 바짓가랑이나 잡지 말라고. 우하하하! 꼬마야, 저리 꺼져라. 지금은 기분이 좋아 그냥 살려주도록 하마! 넌 하늘에서부터 타고난 운이 있는 것 같구나. 이 몸이 살려 보내는 일이 잘 없는데 곱게 갈 수 있는 것을 보면 말이다. 크크크.”

‘살… 려준다고?’

그 말을 듣자 천무악의 얼굴이 일그러졌다.

여태껏 사부도 자신의 목숨을 논하진 않았었다. 그런데 갑자기 솟아난 자가 자신의 목숨을 쥐락펴락하겠다니. 그 소리에 화가 머리끝까지 치솟고 있었다.

결국 방심을 유도하려던 것도 잊고 욱하는 기질이 그대로 튀어나와 버렸다.

“뭐? 날 살려준다고? 별 미친놈을 다 보겠네! 그리고 네가 뭔데 나한테 꺼지라 마라야! 여기는 내 수련장이야! 꺼질 사람은 너라고!”

천무악은 위험이 있다는 것은 알지만 참지 못해 소리쳤다.

남자가 뭣이라고 자신에게 명령을 한단 말인가. 자신에게 명령할 수 있는 사람은 이 세상에 사부 화지천 말고는 없었다.

솔직히 죽기 살기로 붙는다면 어찌 될지 모른다. 자신의 성질을 건드리는 놈에게까지 살살거리기는 싫었다.

"이…… 이놈의 자식이! 감히 이 노부가 누군지 알고!"

남자는 천무악의 말에 흥분하며 자신의 기세를 밖으로 드러냈다.

후악!

남자에게서 터져 나오는 기세는 상당했다.

천무악과의 거리가 적어도 칠 장은 되었는데도 기세를 느낄 정도면 말이다.

천무악은 긴장으로 마른 입술을 혀로 적시며 이죽거렸다.

"누구긴 누구야! 순수하게 성장하는 젊은이 앞에서 여자 덮치는 꼬라지나 보여주려는 미친 영감이지!"

"뭐라고! 어린놈이라 봐주려 했더니!"

말을 들은 남자는 눈이 반쯤 돌아가 버렸다. 자신이 어린놈에게 이런 말을 들어본 적이 있던가.

그는 은설련의 혈을 찔러 못 움직이게 해놓고는 천무악에게 걸어갔다.

남자의 이름은 사초당.

강호에서 혈음마군이라 불리는 사파의 고수 중 한 명이다.

지금까지 따로 세력을 형성해 패악을 저지르고 다닌 것은 아니지만 특이한 성향이 있다고 알려진 자였다.

채음보양을 하… 지는 않고 그냥 색마라고.

처음에는 자신의 음욕을 채우기 위해 무림 문파들의 여자를 많이 건드렸다. 여자가 강하게 반발하면 더 흥분이 되었기 때문인데, 피해자가 여럿 생기며 정도가 심해지자 무림에서는 무림 공적으로 표명했다.

하지만 웬만한 무사들은 쉽게 죽이며 유유히 빠져나갔다. 생각 외로 혈음마군의 무공이 강했던 것이다. 그러나 얼마 지나지 않아 빠져나가는 것도 쉽지 않게 되었다. 누군가가 끈질기게 따라왔으니 말이다.

상대가 끈질기게 따라붙고 나서는 흔적을 최대한 지우기 위해 어쩔 수 없이 일반 민가에 들어 여자를 덮치는 색(色)에 미친 자였다.

그러다 긴 시간 동안 무림에서 보이지 않다가 요즘 들어 다시 나타났는데, 예전처럼 드러내며 행동하는 것이 아니라 은밀하게 움직이고 있었다.

처음에는 작은 마을의 여자들을 중심으로 일을 벌였다. 하나 자신을 쫓는 무인들의 흔적이 보이지 않자 이에 점점 대범해져 예전같이 활개를 치고 있는 혈음마군이었다.

다시 말해, 비록 엄청난 고수는 아니더라도 지금의 천무악에게는 쉽지 않은 상대임이 분명했다.

그런 자가 지금 천무악을 향해 다가가며 도를 빼 들고 있었다.

기세를 뿜으며 다가오는 혈음마군을 보며 천무악은 침을 삼켰다. 하지만 긴장을 했을 뿐, 겁은 먹지 않았다.

똥개도 자신의 집 앞에서는 큰소리친다는데 개도 아닌 사람이 왜 물러선다는 말인가. 어차피 엎질러진 물이다. 이왕 이렇게 된 것, 강하게 나가기로 마음먹었다.

사부와의 대련으로 알게 된 것이 약세일수록 선공을 해야 한다는 것이다.

천무악은 상대가 자신이 무공을 익혔다는 것을 모르고 있는 지금이 기회라고 생각했다.

걸어오는 혈음마군을 향해 천무악이 왼손 검지를 엄지로 단단히 쥐었다가 튕겼다.

후앙!

자신에게 아직은 어색한 천공일지공의 후 삼식이 아닌 완숙한 경지에 오른 이식 섬뢰일지가 혈음마군을 향해 공기를 터뜨리며 날아갔다.

사악한 미소를 지으며 당당하게 걸어오던 혈음마군은 자신의 정면으로 날아오는 섬뇌일지를 보곤 기겁했다.

무공을 모르는 꼬마라 생각하고 간단히 처치하려 했는데

갑자기 이런 고강한 지기를 날리니 놀랄 수밖에 없었다.

그는 뜨악한 표정으로 급히 도를 들어 지기를 막았다.

하나, 생각 외로 지기에 실린 힘이 강해 뒤로 네 걸음이나 움직인 후 겨우 튕겨낼 수 있었다.

“이, 이놈이 무공을 익히고 있었구나! 홍! 하지만 겨우 이깟 무공을 익혔다고 건방지게 까불다니!”

말과는 다르게 놀란 토끼눈을 하고선 천무악이 있던 곳을 바라보며 소리를 질렀다.

하지만 천무악은 거기에 없었다.

“이깟 무공이 얼마나 무서운지 알려주지, 색마 영감!”

천무악은 혈음마군의 왼쪽 옆구리에 있었다. 장거리에서 싸워봤자 자신의 내공으로는 얼마 견디지 못한다는 것을 안다.

공격이 도달하는 데 시간도 걸려 방어하기도 쉽고 말이다. 그래서 화지천과의 대련으로 단련된 근접전을 펼치기 위해 섬뢰일원보를 사용해 움직였던 것이다.

천무악의 왼손 검지로 기가 몰려들었다.

이번 한 수로 승기를 잡아야 했다.

기가 몰린 왼손 검지로 혈음마군의 왼쪽 옆구리를 향해 강하게 찔렀다.

파앙!

하지만 터져 나오는 소리가 사람의 몸에서 나는 것이 아니었다.

"큭!"

"으윽!"

천무악과 혈음마군 둘 다 동시에 신음 소리를 냈다.

혈음마군이 천무악의 검지를 자신의 도로 막아냈던 것이다.

비록 상대가 어디에 있는지 몰라 당황하긴 했지만 순간적인 반사신경으로 겨우 막아냈다.

충격의 반발력으로 둘 다 한 발자국씩 물러섰지만 회복은 혈음마군이 빨랐다.

"이 새끼, 죽어라!"

혈음마군이 자신의 무공인 혈라도법(血拏刀法)으로 천무악을 압박해 갔다.

혈라도법은 쾌(快)의 무리를 담고 있었다. 빠른 속도로 도가 휘둘러져이내 그물을 형성하듯 도기(刀氣)끼리 서로 엮였다. 거기다가 도라는 중병을 사용하고 있기 때문에 힘에서도 뛰어난 무공이었다.

선제공격에서 실패하니 바로 수세에 몰리는 천무악이다.

왼손 검지에 기를 모아 칼 휘두르듯 열심히 움직였지만 모든 공격을 다 막을 수는 없었다. 그러다 보니 몸 곳곳에 상처가 생기기 시작했다.

검지에 모이는 기를 초식에 맞게 변형시키는 것만 능숙하다면 이렇게까지 밀릴 이유는 없었는데 그것이 너무나 안타까웠다.

"크악!"

열심히 움직여 봤지만 쾌를 추구하는 무공을 상대해 본 적이 없는 천무악은 결국 큰 상처를 입고 말았다.

천무악의 오른쪽 옆구리에서 피가 꾸역꾸역 나오고 있었다. 흘리는 피의 양이 적지 않았다.

"어린놈이 어디 어른을 몰라보고 까부느냐! 크크크, 건방진 놈아! 똑바로 들어라, 이 몸이 바로 천하에 이름 높은 혈음마군이다!"

자신이 승부에서 이겼다고 생각한 혈음마군은 당당하게 말했다. 기습 공격에 당황하긴 했지만 자신이 어린놈에게 당할 리가 없었다.

혹시나 지는 일이 생기면 쪽팔려서 무림에 고개를 들고 다니지 못할 것이다.

'그런데… 저놈이 쓰고 있는 무공을 어디서 본 것 같은데……'

혈음마군은 천무악의 무공을 어디선가 본 적이 있는 것 같았다. 하지만 생각이 나지 않아 직접 물어보려는데 천무악의 말로 생각이 이어지지 않았다.

"크크큭! 그래, 이름이 높겠지. 천하에 다시없을 색마로 말이야. 거기다가 이제 보니 나이에 맞게 놀지도 않네. 어린애

를 상대로 상처 하나 입혔다고 그렇게 큰소리치며 좋아하는
걸 보면 말이야. 하하하!"

옆구리의 상처를 오른손으로 지혈하며 힘들게 버티면서도
입심 하나는 여전한 천무악이다.

비록 지금껏 경험해 보지 못한 쾌도에 당해 상처 입었지만
아직 졌다고 생각하지 않았다.

이 정도로 쓰러질 것 같았으면 싸움을 시작하지도 않았을
것이다.

"크크크! 어린놈이 죽을 위기에 처해도 입심 하나는 여전
하군. 지금의 널 요리하는 것은 어려운 일도 아니다. 그전에
하나만 물어보자. 애송아, 악괴(惡怪)는 잘 지내느냐?"

혈음마군은 천무악이 악을 쓰며 덤비려는 모습을 보고 누
구의 무공인지가 떠올랐다. 자신을 무던히도 괴롭히던 악괴
의 무공과 성격까지 닮았다는 것을 알아차린 것이다.

"악괴? 그게 누구지?"

"뭐? 악괴를 몰라? 그럼 아닌가? 아! 혹 화지천은 잘 아느
냐?"

"응? 당신이 우리 사부를 어떻게 알아?"

혈음마군의 말에 오히려 놀란 사람은 천무악이었다. 처음
보는 자가 어떻게 사부의 이름을 아는지 궁금했다. 거기다가
악괴라니, 생전 처음 들어보는 말이었다.

"역시 그놈의 제자였군. 그럴 줄 알았어! 그놈이 죽었다는

소문을 들었을 때 나는 믿지 않았거든. 그렇게 쉽게 죽을 놈이 아니지. 그럼 그놈도 여기 있나?"

천무악은 대답하지 않았다. 굳이 말을 해서 없다는 걸 알려줄 이유가 없었다. 하지만 혈음마군은 노강호답게 눈빛만으로 화지천이 없다는 것을 알아챘다.

"역시 없군. 하긴 이곳에 있다면 나를 보고 가만있지 않겠지. 또 예전처럼 미친 망나니같이 나를 죽이려고 끈질기게 따라붙을 것이 뻔하다. 큭큭큭! 불쌍하구나, 애송아. 도와줄 사부는 없고 너는 나한테 죽게 되었으니. 내가 예전 생각이 갑자기 나서 곱게는 못 죽여줄 것 같거든."

"내 사부를 어떻게 아느냐고 물었다. 그리고 악괴라는 이상한 이름에다 죽었다는 소문이라니?"

사부를 못 본 지가 삼 개월이 넘었다. 혹 그사이에 무슨 일이라도 있었는지 걱정되어 묻는 것이었다.

그래도 사부니까.

"이름? 하! 그놈은 자신의 별호도 제자에게 가르쳐 주지 않았나? 네놈 사부는 오래전부터 허접한 문파의 이름을 알리려고 혈안이 된 미친놈이 아니더냐. 나를 잡아 그것을 이루려고 무려 오 년 동안이나 쫓아온 놈이니 말이다. 하지만 그렇게 까불고 다니다가 잘못 걸려서 죽을 뻔했다더라. 크하하! 천둥벌거숭이가 따로 없는 거지!"

"문파의 이름을 알린다? 나에겐 그런 소리를 한 적이 없는데?"

"크크크! 그것은 네놈이 못 미더웠거나 아님 이제 꿈을 접었거나 둘 중 하나겠지. 내가 그런 것까지 신경 써줄 필요는 없는 것 같고!"

혈음마군은 말을 하면서도 도를 들어 천천히 천무악을 향해 다가갔다.

'사부가 한번 문파의 이름을 널리 알리기로 마음먹었다면 포기할 사람은 아니지. 결국 내가 못 미더웠단 말인가. 쳇! 그건 만나서 물어보면 될 일이다.'

천무악은 다가오는 혈음마군을 경계하면서 속으로 말했다.

"내가 그놈에게 쉽게 잡힐 사람이 아니지. 그렇게 죽을 바에는 무림에 나오지도 않았을 테니 말이야. 그렇지만 그놈은 날 너무 괴롭혔어. 뿌득! 그 자식 때문에 아직도 밤에 잘 때 편하게 못 자는 버릇이 생겨 버렸지. 크하하하! 하지만 내가 오늘 그놈의 제자를 죽여 그때의 복수를 하겠다! 너무 분해서 그놈도 밤에 나처럼 잠을 자지 못하게 하겠다고!"

급기야 혈음마군의 도에 도기가 서리기 시작했다.

"그 악독한 사부에게 그렇게 당했다니, 불쌍한 놈! 하지만 어쩌나, 복수를 하기는커녕 이제 숨도 못 쉬게 될 것 같은데? 내가 네놈의 콧구멍을 막아버릴 생각이거든! 사부랑 친한 놈이면 봐주려고 했는데 안됐다. 하하하!"

"사부나 제자나 나를 열 받게 하는 것은 똑같군! 죽여 버리겠다!"

더 이상의 말은 불필요하다고 느꼈는지 혈음마군이 움직였다.

다가오는 혈음마군을 보며 천무악은 이빨을 꽉 물었다. 만약 다시 이렇게 큰 상처를 입는다면 정말 힘들지도 모른다. 최선을 다해야 했다.

정신을 집중해 검지로 기를 모았다. 그리고 기에다가 자신의 의지를 불어넣기 시작했다.

'저놈의 공격을 막기만 하면 아까처럼 또다시 당할 뿐이다. 같이 맞서야 한다. 그리고 불의(不意)의 한 수가 필요해.'

왼손 검지의 마디에서 기의 형태가 변형되며 예기(刈氣)를 발했다.

다가오며 그 모습을 보고 있던 혈음마군은 살짝 긴장했다.

비록 자신이 큰소리를 치기는 했지만 어린놈이 굉장한 실력을 가지고 있었다. 거기다가 그 악독한 악괴 화지천이라면 제자를 허투루 가르치진 않았을 것이다.

자신의 도법 성격상 한번 움직이기 시작하면 호흡이 달리기 전에는 멈추지 않는다. 대신 호흡이 끝나면 다시 몰아붙이기까지는 시간이 필요했다.

그렇기에 집중력있게 공격하는 것이었는데 그 공격을 끝까지 막아가던 놈이다. 호흡의 마지막에서 상처를 내지 못했다면 찰나의 빈틈으로 당하는 것은 오히려 자신이었을지도 모른다.

그 정도의 상대가 각오를 다지는 것 같으니 자신으로서도 쉽게 생각할 수는 없었다.

각오를 다진 두 사람이 다시 맞붙었다.

채채채챙!

손가락과 도가 충돌하며 마치 쇠끼리 부딪치는 소리가 났다.

혈음마군은 아까와 마찬가지로 빠른 속도로 도를 그어갔다. 천무악도 그 도의 속도에 맞춰 최선을 다해 상대하고 있었다.

전과 다른 게 있다면 천무악이 뒤로 밀리는 것이 아니라 제자리에 서서 대등하게 싸워가고 있다는 것이었다.

'이, 이놈이! 아, 악괴 자식이 괴물을 만들었어!'

혈음마군은 아무리 각오를 다졌다고 해도 어린놈이 자신의 공격에 밀리지 않고 버틴다는 것이 놀라웠다. 그리고 시간이 흐를수록 초조해졌다. 자신의 호흡이 다되어가고 있었기 때문이다.

'크으으윽!'

천무악은 속으로 신음을 삼켰다. 비록 겉으로는 대등한 것 같아도 상대의 공격에 맞서 최선을 다해 버티고 있었다.

빠른데다가 힘까지 동반하고 있는 공격이다 보니 맞서기가 어려웠다.

왼손 검지에서는 얼핏 피가 보이는 것이 혈음마군의 도가 천무악의 기를 뚫고 손가락에까지 타격을 주고 있는 것 같았다.

그렇게 두 사람이 사력을 다해 맞서고 있는 가운데 찰나의 변화가 생겼다.

혈음마군의 등으로 주먹만 한 돌멩이가 날아왔던 것이다.

돌멩이는 힘도 속도도 없이 아주 평범하게 그의 등으로 향했다.

평소였으면 강한 힘이 실려 있지 않으니 그냥 맞아줬을 것이다. 하지만 앞의 상대에게만 집중하고 있던 혈음마군은 자신의 등으로 갑자기 무엇인가가 다가오는 것을 느끼고는 잠시 주춤거렸다.

그 찰나의 순간 기회가 천무악에게 왔다.

천무악은 순간적으로 왼손 검지에 정신을 집중했다. 그리고 기의 형을 바꾸기 위해 의지를 불어넣었다.

자신의 의지가 먹혀들었는지 갑자기 검지의 끝에 뾰족한 지기가 한 자가량 밝게 솟아올랐다.

상대의 모습에 뜨악한 혈음마군이 다시 도를 휘두르려고 했다. 하지만 그사이에 뾰족한 송곳이 된 천무악의 지기는 그대로 상대의 오른쪽 가슴을 시원하게 찔러 버렸다.

천공일지공 전 사식 중 하나인 찌르기였다.

"크아악!"

오른쪽 가슴에 구멍이 뚫리며 이 장 밖으로 날아가는 혈음마군이었다.

"헉헉헉! 이, 이겼다!"

자신의 공격이 성공했다는 것을 안 천무악은 힘에 부치는지 거친 숨소리를 토해냈다. 그리고 기뻐했다. 처음 해본 진검 승부에서 자신이 이겼으니 말이다.

한시름 놓은 천무악은 고개를 돌려 돌멩이가 날아왔던 곳을 봤다.

그곳에는 혈음마군에게 잡혀왔던 은설련이 있었다. 은설련은 걱정스러운 눈으로 대결을 지켜보다가 천무악이 상대를 날려 버리는 것을 보자 안심하는 표정이었다.

처음엔 자신을 도와주려던 소년이 무공을 익혔다는 것에 놀랐지만 그 놀라움도 잠시, 계속 색마에게 밀리는 것을 보자 초조해졌다.

그런 상황에서 어디선가 불어온 부드러운 바람이 자신의 몸을 한번 만지고 지나가더니 갑자기 몸이 움직여졌다.

어떻게 된 것인지는 알지 못했지만 일단 몸이 움직여졌고, 어디선가 속삭이는 소리도 들려왔다.

그 소리를 듣고 소년에게 작은 도움이라도 줘야겠다는 생각에 용기내서 돌멩이를 던진 것이다.

"고마워. 덕분에 저 색마를 이길 수 있었어."

'예, 예쁘다!'

천무악은 은설련에게 고마움을 표하려다 그녀의 얼굴을 보고 또 한 번 감탄했다. 긴장이 풀리니 다른 것에도 신경이 움직였다.

그리고 비록 그녀를 돕기 위해 한 일이지만 일이 이렇게 되고 보니 서로에게 고마워해야 하는 상황이 되었다.

환한 웃음을 보이던 천무악은 문득 의문이 생겼다. 혈을 잡혔던 그녀가 갑자기 어떻게 움직이게 된 것인지 그제야 궁금해진 것이다. 얼핏 본 그녀는 무공을 익힌 것 같지 않았으니 말이다.

그것을 물으려고 다시 은설련 쪽으로 돌아보는데 그녀는 무엇을 봤는지 얼굴이 경악으로 물들어갔다.

그 표정을 보고 천무악이 황급히 고개를 뒤로 돌렸다. 그리고 은설련과 똑같은 표정을 지었다.

천무악에게 얼마 떨어져 있지 않은 혈음마군이 자리에서 일어나 도를 집어 던지고 있지 않은가.

그 도에는 필살의 공력이 담겨 있었는지 도기가 퍼렇게 둘러져 천무악에게로 날아왔다.

천무악은 당황해하며 급하게 기를 끌어올렸다. 그리고 혈음마군의 도를 막으려 했지만 준비가 늦었다.

긴장이 풀려 천능동해각법을 시전하고 있지 않았기 때문에 상대의 기척도, 상태도 알지 못했다. 그러다 보니 방어가 제대로 될 리 없었다. 급하게 끌어올린 기로는 필살의 도를 막기 힘들었던 것이다.

"커어억!"

자신의 가슴으로 날아오는 도를 튕겨내기는 했지만 그 충격으로 심각한 내상을 입고 은설련이 있는 곳까지 날아가 버렸다.

그리고 도를 완벽하게 튕겨내지도 못해서 왼손의 검지는 뼈가 반 이상 갈라져 덜렁거리고 있었다.

"감히 누구 앞에서 희희낙락(喜喜樂樂)이야! 내가 그딴 공격에 죽을 것 같아! 이 새끼도 제 사부만큼이나 나를 열 받게 하네! 아주 영원히 사라지게 해주마!"

혈음마군은 자신의 구멍 뚫린 상의를 벗어 던지며 외쳤다.

상의를 벗자 그 자리에는 붉은색으로 빛나는 갑옷이 있었다.

"크흐흐, 이 혈화갑(血花鉀)이 아니었으면 위험할 뻔했어. 역시 이름값을 하는군. 크하하하!"

혈음마군은 혈화갑이라는 보신갑을 입고 있었기 때문에 천무악의 지기에 관통되지 않은 것이었다.

혈화갑은 보신갑 중에서는 상당히 알아주는 귀한 물건이라 혈음마군도 얻은 지가 오래되지 않았다.

천무악이 한 번이라도 자신의 지기로 사람을 죽였거나 몸
에 직접 찔러봤다면 자신의 공격이 '성공했다, 아니면 막혔
다'를 판단할 수 있었을 것이다. 하지만 처음으로 생사결을
해보는지라 그런 느낌을 알지 못했다.

천천히 몸을 가다듬는 혈음마군도 천무악에게 받은 타격
과 전력을 다해 도를 날리는 과정에서 큰 내상을 입었는지 입
가로는 피를 흘리고 있었다.

혈음마군은 입가를 손등으로 닦으며 천무악과 은설련이
있는 곳으로 걸어갔다.

"정신 나간 년이 감히 이 몸을 방해해? 내 가만두지 않겠
다!"

자신에게 돌멩이를 던짐으로써 상황을 이렇게 번잡하게
만든 은설련을 노려보며 걸어왔다.

충격으로 뒤늦게 정신을 차린 천무악은 다급해졌다. 이대
로는 둘 다 당할 것 같았기 때문이다.

왼손 검지는 더 이상 싸울 수 없는 상태기에 이렇게 되면
금제되어 있는 오른손 검지를 사용할 수밖에 없었다.

천무악이 오른손 검지를 들어 다가오는 혈음마군을 겨냥
했다.

"뭐, 뭐야?"

혈음마군은 걸어가다가 천무악이 오른손 검지를 들어 올
리자 움찔 놀라며 경계했다.

　지금까지 사용하지 않던 오른손을 갑자기 치켜드니 암수가 있을까 저어한 것이다. 사실 혈음마군은 계속 궁금했었다, 왜 천무악이 오른손을 사용하지 않는지 말이다.

　예전에 자신을 도망 다니도록 만들었던 악괴는 분명히 양손의 검지를 다 사용했었다.

　워낙 특이한 부위를 사용해 자신을 상대해 왔으니 이 무공의 특징을 모를 리가 없었다. 하지만 제자라는 놈은 목숨이 위태로운 상태에서도 결코 오른손 검지를 사용하지 않기에 무슨 문제가 있다고만 생각하고 상대했다.

　만약 오른손 검지를 지금 사용할 수 있다면 자신의 목숨이 위태로웠다. 도까지 던져 버린 상황이 아닌가.

　'젠장! 이렇게 되면 이판사판이다!'

　천무악은 답답했다. 분명히 사부가 금제를 할 때 사용하지 말라고 했었다. 하지만 지금은 너무나 다급하기 때문에 어쩔 수가 없었다.

　혈음마군은 천무악이 바로 공격하지 않고 이상하게 뜸을 들이자 무슨 문제가 있음을 알아차렸다.

　"이 자식이 허세가 굉장하군! 야, 이 개자식아! 내가 모를 것 같아? 넌 오른손을 사용할 수 없잖아!"

　천무악은 혈음마군이 다시 다가오기 시작하자 기를 오른손 검지로 보냈다.

“흥! 왜 사용할 수가 없어, 일부러 사용을 안 한 거지! 이 더러운 자식아, 내 공격을 받아봐라!”

천무악의 외침에 세 사람 모두가 침을 삼키며 오른손 검지로 시선이 몰렸다. 그리고는 깜짝 놀랐다.

오른손 검지가 점점 부풀어 오르는 것이 아닌가.

“헉!”

혈음마군은 심상치 않은 기운을 느끼고 뒤로 물러섰다.. 하지만 시간이 지나도 부풀어 오르기만 할 뿐 아무런 일도 일어나지 않았다.

“어? 어? 이, 이게 왜 이래?”

“개자식이! 나를 놀려!”

혈음마군은 너무 화가 났다. 이게 뭐 하는 짓이란 말인가. 저런 황당한 짓거리에 주춤했다는 것이 더욱 화를 자극했는지 눈알까지 뻘게지며 달리기 시작했다.

혈음마군이 지척까지 다다르자 천무악은 다급했다.

‘이 자식아! 그러지 말고 어떻게 좀 해보라고!’

천무악이 내공을 보내면 보낼수록 오른손 검지는 양분을 듬뿍 받은 나무처럼 무럭무럭 커지기만 했다.

“젠장할. 빌어먹을 손가락아 터져도 좋다! 나가, 나가라고!”

미친 듯 소리치며 천무악이 모든 내공을 오른손 검지로 쏟아부었다.

그러자 터질 듯 부푼 오른손 검지 끝에서 갑자기 빛이 터져 나오기 시작했다. 그리고 이내 엄청난 빛이 모두의 시야를 가려 버렸다.

푸확!

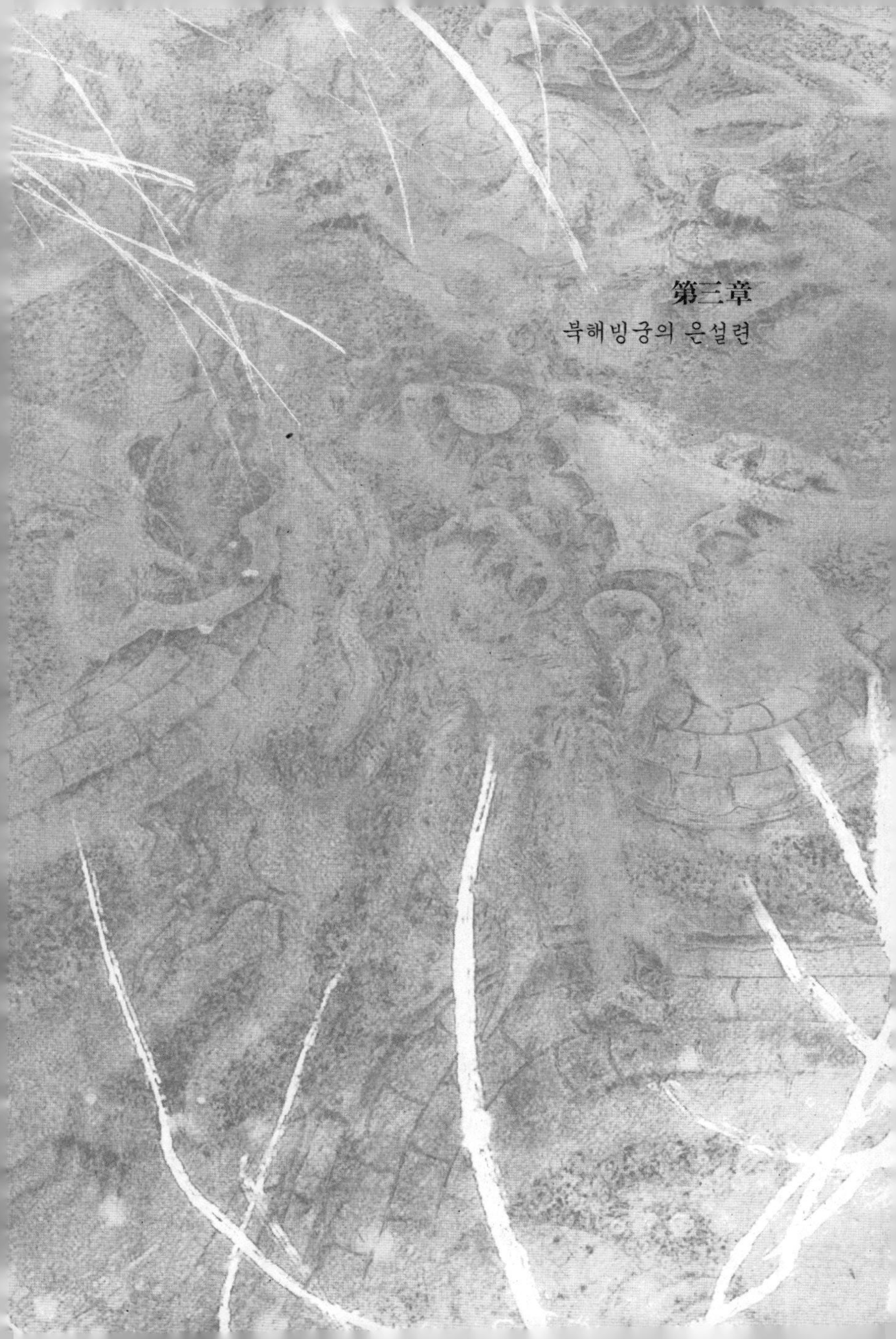

第三章

북해빙궁의 은설련

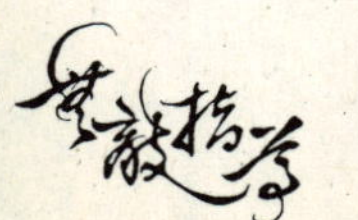

"흐억! 뭐, 뭐가 어떻게 된 거야!"

혈음마군은 앞이 안 보여 허우적거리며 소리를 질렀다.

굉장한 빛이었다. 저 정도라면 분명히 엄청난 일이 벌어졌을 것이다. 악괴와 상대할 때도 이런 것은 경험한 적이 없었으니 말이다.

잠시 후, 모두의 시력이 회복되며 상황이 적나라하게 드러났다.

천무악의 오른손 검지 끝에서 한줄기의 몽환적인 수증기가 나와 하늘로 흩어졌다. 그리고 손가락은 부푼 모습이 아닌 물 빠진 오줌보처럼 쪼그라들어 있었다.

“어, 이게 왜 이… 러지? 하하하!”

천무악이 민망한지 손가락으로 머리를 긁었다.

혈음마군은 자신의 몸에 이상이 없나 하고 살피기 시작했다. 하지만 아무리 봐도 구멍 난 곳도, 아픈 곳도 없었다. 혈음마군의 얼굴이 흥분으로 시뻘겋게 변했다.

“이 씨벌 놈이 지금 나를 가지고 놀아!”

“제, 젠장!”

천무악도 이런 일이 생길 것이라고는 생각지 못했기 때문에 당황하기는 마찬가지였다.

그 사이에 다가온 혈음마군이 그대로 천무악의 배를 발로 걷어차 버렸다.

퍼억!

“허억!”

“이 자식아, 오늘 너는 편하게 못 죽을 줄 알아라! 사는 것보다 죽는 것이 낫다는 걸 깨닫게 해주겠다!”

천무악은 숨을 쉴 수가 없는지 컥컥대며 자리에 주저앉았다.

그리고 그 상태로 혈음마군에게 무자비하게 두들겨 맞고 있었다.

은설련은 그 장면을 보지 못하겠는지 눈을 감아버렸다.

“어디서 배운 무공이냐? 네 사부가 알려주더냐? 사람 염장을 지르는 최고의 방법이라고! 어디서 이따위 수작을 부려!

죽어, 죽으라고!"

퍼퍼퍼퍽!

잠시 후, 혈음마군은 때릴 만큼 때렸는지 천무악의 멱살을
틀어쥐고 위로 들어 올렸다.

목이 조이는지 천무악의 안색이 점점 검어졌다. 눈도 몽롱
하게 풀려갔다.

'이, 이렇게 어이없게 죽을 수는 없……'

아무런 생각이 나지 않았다. 그저 점점 어두워지는 자신의
시야가 이상했는지 눈을 껌뻑거리려 노력하고 있었다.

"이 정도면 됐다! 짜증나니깐 이제 죽어라!"

혈음마군이 손에 힘을 주기 시작했다.

그때, 갑자기 천무악의 등으로 무엇인가가 날아왔다.

퍼퍼퍼퍽!

'응? 뭐지? 으응? 어!'

천무악은 의아했다. 자신의 몸에 변화가 생긴 것이다.

시원한 타격음과 함께 텅 비어 있던 단전에 내공이 돌고 있
었다. 그리고 기가 제대로 돌지 않던 오른팔에도 힘이 들어갔
다.

혈음마군도 천무악의 등에서 나는 소리와 함께 이상함을
느꼈다.

몽롱하게 풀려가던 천무악의 눈이 점점 또렷해지는 것을
봤기 때문이다.

"이, 이게 도대체 무슨? 커억!"

혈음마군은 갑자기 온몸에서 힘이 빠지는 것을 느꼈다. 피가 마구 새어나가는 느낌이었다.

그 원인을 찾아보니 자신의 목 언저리에 천무악의 오른손 검지가 박혀 있는 것이 아닌가.

천무악은 오른팔을 막고 있던 무엇인가가 뻥 뚫리는 느낌을 받았다. 그리고 이내 오른손 사용이 가능하다는 것을 알고 검지에 남은 기를 몽땅 집중시켜 혈음마군의 목 옆쪽을 그대로 찔러 버린 것이다.

"당신이 아까 알려줬잖아? 방심하지 말라고."

목에서 피를 줄줄 흘리며 주저앉은 혈음마군은 천무악의 말에 어이가 없었다. 자신이 이렇게 허무하게 죽을 수는 없었다.

'모, 목적지가 바로 코앞인데…… 어린놈에게 이렇게 죽을 수는 없다! 저, 저승길이라도…….'

여기서 진다는 것을 수치로 여기는 혈음마군이었다.

몸을 살펴보니 어차피 자신은 살기 힘들었다. 피가 멈추지 않으니 힘이 다 빠져나가기 전에 한 방 날려서 동귀어진을 해야 했다.

그런 마음을 먹고 억지로 손을 움직이려 하는데 익숙한 목소리가 들려왔다.

"아이고, 안녕하세요? 혈음마군님 아니세요. 흘흘흘! 요놈아, 네놈이 이곳엔 어쩐 일이냐? 죽여 달라고 모가지 들이대러 왔냐?"

혈음마군의 몸이 떨렸다.

'이 자식이 하필 지금! 젠장!'

이 목소리는 자신이 가장 싫어하는 인간의 것이었다. 이 목소리를 들은 것이 이십 년도 지났지만 자신은 똑똑히 기억하고 있었다.

이 인간이 누군지를 말이다.

"아… 악괴?"

그사이에 혈음마군의 앞으로 걸어온 화지천이 아주 밝게 웃으며 말했다.

"역시 아직 잊지는 않았네? 그러면 요놈아, 뭐 하러 이곳에 왔냐? 날 만나면 뻔히 죽는다는 것을 아는 놈이 말이야. 흘흘흘! 시원하게 한판 벌였으면 이놈이 내 제자라는 건 바로 알아챘을 텐데?"

화지천이 옆에 서 있던 천무악의 어깨를 손으로 잡았다.

하지만 천무악은 화지천의 손을 불쾌하다는 듯 비켜냈다.

"하! 하하하! 암, 그…… 자식이 네놈 제자라는 것은 바로 알아챘지! 크륵. 그, 그래서 죽여 버리려고 했는데…… 네, 네놈이 나타나서 시…… 실패했구나. 쿨럭!"

혈음마군은 아쉽다는 표정을 지으며 말했다. 피가 급속도로 빠져나가니 이제 말하는 것도 힘겨워 보였다.

사실 그는 천무악의 실력을 가볍게 보고 쉽게 처리할 수 있을 거라 생각했다. 그런 다음 떠나면 화지천에 대한 복수도 되니 말이다.

하지만 생각 외로 너무 강해 집중해서 싸우느라 화지천에 대한 생각은 지우고 있었다. 화지천이 이렇게 근처에 있는 줄 알았다면 바로 자리를 떴을 것이다.

제자 놈이 무서운 것이 아니라 그 뒤에 서 있을 화지천이 두려웠기 때문이다.

동귀어진하기로 마음먹고 마지막 일격을 날리려 했던 결심도 화지천이 등장함으로써 끝나 버렸다.

저 인간이 서 있는 이상 자신의 공격이 성공하기란 요원한 일일 것이다. 그냥 이렇게 쓸쓸하게 죽어가는 인생만이 한스러운 혈음마군이다.

"쯧쯧. 멍청한 놈! 그 나이에 무슨 부귀영화를 누리려고 세상에 다시 돌아다니나? 그냥 어디에 숨어 조용히 살았으면 이렇게 죽을 일도 없었을 텐데. 하긴 뭐, 네가 가만히 있을 놈은 아니다만. 흘흘! 편하게 가라! 내 장례는 못 치러줘도 땅에는 묻어주마."

화지천은 피를 너무 많이 흘려 정신이 가물가물한 혈음마군을 바라보며 말했다. 비록 예전에는 죽이려 쫓아다녔지만 이십 년이 지난 지금 죽어가는 인물에게까지 해코지할 마음은 없었다.

삶의 미련을 버려서일까, 혈음마군은 빠른 속도로 생기를 잃어갔다. 그리고 끝에 이르러서는 회광반조가 일어났는지 피식 웃으며 화지천에게 말했다.

"체…… 옛! 나… 쁜 새끼…… 잘난 척하기는……. 먼저 가서 기…… 다리마! 훗!"

혈음마군은 그렇게 파란만장한 인생을 마감했다.

천무악은 잠시 멍한 상태였다.

비록 너무 급해서 전력으로 공격은 했지만 이렇게 상대가 죽을 줄은 몰랐던 것이다.

죽일 만큼 나쁜 인간이긴 했다. 하지만 그런 자를 자신이 직접 죽였다는 것에 놀라 흉기로 변한 손가락을 보고 있었다.

눈앞에서 자신의 공격으로 인해 피를 줄줄 흘려가며 생기가 흩어지는 것을 직접 목격하니 비위가 상했다.

그런 모습의 천무악을 화지천이 안타깝게 바라봤다. 그리고는 마음을 이해한다는 듯 어깨를 어루만져 주며 말했다.

"요놈아! 사람 하나 죽였다고 세상 다 산 얼굴을 하냐? 사람을 처음 죽이게 되면 다 너와 같은 감정을 가지긴 한다. 하나 이 무서운 무림에서 살아가려면 그것을 극복해야 해. 그래야 네가 살 수 있는 거야. 오늘도 그렇지 않냐, 죽이지 않았다면 저 자리에 누워 있는 놈은 네놈이었을 것이야."

화지천의 나름(?) 부드러운 말에 천무악이 정신을 차렸는지 눈동자가 또렷해졌다. 잠시 회한의 눈빛을 하던 천무악은 화지천을 바라봤다.

"사부……."

"흘흘흘! 그래, 나는 다 이해한다. 힘들겠지. 하지만 언젠가는 겪을 일이었다. 그리고 앞으로는 더 많이 죽여야 할 테니 너무 마음에 두지 마라. 흘흘!"

화지천은 제자가 계속 힘들어하는 것 같아 따듯한(?) 말로 풀어주려고 노력했다. 자신도 아주 오래전 겪은 감정이지 않던가.

조금은 누그러졌는지 천무악이 화지천의 얼굴을 똑바로 쳐다보며 말했다.

"지금 장난합니까! 뭘 더 많이 죽여요! 그리고 왜 이제 나타난 겁니까? 제가 죽고 나서 나오려 했습니까? 예예, 그렇겠죠. 이제는 귀찮으니 그냥 남의 손을 빌려 죽이려 한 것은 아닙니까!"

"이, 이 미친놈이! 뭐라고? 이 몸을 어찌 보고 고따위 말을 하느냐!"

화지천은 천무악의 말에 기가 찼다. 아니, 물에 빠진 사람 구해줬더니 보따리 달란다고, 자신이 왜 이런 말을 들어야 하는지 어이가 없다는 표정이었다.

"아니, 이 자식아! 산을 내려갔다가 이제 도착한 사람한테 그게 할 소리냐! 왜 이제 나타나? 금방 도착했으니 지금 나타난 것이 아니냐! 내 말이 틀려?"

"헹! 그걸 나보고 믿으라고요! 귀신은 속여도 저는 못 속입니다. 저기에 있는 저 소저의 점혈을 사부가 풀어준 것 아닙니까? 그리고 제가 위험해지니 저의 금제도 풀어준 것이고요. 아닙니까?"

"흐…… 흐흘! 이, 이놈이 사부를 못 믿다니. 난 아니다, 결코!"

"아니긴요. 딱 보니 맞는데! 저 소저에게 물어볼까요? 그래도 됩니까? 돌을 던지라고 명한 사람이 있는지 없는지!"

천무악의 말에 화지천은 고개를 은설련 쪽으로 돌리려 했다.

"어, 어! 고개가 왜 돌아갑니까? 찔리는 것 없으면 그냥 절보고 말씀하십시오!"

천무악은 확실한 단서를 잡았는지 사정없이 몰아붙였다.

상황이 점점 좋지 않게 돌아가자 화지천의 얼굴이 벌겋게 타오르는 노을처럼 달아올랐다.

사실 화지천은 천무악과 혈음마군이 한창 싸우고 있을 때 도착해 있었다. 하지만 실전 수련하기에 더없이 좋은 기회를 그가 놓칠 리가 없었다.

상대는 자신이 예전에 잡으러 다녔던 혈음마군.

비록 천무악에게 쉬운 상대는 아니었지만 질 것 같지도 않았다. 그러나 호각지세(互角之勢)일 것이라 여겼던 대결은 점점 밀리고 있었다.

자신이 끼어들 수도 있었지만 위험한 상황에서 도와주는 버릇 하면 제자가 무공 수련이나 위기에 나태해질까 봐 끼어들지 못했다.

하지만 상황은 더욱 위험해져서 목숨이 오락가락하고 있었다. 일단 급한 대로 옆에 있던 여자아이 은설련의 혈도를 풀어주고 전음을 날렸다, 돌을 주워 혈음마군의 등으로 던지라고.

자신의 제자라면 조금의 틈만 있어도 반격할 수 있을 것이란 치밀한 생각하에 지시한 것이었다. 하지만 자신의 제자는 귀가 닳도록 말했던 '죽일 때는 확실히 죽여라' 를 수행하지 않아 왼손 검지가 반이나 잘리는 타격을 받았다.

강력한 공격에서는 분명 양손의 검지를 교차해서 막으라고 그렇게 말했지만 듣지 않았다. 속으로 '등신 같은 놈' 이라고 욕을 하다가 문득 자신이 했던 말이 생각났다.

"내가 산을 내려갔다 올 때까지 왼손의 검지를 오른손과 같은 수준으로 만들어놔라. 네놈은 주로 오른손 검지를 사용하다 보니 왼손 검지의 사용이 너무 엉망이야. 그것을 대등하게 만들어놓지 못하면 내가 왔을 때 지옥을 보겠지? 흘흘흘!"

생각해 보니 그랬다. 자신이 그런 말을 하며 오른손 검지에 기가 제대로 돌지 못하게 점혈로 봉해놓은 것이다.

하지만 화지천도 천무악의 손가락이 부풀어 오르는 그런 상황은 예상하지 못했다. 원래는 아예 손가락으로 기가 가지 않아야 하는데 의지가 강해서일까, 조금이나마 점혈을 풀어내 그렇게 웃긴 상황을 만들어냈던 것이다.

어이없는 상황에 화지천은 웃다가 목숨이 위급한 천무악의 상태를 확인하고 다급하게 점혈을 풀어줬다. 그리고 금방 도착한 것처럼 등장했던 것이다.

화지천은 더 이상 빠져나갈 구멍이 없어 시인을 했다.

"그래, 네놈이 한창 싸우고 있을 때 이곳에 도착했다. 속이 시원하냐!"

"돌멩이는요?"

"오냐, 저 아이한테 돌멩이를 던지라고 명한 것도 나다! 참 나! 죽을 것 살려줬더니 오히려 따져? 미친놈!"

"흥, 이제 시인을 하시네요! 혹시 저 노인도 사부가 데리고 온 것은 아닙니까?"

천무악은 여전히 사부가 숨기는 것이 있을 것 같아 한번 찔러보았다.

"이놈이 이제 모함까지 해! 난 저 아이가 누군지도 모르고 혈음마군 이놈도 무려 이십 년 동안 보지 못했다! 그런 식으로 말하면 정말 가만히 있지 않을 거다! 감히 하늘같은 사부를 청부 살인범 취급을 해!”

혈음마군에 대한 이야기는 화지천이 정색을 하며 부정했
다. 하지 않은 일까지 오해받기는 싫었던 것이다.

“흐음, 그럼 그건 믿어드리겠습니다.”

‘이, 이 자식이!’

화지천은 자신을 추궁하는 천무악의 말이 마음에 들지 않
았지만 괜히 끝난 이야기로 더 다퉈봤자 좋을 것이 없을 것
같기에 참았다.

뒤에서 천무악과 화지천을 보고 있던 은설련은 당황스러
웠다. 자신을 구해준 것에 대해 감사의 인사를 전하려 했는데
갑자기 둘이 소리치며 싸우니 도저히 끼어들 엄두를 못 냈다.

“어찌 되었든 오늘의 일은 사부의 잘못이 큽니다! 오른손
검지를 점혈한다고 했을 때 분명히 반대했는데 억지로 해서
오늘의 일을 이렇게 만들었고! 거기다 늦게 나타남으로 해서
하나뿐인 제자의 왼손 검지가 반이나 잘렸으니 이것은 명백
히 사부의 잘못입니다!”

화지천은 ‘너의 수련을 위해서 그랬다’고 말하려 했지만
덜렁거리는 왼손 검지를 부여잡고 있는 제자를 보니 말이 입
밖으로 나오지 않았다. 하마터면 왼손 검지를 잃을 뻔했으니
말이다.

“그래, 알겠다. 흘흘! 그건 그렇고, 저 아이는 어떻게 알게

된 사이냐? 예쁘장하게 생겼는데? 흘흘흘!"

차마 입에서 '미안하다'는 말은 나오지 않았기에 다른 질문을 하면서 은근슬쩍 분위기를 바꾸려 하는 화지천이다.

천무악도 사부의 그런 속내를 알았지만 더 몰아붙여 봤자 좋을 것도 없었고, 기다리고 있는 여자도 마음에 걸려 모른 척 넘어가 주었다.

"아이야, 너는 누구……."

화지천이 천천히 은설련에게 다가가는데 말이 채 끝나기도 전에 느껴지는 기척이 있었다. 그것은 빠른 속도로 공터를 향해 달려오고 있었다. 천무악도 그것을 느꼈는지 긴장하며 화지천을 따라 고개를 돌렸다.

숲을 뚫고 나온 것은 흑의를 입은 사내였다. 그는 은설련 옆에 있는 화지천을 보자마자 자신의 검을 두 번 휘둘렀다.

"소궁주님 곁에서 떨어져라!"

흑의의 사내는 큰 소리로 외치며 두 개의 검기를 날렸다. 그리고 그 검기는 화지천의 정면으로 날아왔다.

"허! 성미가 급한 놈이네!"

화지천은 자신에게로 빠르게 다가드는 검기를 향해 손가락을 들었다.

푸항!

천무악이 날리는 지기와는 비교도 되지 않는 강맹한 섬뢰일지가 화지천의 손에서 공기를 터뜨리며 날아갔다.

퍼퍽펑!

"크윽!"

두 개의 검기는 화지천의 섬뢰일지와 충돌해 모두 바람으로 화해 버렸다. 그리고 오만하게 서서 뒷짐을 지고 있는 화지천과는 반대로 충격의 반발력 때문에 뒤로 두 발자국을 물러선 흑의의 사내였다.

"으득. 이놈, 실력이 상당하구나!"

"이놈? 허참! 안 되겠는데. 손을 조금 봐…… 응?"

사내의 반말이 성질을 건드렸는지 손을 봐주려 움직이려던 화지천이 갑자기 움찔거렸다. 섬뢰일지와 검기가 부딪친 충돌의 여파로 불어오는 바람에서 느껴진 기운이 있었기 때문이다.

"한기(寒氣)? 흐음… 아이야, 혹시 북방의 빙궁에서 왔냐?"

자신에게 불어온 바람에서 차가운 기를 느낀 화지천이 은설련에게 좀 더 다가가며 물었다.

그 모습을 보고 깜짝 놀란 흑의의 사내가 경공을 펼쳐 빠른 속도로 화지천에게로 다가섰다.

또다시 발작하듯 덤벼드는 흑의의 사내를 이번에는 봐줄 마음이 없는지 화지천이 작심한 얼굴로 오른손 검지를 들어 올렸다.

몸을 상하게 할 마음은 없었지만 어수룩하게 계속 덤벼드는 행동은 혼을 내줄 필요가 있어 보였기 때문이다.

그런 화지천의 얼굴을 본 은설련이 다급하게 외쳤다.

"빙섬(氷暹)! 은인에게 뭐 하는 짓입니까! 그만하지 못해요! 어르신도 제발 손을 거두어주십시오. 빙섬은 저의 신상이 걱정되어 저러는 것입니다."

은설련의 외침에 빙섬이라 불린 흑의의 사내가 급하게 멈추며 검을 거뒀다.

화지천도 은설련의 간곡한 말이 마음에 걸려 손을 거두었다. 혹시나 심하게 다치기라도 하면 괜히 도와주고 억울한 소리를 들을 수도 있었으니 말이다.

"인사드릴게요. 저는 북해 빙궁의 소궁주인 은설련이라고 합니다. 위기에 처한 저를 이렇게 도와주셔서 정말 감사합니다."

옷매무새를 정리한 은설련이 천무악과 화지천을 향해 고개를 숙였다. 빙섬이라고 불린 사내도 그제야 죽은 혈음마군의 시신과 은설련의 말로 인해 어떻게 된 일인지 파악하고 미안한 마음에 더욱 고개를 숙였다.

깊게 고개 숙이는 두 사람의 모습에 진심을 느낀 화지천은 고개를 끄덕였고, 그런 사부를 천무악은 불만스런 눈빛으로 바라보았다. 고생은 자신이 다 하고 감사는 사부 화지천이 받는 것 같아 짜증이 난 것이다.

"인사는 그쯤 하면 됐다. 흘흘! 한데 북해빙궁의 소궁주면 아마도 궁주의 딸일 것인데, 그런 사람이 중원에는 왜 왔지?

거기다 이런 일은 또 어쩌다 당한 거고?"

화지천의 말에 빙섬이란 자의 얼굴이 뻘겋게 달아올랐다. 자신이 보필을 제대로 하지 못해 이런 일이 생겼다고 생각하고 있는 것 같았다. 빙섬의 그런 모습을 본 은설련이 고개를 가로저으며 말했다.

"빙섬 그대의 잘못이 아니에요. 이것은 치밀하게 계획되어 있던 일일 거예요. 거기다가 본 궁에 첩자가 있을지도……. 아! 죄송합니다. 생각을 정리하느라고요."

"괜찮아. 흘흘흘. 그럴 수도 있지."

화지천의 너털웃음에 한 번 고개를 숙이고 은설련이 말을 이었다.

"공공연한 비밀이지만 저는 이번에 무림맹과 본 궁의 동맹 사절로서 중원에 오게 되었습니다. 하나 중원의 아름다운 풍경에 넋을 잃다 보니……."

자신의 고집으로 일이 생겼다고 생각했는지 은설련은 중간에 말을 못하고 얼굴을 붉혔다. 천무악은 오히려 그런 그녀의 모습에 넋을 놓고 있었고 말이다.

그 모습을 슬쩍 본 화지천이 반달 모양의 눈을 만들었다.

'요놈, 이거 그냥 도와준 게 아닌 것 같은데? 흘흘!'

그사이 은설련의 말은 계속되고 있었다.

"그리고 이곳저곳을 둘러보는 도중 이 근처에서 괴한의 습격을 받았습니다. 워낙 적의 숫자가 많았고 순식간에 당한 일이라 호위들이 저를 놓치게 되어서 이런 일이 발생한 것이죠. 아까 죽은 그 괴한이 저를 납치해 어딘가로 데리고 가려다 이곳에서 저 공자님을 만나 도움을 받게 되었습니다.”

“흘흘, 그렇게 된 것이라……. 그런데 북해의 패자인 빙궁을 건드려서 좋을 것이 없다는 것을 알 것인데 누가 이런 일을 꾸몄을꼬. 무림맹과 빙궁의 동맹을 방해하려는 미친놈들 같은데 말이야.”

화지천은 은설련의 말을 듣고 무림에 자신이 생각지 못한 암류가 흐를지도 모르겠단 생각을 했다. 물론 자신과는 큰 상관이 없었다. 자신은 일단 천무악의 경지를 올리는 것에 매진하고 있어서 현 무림 정세에 대해서는 개입도 하지 않았고 정보도 거의 없었으니 말이다.

“저기…… 사부, 북해빙궁이 뭐 하는 곳입니까?”

“으응?”

두 사람이 대화하는 것을 가만히 듣던 천무악이 무슨 말인지 몰라 답답했는지 조심스럽게 물었다.

화지천이 자신의 턱을 긁다가 천무악에게 말했다.

“네놈이 알 필요는 없다.”

“네에?”

‘이 영감탱이가 나랑 장난치나! 말해준다고 큰일 날 것도 아니고!’

천무악의 얼굴이 화난 표정으로 구겨졌다.

"네놈이 빙궁에 갈 것도 아닌데 굳이 알 필요가 있느냐? 너는 그냥 몰라도 돼."

"젠장. 사부에게 잡혀와 이 산에서 갇혀 산 지도 벌써 십 년입니다, 십 년! 비록 못 가봤고 갈 일도 없겠지만 세상에는 이런 곳도 있더라 하고 알아두면 나쁠 것은 뭡니까?"

천무악이 정색하며 말하자 속으로 뜨끔했던지 화지천이 급히 설명했다.

"알았다, 알았어! 설명해 주면 될 게 아니냐! 흠! 북방에는 호수도 얼어붙을 정도로 추운 곳이 있다. 뭐 너야 호수도 본 적이 없겠지만. 어쨌든 그곳에 살고 있는 사람들을 하나로 뭉치게 하고 돌보는 곳이 바로 빙궁이라는 곳이다. 중원에서는 세외 세력이라고 부르며 그 힘을 얕보지 못할 대단한 집단이라고 생각하면 된다."

화지천의 설명에 천무악은 고개를 끄덕였다. 그렇다면 아까 저 빙섬이라는 자의 무공을 이해할 수가 있었다. 대단한 세력에서 소궁주라고 불리는 사람을 호위할 정도면 강한 것이 당연한 것일 테니 말이다.

빙섬의 경지는 자신이 최선을 다해도 질 가능성이 더 많았다. 아마 제대로 붙었다면 혈음마군도 쉽게 저자의 손에서 벗어나지 못했을 것이다.

"소궁주님, 수하들이 기다리고 있을 겁니다. 그리고 빨리 가까운 무림맹 지부로 향해서 보호를 요청해야 합니다. 또 언제 이런 공격이 있을지 알 수가 없습니다. 그러니 이제 걸음을 옮기시지요."

빙섬은 소궁주 은설련과 자신이 오기만을 오매불망(寤寐不忘) 기다릴 수하들이 걱정되었는지 걸음을 재촉했다. 물론 추가적인 공격도 예상해야 하니 보호를 받으며 최대한 빨리 무림맹으로 향해야 했다. 생각 외로 가야 할 길이 멀었기 때문에 은설련은 고개를 끄덕이고는 천무악에게 다가왔다.

"공자님의 이름이 무엇이죠?"

"천무악. 내 이름은 무엇 때문에 묻지?"

은설련이 이름을 물어오자 이유가 궁금했던지 천무악이 되물었다. 천무악의 말에 그녀의 눈매가 잠시 꿈틀 움직였지만 이내 표정을 바로 하고 고개를 숙이며 말했다.

"저의 목숨을 구해주신 은인의 이름도 모른대서야 어찌 은혜를 갚겠어요. 정말 저를 구해주셔서 감사해요. 그리고 이것은 제가 감사의 의미로 드리는 것이니 받아주세요."

은설련이 품에서 꺼내 천무악에게 내민 것은 조그마한 목곽(木槨)과 하얀 옥패였다.

"목곽에 든 것은 저희 궁에서 제일 효과가 좋다는 금창약입니다. 손가락의 상처에 쓰세요. 그리고 옥패는 약속에 대한 징표입니다."

"약속?"

"네. 언제든 그 옥패를 내밀며 부탁을 하신다면 본 궁에서 힘닿는 데까지 그것을 들어드린다는 약속입니다. 제가 지금 해드릴 수 있는 것은 이 정도군요."

빙섬이 은설련이 내민 옥패를 보고 안색을 바꿨다.

"소, 소궁주, 어찌 그것을 그리 쉽게……."

자신을 나무라는 빙섬을 똑바로 바라보며 은설련이 입을 열었다.

"이 옥패가 저보다 중요한 것인가요? 그리고 은혜는 갚아야 하는 것입니다. 이 정도는 아버님께서도 이해해 주실 것이라 믿어요."

두 사람이 하는 말을 들은 천무악은 손에 쥐어진 옥패를 바라봤다.

차가운 한기가 느껴지는 하얀 옥패에는 호랑이가 음각되어 있었다. 북해빙궁을 상징하는 백호라는 것을 천무악이 알리가 없다.

그리고 은설련이 말하길, 부탁을 그녀 자신이 아니라 빙궁이 직접 들어준다고 했다. 그것은 어느 부탁이냐에 따라 엄청난 힘이 될 수도 있었다.

빙섬이 말리는 이유를 내심 짐작한 천무악이 피식 웃으며 다시 손을 내밀었다.

"금창약은 고맙게 쓰겠지만 이것은 필요가 없어. 도로 가져가."

은설련은 빙섬을 한 번 노려보고는 말했다.

"천 공자님, 저를 은혜도 모르는 사람으로 만들지 마세요. 이것은 저의 마음이에요. 이 옥패를 가지고 계시는 한 후대에라도 약속은 유효하니 제 성의를 봐서라도 일단 품에 지니고 계세요."

"그래도 가져가는……."

"그만하면 되었어. 이 이상 거절하는 것도 예의가 아니야. 정 필요가 없다면 훗날에 그냥 돌려주면 그만이니 그냥 가지고 있어라. 아님 팔아먹든지. 흘흘흘!"

"……."

"……."

둘 다 하는 모습이 양보를 하지 않을 것 같기에 화지천이 중간에 끼어들어 중재했다. 하지만 끝말이 좋지 않았을까, 두 사람은 무감정한 눈으로 화지천을 바라보고 있었다.

"크허엄! 자, 장난도 못 치냐?"

화지천이 머쓱했는지 이내 잘못을 시인했다.

사부에게서 시선을 거둔 천무악은 그녀가 성의라고 계속 부탁하니 일단 받아뒀다가 나중에라도 돌려줘야겠다고 생각했다. 아니면 정말 사소한 것을 부탁하는 것도 하나의 방법이라고 생각하니 한결 마음이 편해졌다.

"좋아, 그럼 고맙게 받을게."

천무악이 허락하니 그제야 은설련의 마음도 편해졌는지

밝은 미소를 보이며 인사를 했다.

"감사해요."

그 미소에 잠시 넋이 나간 천무악은 자신도 모르게 같이 인사하고 있었다.

화지천은 뒤에서 그 모습을 보며 웃음을 참고 있었다. 제자의 저런 모습을 처음 보니 신기했던 것이다. 그런 화지천에게 이번에는 은설련이 다가왔다.

"어르신, 저를 구해주셔서 정말 고맙습니다. 아까 별호와 존함은 들었으니 어르신께도 언젠가 다시 인사를 드리겠습니다."

웃음을 억지로 참고 있던 화지천은 은설련의 인사에 갑자기 입이 터졌다.

"크크크큭! 아, 미안하다. 재밌는 것을 봐서. 크흠! 그리고 나한테까지 그렇게 신경 쓰지 않아도 된다. 그냥 네가 항상 몸 건강했으면 좋겠구나. 흘흘흘!"

화지천이 계속 웃으며 말하자 천무악이 노려봤다. 자신 때문에 웃는 것 같았기 때문이다.

"네? 아! 알겠습니다. 감사합니다. 저는 이만 가봐야겠군요. 다음에 기회가 되면 뵙도록 하겠습니다."

계속 옆에서 빙섬이 눈치를 주자 은설련은 몇 마디라도 더 나누고 싶은 마음을 참고 자리에서 움직이려 했다. 그러다 갑자기 천무악에게 다가오더니 얼굴을 내밀었다.

“저…… 저기, 천 공자님, 귀… 귀 좀……..”

“응? 귀?”

“네……..”

천무악은 귀를 은설련의 입 근처로 들이댔다. 그러자 은설련이 입 주위를 손으로 막고 작은 목소리로 말을 했다.

“저… 저기…… 야, 너 아까부터 왜 나한테 반말이야? 내가 태어나서 지금까지 반말을 들어본 적이 할아버님하고 부모님 말고는 없거든. 죽을래?”

‘캑! 어찌!’

은설련의 말에 천무악은 깜짝 놀랐다.

금방까지만 해도 반말에 대한 언급 한 번 없이 예의 바르던 아이가 뜬금없이 반말뿐만 아니라 수줍은(?) 협박까지 하고 있었으니 말이다. 뒤통수를 망치로 맞은 느낌이었다.

천무악뿐만이 아니었다. 은설련은 귓속말이라 안심하고 말한 것 같았지만 화지천과 빙섬같이 상당한 무공을 익힌 사람들이 듣지 못할 리가 없었다.

특히 빙섬은 그냥 놀란 정도가 아니라 경악을 금치 못했다. 빙궁의 소궁주, 지고한 신분을 지니고 태어난 탓에 많은 사람들 앞에서도 항상 예를 지키고 존대를 기본으로 하는 그녀였다. 지금껏 그녀가 어느 누구에게라도 반말하는 것을 본 적이 없는 빙섬이다.

‘이, 이럴 수가! 갑자기 왜? 그, 그래, 납치라는 충격적인 일

을 처음 겪으셔서 이런 것이다. 그렇지. 단지 그것 때문일 것
이다.'

하지만 이어진 은설련의 말에 빙섬은 입을 다물지 못했다.
은설련은 주위의 반응을 모르는지 자신이 할 말만 계속했다.

"그리고 내가 아까 눈물 흘린 거, 누구한테라도 말하면 죽
는다. 알았어?"

연달아 터지는 충격적인 말에 천무악은 정신을 차릴 수가
없었다. 상상 속의 선녀가 지상의 인간이 되는 순간이었다.

"왜 대답이 없어? 알겠냐고?"

은설련이 계속 추궁하자 멍한 눈으로 고개만 끄덕이는 천
무악이다. 은설련은 천무악의 반응이 마음에 들었는지 아주
밝게 웃으며 한마디를 더 추가했다.

"내가 반말했다는 것도 누구한테 말하면 안 돼."

천무악은 그 말에도 그저 고개를 끄덕였다.

"좋아, 그럼 됐어. 후훗! 이상하게 너랑은 마음이 통하는
것 같아 기뻐. 그러니 우리 빠른 시일 내에 꼭 다시 만나자.
더 친해질 수 있게 말이야. 알았지?"

"으… 응. 그…… 래."

그러자 은설련은 매우 기쁜 얼굴을 하고는 고개를 숙였다.

"천 공자님, 감사합니다. 약속은 꼭 지켜주세요. 호호호!"

'어이…… 미친 거냐?

그 말을 끝으로 은설련은 싱긋 웃으며 몸을 움직였다.

빙섬이 은설련을 안고 사라지는 모습을 천무악은 처음부터 끝까지 멍한 눈으로 바라봤다. 숲으로 사라지기 전에 은설련과 눈이 마주쳤을 땐, 둘 다 깜짝 놀라며 얼굴을 붉힌 채 얼른 고개를 돌렸다.

'젠장, 뭐가 어떻게 돌아가는 건지.'

천무악은 은설련이 사라진 곳을 한참을 바라보다 자신의 손으로 시선을 옮겼다. 손에는 은설련이 주고 간 옥패가 쥐어져 있었다. 하얀 옥패를 보니 그녀의 희고 고운 얼굴이 생각났다. 비록 충격은 받았지만 헤어진다는 것이 아쉬웠는지 옥패를 계속 문지르고 있는 천무악에게 화지천이 다가왔다.

"좋냐? 그거 보고 있으니 아까 그 아이가 생각나는 것 아니냐? 좋을 때구나!"

"그, 그런 것 아닙니다! 시원한 느낌이 좋아서 한번 만져 보고 있었던 겁니다! 생각은 무슨!"

천무악은 몽롱했던 표정을 얼른 지우며 소리를 질렀다. 괜히 여기서 트집 잡히면 당분간 피곤할 것이 분명했기 때문이다.

"아니긴, 옥패가 닳겠네, 닳겠어. 흘흘흘! 지금이라도 따라가고 싶냐?"

화지천이 놀리는 듯 말하다가 진지하게 물어왔다.

천무악은 소리없이 고개만 끄덕였다.

"아직은 안 돼. 지금 저들을 따라가면 짐밖에 안 되거든.

누군가를 지키기 위해선 의지뿐만 아니라 힘도 필요한 것이
니까.”

화지천의 말뜻을 이해하고 천무악은 고개를 끄덕였다.

빙섬이라는 존재도 자신이 이기지 못할 것이다. 적어도 그
보다는 강해야 도와주겠다고 당당히 말할 수 있을 것 같았다.

“인연이 있으면 다시 만날 게다. 그때까지는 힘을 만들도
록 노력해 봐라. 흘흘흘!”

화지천은 호탕하게 웃으며 손을 내밀었다. 천무악은 그 행
동을 옥패를 보여달라는 것으로 이해했다.

옥패를 이리저리 훑어보던 화지천이 감탄했다.

“호오, 이건 한빙옥(寒氷玉)으로 된 거네. 그래서 빙섬이라
는 놈이 눈깔을 부라렸어.”

“한빙옥? 그게 뭡니까? 귀한 겁니까?”

화지천이 옥패를 보고 감탄하자 천무악도 관심이 동하는
듯했다.

“빙공 계열의 무림인이나 음양의 이치를 다루는 내공을 익
히고 있는 자에게는 상당한 기물이지. 한빙옥을 몸에 지니고
내공을 운용한다면 엄청난 한기를 몸으로 받을 수가 있으니
말이야. 빙궁의 사람들에게는 무가지보와 다를 것이 없다. 북
해빙궁에서도 정말 희귀한 것이거든. 그렇지만 이 옥패에 새
겨진 호랑이에 비하면 별 볼일 없지. 흘흘! 이렇게 귀한 한빙
옥에 호랑이까지 새겨지면 북해빙궁의 힘을 얻을 수도 있으

니까.”

옆에서 연신 고개를 끄덕이며 듣고 있던 천무악은 정말 귀중한 것을 받았다는 생각에 은설련이 한 번 더 떠올랐다.

그러다 문득 은설련이 했던 말이 생각나 화지천에게 물었다.

“사부, 제가 이 산을 벗어날 수는 있는 겁니까? 언젠가는 세상으로 나가야 할 것 같은데……”

화지천이 피식 웃으며 대답했다.

“그건 다 네놈 하기에 달렸지. 지금처럼 허접한 놈에게도 힘들어하면 나가서 뭐 하겠어? 죽기밖에 더 하겠냐? 이 산을 벗어나고 싶으면 빨리 강해져라. 그것 말고는 너에게 방법이 없을 거다. 도망칠 것이 아니라면 말이야. 흘흘흘!”

‘그 아이가 만나고 싶으면 죽어라고 수련을 해야 할 거다! 그 정도 미모의 아이를 지키려면 보통 실력으론 안 될 테니까. 흘흘!’

화지천은 은설련의 미모를 걱정했다. 꿀을 듬뿍 품은 꽃에는 그만큼 벌들이 더 모여들게 마련이다. 그 벌들을 무찌르고 꿀을 지키려면 제자가 더욱 강해져야 했다.

사부의 생각을 아는지 모르는지 천무악은 아련한 눈을 할 뿐이었다.

*　　　*　　　*

빙궁 일행의 마차 안.

천무악과 헤어져 다시 무림맹으로 향하는 은설련이다. 가는 도중 가끔 미소 짓는 그녀가 이상해 보였는지 빙섬이 물었다.

"왜 그러시는 겁니까? 무슨 좋은 일이라도 있습니까?"

빙섬의 말에 은설련이 깜짝 놀라며 자세를 바로 했다.

"그런 것 없어요. 그냥 풍경이 너무 아름다워서 그런 거예요."

"아, 풍경이요……."

빙섬이 밖을 바라보니 날이 어두워져서 아무것도 보이지 않았다.

'빠른 시간 안에 다시 봤으면 좋겠다. 천무악…….'

은설련의 입가에는 미소가 지워질 줄을 몰랐다.

*　　　*　　　*

화지천이 혈음마군의 시체로 다가갔다. 그리고 그 뒤를 천무악이 따랐다.

혈음마군의 얼굴을 보는 화지천은 과거를 떠올리는 듯했다.

그것이 못내 궁금했던 천무악이 물었다.

“어떻게 아는 사람입니까? 아까 보니 좋은 관계는 아니었던 것 같은데요. 거기다가 악괴라는 이상한 별호는 또 뭡니까?”

“좋은 관계? 하! 이 자식에게는 나만큼 무서운 놈도 없을 거다.”

화지천과 혈음마군은 이십여 년 전 쫓고 쫓기는 관계였다.

화지천은 사부의 유지를 받들기 위해 천하가 좁다 하고 뛰어다녔다. 그리고 공적이나 마두가 나타났다는 소리가 들리면 즉시 그곳으로 갔다. 한 건이라도 더 뛰어 문파의 이름을 천하에 알리기 위해서였다.

그러던 어느 날, 화지천은 안휘에 색마가 나타나서 무림 공적으로 몰려 쫓기고 있다는 소리를 들었다.

그 길로 안휘로 달려간 화지천은 색마인 혈음마군을 발견하고 무려 오 년을 쫓아다녔다. 항상 바짝 다가가 잡으려고 하면 방해하는 무리가 나타나 실패했지만 몸을 완전히 숨기기 전인 오 년 동안 끝까지 물고 늘어졌던 인물이 화지천이다.

화지천으로서는 분명 세력없이 혼자 다닌다고 알려진 혈음마군을 도와주는 놈들 때문에 짜증이 났지만 당하는 당사자는 정말 죽을 맛이었다. 오죽했으면 더 활개치고 다녀야 하는 것을 중지하고 은거를 선택했겠는가.

둘 사이에는 그런 악연이 존재했다.

그리고 이 일과 그간 해온 괴팍한 성격으로 인한 사건 때문에 악괴라는 별호를 얻게 되었던 것이다.

"지겨운 인연이었군요. 사부에게는 오랫동안 앓던 이가 빠져나간 느낌이겠습니다. 하긴 여자나 겁탈하려는 인간은 죽어 마땅합니다. 저는 그렇게 생각해요."

"비록 아주 나쁜 놈이었지만 이상하게 불쌍하다는 생각도 든다. 세월이 흘렀음인가? 아주 강한 놈은 아니었다지만 내 제자라고는 해도 어린 너에게 이런 죽임을 당하는 모습이 안쓰럽네. 그러게 멍청하게 뭐 하러 돌아다닌 건지. 쯧쯧쯧!"

'지금 나랑 장난해! 그럼, 뭐 내가 죽기라도 했어야 한다는 말이야 뭐야!'

화지천이 혼자 애잔한 표정을 하면서 말하자 천무악이 어이없다는 듯 뒤에서 인상을 찡그리고 있었다.

"아까 묻어준다고 약속을 했으니까 어디 적당한 곳을 찾아볼까?"

혈음마군의 시체를 들어 올려 움직이려는 화지천이다.

툭!

화지천이 채 한 발도 내딛기 전에 혈음마군의 품에서 무엇인가가 떨어졌다.

"응? 이게 뭐지?"

천무악은 바닥에 떨어진 것을 주워 들었다. 그 물건은 빙궁에서 준 옥패와 마찬가지로 하얀 옥으로 된 패(牌)였는데, 중앙에 악귀의 형상이 음각되어 있었다. 악귀의 형상 위에는 오(五)라는 숫자도 볼 수가 있었다. 굉장히 정교하게 만들어진 것이 상당한 공을 들였다는 걸 알 수 있었다.

"사부, 이게 뭡니까? 이 사람 몸에서 떨어진 것인데 또 하얀 옥패예요."

"뭐라고?"

천무악이 손을 내밀어 옥패를 보이자 화지천이 혈음마군의 시체를 내려놓고 자세히 봤다.

"흠! 옥은 귀하다는 백옥에 음각은 기를 이용해 깎은 패구나. 이 문양은 나도 본 적이 없는데…… 무엇인가를 상징하는 패인 것 같네."

"뭐를요?"

"그건 나도 모르지. 내가 뭐 신이라도 되냐? 그렇지만 음각을 악귀의 형상으로 했다……. 좋은 느낌은 아닌데? 분명히 무림에 무엇인가가 일어나고 있어. 이런 패를 쓴다는 곳은 들은 적도, 본 적도 없으니……."

굉장히 심각한 화지천의 모습에 천무악은 몸이 살짝 오싹해지는 것을 느꼈다.

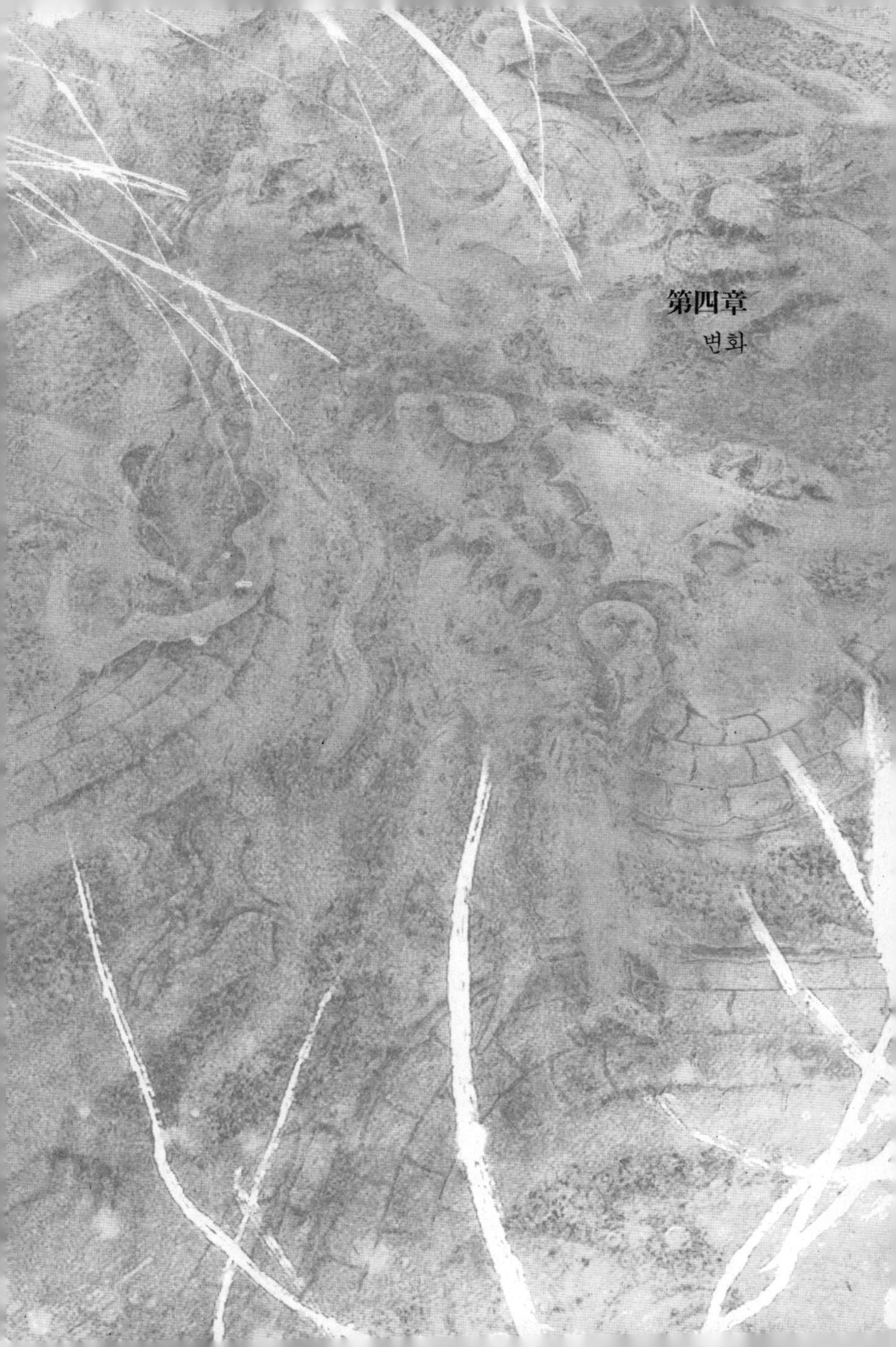

第四章

변화

  혈음마군을 땅에 묻고 집으로 돌아온 화지천은 천무악의 상처를 살펴보고 있었다.

  왼손 검지의 상처는 생각보다 심각했다.

  근맥의 반 이상이 잘렸기 때문에 다 아문다고 해도 원래의 기능을 할지는 알 수 없었다.

  다행히 은설련이 주고 간 금창약의 효능은 좋았다. 아픈 것을 억지로 참고 있었던 천무악이지만 금창약을 상처에 바르자 고통이 씻은 듯이 사라졌다. 옆구리에 당한 것도 마찬가지였다.

  "호오! 이거 신기한데요? 효능이 아주 좋은가 봐요. 안 아픈데요?”

“그러냐? 그렇다면 상급의 금창약인 것 같네. 산에서 구한 약초를 붙이더라도 이것보다 효능이 좋을 것 같진 않구나. 아껴서 쓰자.”

천무악의 말에 대답하며 꼼꼼히 상처를 돌보는 화지천이다.

상처에 약 바르기가 끝나갈 즈음, 화지천이 조용히 입을 열었다.

“오늘 겪어보니 어떻더냐? 내가 항상 강해져야 한다는 말의 의미를 이젠 알겠냐? 흘흘! 힘이 약하면 지켜주고 싶어도 그러지 못하게 돼. 오늘이야 어찌 넘어갔다만 더 강한 상대를 만났으면 그 아이, 지키지 못했을지도 몰라.”

천무악은 만약 자신이 졌을 때의 상황을 잠시 머리에 그려보더니 인상을 잔뜩 찡그렸다. 차마 보고 싶지 않은 광경이 되어버렸으니 말이다.

“오늘은 오른손 검지에 금제가 있었기 때문에 조금 힘들었지 그렇지 않았다면 아무 문제도 없었을 것입니다!”

“오늘은 네놈 말대로 그렇게 되었을 수도 있지. 하지만 항상 너의 몸이 최상의 상태라고 말할 수도 없거니와 더 강한 자를 만나게 되면 오늘보다 더 좋지 않은 상황까지 갈 수도 있는 거야. 그래도 그렇게 큰소리 칠 테냐? 상상도 하기 싫은 그런 상황이 되지 않기 위해서는 강해져야 해! 네 몸뚱이 하나만 있다면 지키고 싶은 것은 얼마든지 지킬 수 있을 만큼 강해져야 한다는 말이지!"

화지천의 옳은 말에 딱히 반박할 말이 없자 절로 입에서 튀어나오는 말이 있었다.

"강해져라! 강해져라! 왜 항상 저에게 힘을 키우라 강조하는 것입니까? 싸워서 좋을 것도 없는데 왜 그렇게 힘을 못 키워 안달인지 저는 이해를 못하겠습니다! 혹시 아까 혈음마군에게 들은 문파의 이름을 알리기 위한 것입니까!"

천무악은 그간 가장 궁금했던 것을 이제야 물었다. 항상 궁금했다. 왜 자신을 억지로 수련을 시켰으며, 급기야 동굴에까지 가둔 이유를 말이다. 도저히 이해할 수 없는 사부의 행동들에 관한 것을 오늘은 듣고 싶었다.

"그래, 네놈도 이제 나이가 웬만큼 들었고 하니 천지문의 비사를…… 내 사부의 한에 대해 이야기해 줄 때가 된 것 같구나. 흘흘! 더 이상은 때린다고 해서 수련에 열중할 놈도 아니고. 잘 들어라, 천지문은……."

천지문은 오백 년 전 천하제일인이 될 뻔했던 구지청(購地淸)이라는 사람이 만든 정사지간의 문파다. 비록 크게 두각을 나타내지는 않았지만 한때는 상당한 고수를 배출해 무림에서 인정받는 때도 있었다.

하지만 이백 년 전 당대의 문주가 정마대전 중에 정파의 편에 서서 싸우다가 목숨을 잃고 문파의 많은 사람들이 전쟁으로 죽으면서 쇠락의 길을 걷게 되었다.

결국 전대 문주인 화지천의 사부 초륜성(超倫星) 때부터는 일인전승으로 이어내려 오는 문파가 되고 말았다.

천지문은 아직도 정파의 편에 서 있었다.

일인전승으로 이어지고 워낙 규모가 작다 보니 천지문이 정파에 소속되어 있다는 것도 모르는 사람이 대부분이었다. 아니, 그런 문파가 있다는 것도 알지 못했다.

그런 현실이었지만 문파에 대한 자부심이 너무 컸던 화지천의 사부는 천지문이 천하에 이름을 떨치기를 바랐다.

그것을 직접 실천하기 위해 오십 년 전 다시 일어난 정마대전에 아직 다 성장하지 못한 화지천을 남겨두고 참여했다가 큰 상처를 입고 돌아왔다.

선봉에 서서 열심히 전장을 휘젓고 다녔지만 돌아온 것은 같이 참여했던 의형제들의 죽음과 피로 얼룩지고 상처 입은 자신의 몸뚱이밖에 없었다.

개인적으로는 무림 동도들에게 박수와 갈채를 받았지만 모든 공로는 거대 문파들에게 돌아갔으니 천지문의 이름을 드높이는 것에는 실패했다.

그 허탈함에 화지천의 사부는 결국 전쟁에서 입은 상처를 이기지 못하고 세상을 떠나 버렸다.

사부는 세상을 떠나기 전, 자신에게 부탁을 했다.

"선조들의 꿈이기도 하고 나의 간절한 소망이기도 하다. 네가 노력해서 천지문의 이름을 천하에 드높여라. 그래서 내가 하늘에서라도 그 문파의 선조라며 당당하게 말할 수 있도록 말이다. 내 제자 지천아, 너를 믿는다."

그 말을 듣고 화지천은 화가 났었다. 자신이 다 자라 같이 무림에 나가서 노력을 했다면 사부의 바람대로 될 가능성이 조금 더 높지 않았을까 하는 생각에 말이다.

하지만 그렇게 노력했던 사부의 인생을 비난할 수는 없었다.

사부의 치열하게 사는 모습을 보았던 화지천은 소원을 들어주고 싶었다.

그것을 제자인 자신이 살아 있는 동안 이룩해야만 했다. 그렇지 않으면 사부의 인생은 아무것도 남긴 것이 없는 허무함만으로 가득한 생이 될 것 같았다.

그래서 사부가 세상을 떠난 후, 화지천도 무림에 나와 천하를 돌며 천지문의 이름을 알리기 위해 노력했다.

악인이라도 있다는 소식이 들리면 달려가 잡으려 했으며, 자신에게 시비를 거는 자가 있다면 천지문이 무시당하지 않게 결코 봐주지 않았다.

그렇게 하는 것이 젊은 나이에는 문파의 이름을 드높이는 일이라고 생각하고 행동했다.

하지만 곧 깨달았다, 화지천 혼자만의 힘으로는 역부족이라는 것을 말이다. 악괴(惡怪)라는 자신의 별호는 사람들이 알아도 천지문이라는 문파의 이름을 알리기는 힘들었다. 게다가 거친 행보 뒤에는 가끔 정파에서 오해하고 화지천 자신을 잡으려고 떼로 몰려오기도 했다.

화지천은 강했다. 그렇지만 무림 전체로 보면 상위에 들 뿐 절대적인 힘은 아니었고, 세력이 없는 문파였기에 낭인과 다르지 않았다. 거기서 힘없는 설움을 뼈저리게 느끼게 된 화지천이다.

삼십 년 가까이 노력을 해보았지만 자신의 모자람으로 사부의 유언을 받들 수가 없을 것 같다는 생각에 화지천은 결국 꿈을 대신 이루어줄 제자를 찾아 나서게 되었다.

하지만 이름도 알려지지 않은 문파에서 제자를 들이겠다고 하면 혹시라도 사기 칠까 봐 아무도 들어오려 하지 않았다. 거기다가 악괴라는 별호를 가지고 있는 화지천은 무림에서 기피 대상 다섯 손가락 안에 들어갈 정도였으니 제자를 들이기에는 더욱 힘들었다.

자신이 어떻게든 직접 무림에서 천지문의 이름을 날려보려 했던 젊을 때의 혈기가 발목을 잡고 있는 것이었다.

그런 고생을 하며 무려 이십 년이라는 오랜 기다림 끝에 찾은 아이가 바로 천무악이었다.

"아하! 그래서 저를 그토록 힘들게 하며 수련을 시켰다? 우리 천지문의 이름을 드높이기 위해서?"

"그럼. 물론 나도 네가 모든 것을 이해해 줄 거란 생각 따위 안 해. 하지만 강해져야 하는 이유에 대해서는 문파의 숙원이 있고 오늘의 일도 있으니 네가 해줘야 해. 당장은 맞지 않기 위해서라도 말이지. 흘흘!"

화지천은 지금껏 고생시킨 것에 대해 미안한 마음이 들었지만 자신의 제자로 들어온 이상 어쩔 수 없는 숙명이라며 받아들이라는 식으로 말했다.

"솔직히 말해서 전 사부의 마음은 조금 이해하겠지만 행동은 이해 못하겠습니다. 처음부터 모든 것을 말해주고 웃으며 수련했으면 오죽 좋았습니까."

화지천의 말에서 느꼈기에 그 마음은 조금 알겠지만 동굴에 가두는 등의 수련 방법에 대해서는 이해할 수가 없었다. 자신이 느낀 고통들은 평생 잊히지 않을 악몽이었기 때문이다.

옛 추억에 처연한 표정을 짓고 있던 화지천은 천무악의 말을 듣자 얼굴이 홍시처럼 붉어졌다.

"야, 이 자식아! 네놈이 내 말을 잘 들었냐! 만약 처음부터 때리며 수련시키지 않았다면 네놈은 지금 내 머리 위에서 놀았을 거다! 거기다가 웃으며 수련? 놀고 앉아 있네! 동굴에 처박혀서 남을 죽일 마음으로 수련하고도 나 하나 못 이기는 놈이 어디서 큰소리야!"

화지천은 천무악이 자신의 주제도 모르고 말을 뱉어내자 화를 참지 못했다. 웃으며 수련했으면 아마 그전에 자신이 울화통으로 죽어버렸을지도 모를 일이라 생각하는 화지천이다.

"어어? 이러면 곤란합니다. 그냥 확 수련이고 나발이고 도망가는 수가 있어요. 화를 좀 자제해 주시기 바랍니다."

"뭐, 뭐라고? 이 꼴통 자식이 정말!"

화지천이 주먹을 들어 천무악의 머리통을 때리려고 했다. 그러자 천무악은 오히려 사악하게 웃으며 때리려면 때리라는 식으로 머리통을 들이대고 그 위에 상처 입은 왼손 검지를 올렸다.

"자! 환자를 때리겠다는 말씀이시죠? 사부님이 때린다는데 제자가 어찌하겠습니까. 그냥 손가락 다 끊어버리고 문파고 뭐고 간에 끝냅시다. 들어보니 할 것도 엄청 많고 귀찮기도 하네요. 하하하!"

"으윽!"

천무악의 행동에 화지천이 당황해 어찌질 못하고 몸을 부르르 떨었다. 그 모습을 보니 너무 재밌어 깔깔 웃어대는 천무악이다. 하지만 속으로는 사부가 안쓰럽기도 했다.

'사부… 전 사부를 냉혈한에 성질대로만 하는 괴팍한 노인네로 생각했었습니다. 사실 제 생각이 맞기는 했지만…… 그런 과거가 있을 것이라고는 생각 못했네요. 사부가 그런 생각

으로 저를 힘들게 키우셨다면 아주 귀찮지만 저도 참고 노력은 해보겠습니다.'

사부가 정말 싫은 적도 있어 그냥 모른 척할 수도 있는 일이었지만 어쩌겠는가. 제자라는 입장이 그것을 아예 외면할 수가 없는 것을 말이다. 죽이니 살리니 그렇게 싸워도 결국은 자신을 지금까지 키워준 사람이다. 그 고마움을 잊지 않는 천무악이다.

화지천이 천무악의 속마음을 어떻게 알 수 있을까. 그냥 이놈이 또 머리 위로 기어오르려고 하는구나 하고 생각할 뿐이다.

"자, 됐고. 그냥 이전처럼 수련만 열심히 하면 됩니까? 사부의 말에 의하면 혈음마군인가 하는 사람이 엄청 강한 자는 아닌 것 같은데, 지금의 저는 고생해서 이겼으니 더 강해지려면 뭔가 다른 수련이 있어야 하지 않겠습니까."

제자가 미래를 이야기하고 있다. 흥분했던 화지천도 그 진지한 말에 더 이상 흥분만 할 수는 없었다.

"혈음마군이 강하지는 않지만 그렇다고 약한 것도 아니야. 적어도 보통 이상은 되지. 하지만 내가 말하고 있는 강함과는 거리가 있어. 그 이상으로…… 아니, 나를 훨씬 뛰어넘어야 한다."

"방법은요?"

천무악의 말에 화지천이 말을 끌었다. 자신의 생각을 정리하고 있었는데 이리저리 생각해도 역시 처음에 생각했던 마지막 안배가 필요할 것 같았다.

"그 방법에 대한 것은 내일 이야기하기로 하자. 일단 오늘은 좀 쉬어야 하지 않겠냐. 비록 내가 사정없이 수련시킨다고 해도 생사대결을 펼치고 힘들어하는 너에게 강요할 수는 없구나."

"호! 저를 생각해 주는 겁니까?"

천무악이 사부의 행동이 신기해서 놀란 표정을 했다. 거기에 욱하지 않고 화지천은 진지하게 말을 이었다.

"왼손 검지의 상태가 심각해. 앞으로 제대로 움직일지도 모르겠고…… 하필 제일 중요한 손가락을 다쳐! 쯧쯧! 일단 오른손 검지 위주로 수련을 해야겠다. 오른손 검지와 왼손 검지를 합친 것보다 더 강하게 만들어주마! 그리고… 오늘 일은 미안하다. 내가 조금만 더 신경을 썼다면 네 손가락이 그렇게 되는 일은 없었을 텐데……."

화지천이 상당히 미안해하자 그것도 이상하게 마음에 들지 않았는지 천무악이 소리쳤다.

"최고의 검지로 만들어주겠다면서요, 그것이면 된 거죠. 앞으로의 일을 생각합시다!"

"무… 무악아……."

화지천은 제자가 자신을 신경 써주는 것 같아 고마웠다. 바락바락 대들긴 해도 자신의 뜻을 알아주니 제자로 들이길 잘

했다는 생각이 들었다. 다음 말을 듣기 전엔 말이다.

"하지만 절 동굴에 가뒀던 일까지 이해한다는 것은 아닙니다!"

"어… 그래……."

화지천은 똥 씹은 표정을 하며 고개를 끄덕일 수밖에 없었다.

다음날, 천무악과 화지천은 바위 언덕에 서로 마주 앉아 있었다.

화지천은 천무악의 얼굴을 물끄러미 쳐다보다가 고개를 살짝 끄덕여 무엇을 결정했는지 손을 앞으로 내밀었다.

화지천의 손에는 밀랍으로 봉해진 동그란 물체가 쥐어져 있었다.

"이게 뭡니까?"

화지천이 건네니 받아 들기는 했지만 정체불명의 물건이기에 궁금한 것은 당연했다.

"그런 것은 묻지 마라. 밀랍을 깨고 안에 있는 단약을 먹어라. 그리고 운기해라. 흘흘! 제발 그것을 먹고는 깨달음이 있었으면 좋겠다. 그렇지 않으면 그냥 산에서 사는 수밖에."

손에 들려 있는 물체의 정체는 알 수 없으나 화지천이 자신에게 도움이 될 것이라 말하니 시키는 대로 할 수밖에 없었다.

밀랍을 깨자 안에 들어 있는 내용물이 눈에 보였다. 금색으로 빛나는 동그란 구슬 같은 작은 단약이었는데, 청아한 향기가 퍼지는 것이 평범한 물건 같지는 않았다.

천무악이 화지천을 향해 다시 손을 내밀며 말했다.

"사부, 이거 그냥 봐도 보통 물건이 아닌 것 같은데 핼쑥해진 사부가 드셔야 할 것 같네요. 전 안 먹어도 됩니다."

어제는 몰랐지만 오늘 보니 화지천의 몰골이 말이 아니었다. 산을 내려가서 무슨 고생을 했는지 삐쩍 말라 있었다. 그런 사부가 마음에 걸렸는지 천무악이 단약을 내밀었다.

"그것을 너에게 주기 위해 친구 놈한테 끈질기게 부탁하느라 내 상태가 이런 거야. 나는 금방 괜찮아질 것이니 신경 쓰지 말고 고생해서 가져온 내 성의를 생각해서 빨리 먹어라. 공기 중에 단약의 기운이 날아갈 수도 있다."

화지천이 저렇게 나오니 천무악도 어쩔 수가 없었다.

사부의 성의를 무시하는 것은 제자가 할 도리가 아니었으니 말이다.

"네. 그럼 제가 먹겠습니다. 치사하게 뒤에 가서 뱉어내라고 하지나 마십시오. 크크크."

'사부, 고맙습니다. 신경 써주신 만큼 최선을 다하겠습니다.'

천무악은 겉으로는 투덜거렸지만 자신을 위해 노력하는 화지천의 마음이 고마웠는지 혼자 속으로 감사의 뜻을 전하고는 단약을 입에 넣었다.

입에 들어간 단약은 씹지도 않았는데 사르르 녹더니 절로 목구멍을 넘어갔다.

"정신을 가다듬어 단약의 기운을 너의 것으로 만들어야 할 것이야."

천무악은 사부의 말대로 가부좌를 틀고 앉아 운기를 하며 단약의 기운이 움직이는 것을 관조했다.

화지천은 제자를 바라보며 긴장했다.

단약을 끝으로 더 이상은 자신이 천무악에게 주고 싶어도 해줄 것이 없었다. 이 단약도 오랜 친구 사이라는 것과 전대의 일까지 이용해 겨우 얻어온 것이었으니 말이다.

지금 자신이 할 수 있는 것은 천무악을 지켜보며 주위를 보호하는 것뿐.

그리고 기대했다, 더 강해질 제자를…….

천무악은 점점 무아지경에 들고 있었다.

단약의 기운은 엄청났다. 몸속은 불이 난 것처럼 열기가 가득했고, 그 엄청난 기운들은 갈 곳을 찾지 못해 이리저리 터져 나가기 일보 직전이었다.

식은땀을 흘리며 그 기운을 자신의 의지대로 운기하기 위해 최선을 다하고 있었다.

몸속에 자리하고 있는 내공은 확실히 자신의 것이라는 느낌이 있었지만 지금 들어온 단약의 기운은 자신의 의지를 받아들이지 않고 몸 밖으로 나가려고만 했다.

그 기운을 갈무리해야만 더 큰 성장을 가져다 줄 것이라는 것을 천무악은 본능적으로 알고 있었다.

날뛰려고 하는 단약의 기운을 억누르면서 계속 자신의 의지와 융합하려고 노력했다.

천무악은 이틀이 지나도 눈을 뜨지 않고 계속 식은땀을 흘리며 운기에 집중하고 있었다.

천무악도 많은 땀을 흘리느라 이틀 사이에 수척해졌지만 그와 같이 옆에서 물 한 모금 마시지 않고 지키고 있는 화지천도 말라갔다.

잠시 자리를 뜬다고 큰일이 생길 것도 아니기에 물 한 잔 마시러 갈 만도 했지만 화지천은 제자의 옆에서 끝까지 집중을 하며 움직이지 않았다.

화지천 자신이 천무악의 운기를 도와줄 수도 있는 일이지만 혼자 하는 것과 남이 도와주는 것은 결과의 차이가 확연히 다를 것이기 때문에 믿고 기다리는 수밖에 없었다.

게다가 천무악은 기를 느끼고 다루는 것이 남들과는 차원이 다르게 뛰어났기에 그만큼 기대가 큰 것은 어쩔 수가 없었다.

삼 일째가 되는 날, 이제는 천무악도 힘들겠지만 화지천도 지쳐서 쓰러질 것만 같았다.

무공의 경지가 낮지 않은 화지천이었지만 한시도 긴장을 풀지 않고 집중하고 있었기에 힘든 것은 당연했다.

그렇지만 화지천은 오히려 아직도 정신을 차리지 않고 있는 제자가 더 걱정되었는지 초조함이 얼굴에 완연히 드러났다.

'어떻게 되어가고 있는 것이냐? 혹여 몸에 이상이라도 온 것이 아니냐? 무악아, 너무 큰 욕심을 가지지 말고 이제 적당히 눈을 떠라. 더 이상의 연공은 너의 기력을 크게 상하게 할지도 모른단 말이다.'

제자가 걱정되는 화지천의 속은 바짝바짝 말라만 갔다.

화지천은 더 이상 천무악의 몸이 걱정되어 안 되겠는지 말리려고 했는데, 그 찰나 천무악의 몸에서 이상 징후가 발견되었다.

천무악의 몸이 눈에도 확실하게 보일 정도로 빨갛게 변하고 있었던 것이다.

그리고 인상이 찡그려지며 코에서 피가 흐르기 시작했다.

'혹… 혹시…… 주화입마에 든 것이냐?

화지천은 갑자기 다급해졌다.

만약 주화입마에 들려고 하는 것이라면 지금 천무악의 몸 속에 있는 단약의 기운을 억지로라도 체외로 빼내어 몸을 추

스르는 것이 훨씬 좋을 듯했다.

완연하게 주화입마로 들게 되면 사랑하는 자신의 제자를 잃게 될지도 모르기 때문이다.

"무악아!"

화지천이 제자에게 다가서려던 순간, 빨갛던 천무악의 몸이 점점 하얀색으로 옅어지더니 종국에는 햇살 받은 눈처럼 투명하게 빛났다.

동시에 콧구멍에서는 연기가 뭉실뭉실 흘러나와 천무악의 몸을 신령스럽게 감쌌다.

시간이 지나자 코에서 나온 연기가 모여들어 하나의 구 모양으로 천무악의 앞에 둥실 떴다.

뜨악한 화지천은 가자미처럼 툭 튀어나온 눈으로 뚫어져라 보고만 있었다.

이런 기사(奇事)는 자신이 직접 본 적도, 들어본 적도 없었기에 신기하다는 생각만이 머릿속을 가득 메우고 있었다.

'호, 혹시 이것이 말로만 듣던 환골탈태가 일어나는 과정인가? 허허! 무악에게 그런 천운이 생긴다면 정말 나는 죽어도 여한이 없다. 무악아, 힘내라!'

환골탈태, 몸에 변화가 생기며 안팎으로 무공을 익히기에 가장 적합한 신체가 되는 것이다.

천하에 무림인이 아무리 많다고 한들 환골탈태를 겪은 사람은 한 손에 꼽을 수 있을 정도로 드문 천운이었다.

환골탈태를 한다고 해서 무공이 극명하게 높아지는 것은 아니나 좋은 토양에서 곡식이 잘 자라듯 무공을 익히기에 아주 좋은 환경을 가진다고 보면 되는 것이다.

그것을 겪고 나면 천무악의 성취는 더더욱 높게 올라갈 수 있다는 것은 당연한 이야기였다.

잠시 후, 천무악의 얼굴 앞에 떠 있던 빛의 구는 천천히 작아지며 코로 다시 들어가고 있었다.

점점 작아지던 빛의 구가 결국에는 완전히 사라지자 천무악의 몸이 눈을 뜰 수도 없을 정도로 밝게 빛나기 시작했다.

그리고 온몸을 환하게 비추던 빛이 천천히 움직여서는 천무악의 양손 검지로 몰려들었다.

양손의 검지가 잠시 아주 밝게 빛나며 태동하듯 꿈틀거리더니 이내 빛은 한순간에 처음부터 없었다는 것처럼 사라져 버렸다.

그리고는 '쩌억' 하는 소리와 함께 천무악의 몸 주위로 눈부신 빛무리가 다시 터져 나왔다.

천무악은 지금 말로 형용할 수 없는 충만감과 희열에 빠져 있었다.

몸 안을 가득 채우고 있는 생동감 넘치고 활기찬 기운은 자신의 의지대로 거침없이 혈맥을 달렸다.

혈맥을 통해 온몸의 세맥까지도 기운을 받고 있는지 몸 가득 힘이 넘쳐 떠나갈 듯 가벼웠다.

기를 다루는 능력이 뛰어난 천무악이라고 하더라도 단약의 모든 기운을 삼 일 만에 갈무리할 수는 없었다.

현재 수용이 가능한 삼 할의 기운만을 내공으로 녹여 흡수하고, 나머지 칠 할의 기운은 몸속에 퍼져 있는 세맥과 심장으로 보내 봉인해 둔 상태다.

천무악은 자신의 한계를 넘는 기운을 받아버리면 몸이 버티지 못하거나 흡수하지 못하고 그냥 버리는 것밖에 되지 않을 것 같았기에 그런 방법을 사용한 것이었다.

시간을 가지고 성장하는 만큼 천천히 녹여 내공으로 만든다면… 천무악은 생각만 해도 가슴이 뛰었다.

그때가 되면 하늘 아래 무서울 것이 없을 것만 같았기 때문이다.

천무악의 얼굴에 미소가 퍼져 나갔다.

단약의 기운이 자신에게 어떤 변화를 주었는지는 몰라도 좋은 변화가 생겼기 때문이다.

몸에 이상이 없다는 것을 확인한 천무악은 눈을 떴다.

옆에서 보고 있던 화지천은 제자가 눈을 뜨자 번쩍하고 안광(眼光)이 터져 나와 잠시간 앞이 보이지 않았다. 하지만 이내 적응이 되어서 천무악을 바라봤다.

천무악은 일단 눈으로 자신의 몸을 살펴봤다. 몸의 외부적인 변화는 특별히 눈에 띄지 않았다.

몸에 큰 문제가 생기지 않았다고 확신한 천무악은 앞을 쳐다봤다.

자신의 앞에는 화지천이 멍하니 서 있었다.

천무악은 반가운 마음에 자신을 보고 있는 화지천을 향해 밝게 웃어 보였다.

분명히 걱정을 많이 했을 것이기 때문이다.

그러나 화지천은 말 한마디 하지 않고 갑자기 천무악에게 덤벼들 듯 다가와 온몸을 더듬거렸다.

천무악은 왜 그러는지 몰라 당황했지만 자신이 모르는 무슨 일이 있었기에 사부가 이렇게 행동한다 생각하고 가만히 있었다.

한참 동안 천무악의 몸을 더듬거리던 화지천이 손을 멈추고 멍한 눈빛으로 있다가 덜덜 떨리는 입술을 열어 말했다.

"너… 너……!"

사부가 자신을 많이 걱정했던 것 같다. 이렇게 입술까지 떨며 이야기하는 것을 보니 말이다.

천무악은 환하게 웃으며 말했다.

"예, 걱정 마세요. 몸에는 아무 이상 없습니다. 오히려 기운이 넘쳐서 걱정이네요. 하하하하! 응? 사부?"

화지천은 입술만 떨리는 것이 아니라 이제 온몸을 떨고 있었다.

“괜찮다니…… 악, 아파! 왜 때려요!”

천무악은 갑자기 주먹으로 머리를 때리는 화지천이 이상했는지 소리를 질렀다.

천무악의 말에 화지천은 울분 가득한 얼굴로 외쳤다.

“야, 이… 정신 나간 놈아! 도대체 네놈이 어떻게 했기에, 어떻게 했기에 환골탈태가 그따위로 돼! 온몸을 다 환골탈태를 해야 할 판국에 어떻게 손가락, 그것도 양손의 검지만 환골탈태를 하냐고!”

“네?”

천무악은 양손의 검지만 환골탈태를 하는 기이한 현상을 겪었다.

거칠고 시꺼멓던 천무악의 검지는 어미의 배에서 갓 나온 듯 순수한 하얀색을 띠고 있었다. 거기다 신기하게도 왼손 검지가 아프지 않고 잘 움직여졌다. 분명히 사부가 제 구실을 못할지도 모른다고 했는데 말이다.

천무악은 환골탈태가 무엇인지 몰랐다. 그렇다 보니 자신의 변한 손가락이 그저 신기할 뿐이었다.

천무악의 그런 모습을 보는 화지천은 속이 편하지 않았다.

기회를 얻기 어렵다는 환골탈태를 제자가 겪는 것 같았기에 환희에 차 있었다. 하지만 겨우 손가락의 피부만 한 꺼풀 벗겨낸 꼴이 되고 말았으니 그 허탈함이란 말로 표현할 수가 없었다. 손가락, 그것도 검지만 환골탈태를 했으니 무슨 이점을 바랄 수 있겠는가.

화지천은 자신이 정말 어렵게 구해온 단약을 최대한 활용 못한 것 같아 천무악이 야속하기만 했다.

'후, 하지만 어쩔 수 없지. 세상이 내 마음대로 되는 것도 아니고……'

손가락만의 환골탈태였지만 그 또한 하나의 기연이라는 생각으로 안타까운 마음을 접는 화지천이다.

머리가 복잡한 화지천에게로 천무악이 다가와 아주 기쁘게 말을 걸었다.

"사부, 왼손 검지가 잘 움직여져요! 아프지도 않고 상처도 사라졌는데요? 굉장히 신기해요!"

"그래, 환골탈태를 했으니 손가락의 상처도 다 나았겠지. 물론 전보다 더 상태가 좋아졌을 것이다. 그것만큼은 다행이구나. 마음이 불편했는데. 흘흘흘!"

화지천은 아쉬운 마음은 들었지만 제구실 못할 것 같던 왼손 검지가 깨끗이 나았다고 하니 한결 마음이 편해진 눈치다.

"근데 사부, 이 단약은 뭐기에 이런 엄청난 기운을 담고 있어요? 요런 것 몇 개만 가지고 있다가 적절할 때에 먹으면서 수련하면 엄청날 것 같은데요. 요거 아주 좋네."

화지천은 자기 편할 소리만 하는 제자가 짜증나게 미웠지만 현실을 알려줘야 했다.

"그 단약은 소림사의 소환단(小丸團)이라는 거다. 그거 구하기가 쉬운 줄 아냐? 천하를 뒤져 봐라, 그런 것이 어디 네놈 말처럼 쉽게 굴러다니나. 나도 너에게 그걸 주려고 고생을 이만저만 한 것이 아니란 말이다."

화지천이 친구를 만난다며 산을 내려가 찾아간 곳은 소림사였다.

소림사에 있는 자신의 친우 청목 대사를 만나러 간 것이었다.

천무악을 더 강하게 하기 위해서는 영약 하나 정도는 먹여야 할 것 같았기 때문이다. 하지만 내공을 올려주는 단약이 천하에 나왔다는 소문이 퍼지면 무림의 내로라하는 사람들이 만금(萬金)을 싸들고 나타났기에 구하기가 '하늘에 별 따기'였다.

다행히 화지천은 젊었을 때의 일로 인해 소림사의 장문인도 무시하지 못한다는 대장로 청목 대사와의 친분이 있었다. 하여 청목을 찾아가 어려운 부탁을 하게 된 것이었다.

하나 대환단은 청목으로서도 마음대로 결정할 수 없었다. 이에 화지천은 아쉽지만 소환단이라도 내어놓으라고 해서 얻어온 것이다.

물론 청목 대사도 쉽게 내어준 것은 아니었다.

쉽게 내어줬다면 삼 개월이라는 시간을 허비할 필요도 없었을 것이다.

그것을 얻기 위해 자신이 한 고생을 생각하면 눈물이 앞을 가렸다.

"뭐, 어쨌든, 그래, 지금 몸 상태는 어때? 확실히 한 단계 성장한 것 같으냐? 그렇지 않다면 도로 토해내고. 흘흘!"

화지천의 말에 천무악이 씨익 웃었다. 그리고는 오른손 검지를 자신 뒤에 있는 산으로 향하게 했다.

천무악이 기를 모아 손가락을 튕겨내자 동그란 기의 구체가 산을 향해 날아갔다.

콰아아앙!

천무악의 지기(指氣)를 맞은 산의 중턱이 엄청난 굉음을 내며 무너져 버렸다.

천무악과 화지천 둘 다 생각한 것보다 더 굉장한 장면이 연출되자 입을 다물지 못했다.

천무악도 실력을 보이기 위해 자신있게 기를 날렸지만 이 정도일 줄은 몰랐다.

소환단을 몸속에서 녹이며 늘어난 공력이 실로 엄청난 것 같았다.

"우헤헤, 우하하! 보셨습니까, 사부? 제가 이 정도입니다! 하하하하!"

화지천도 놀라긴 마찬가지였다. 그리고 기쁨은 천무악보다 컸으면 더 컸지 작지 않았다.

"크흘흘, 그래, 봤다! 사랑하는 제자야, 만족스럽다! 이 정도면 내가 고생할 만했다는 생각이 드는구나. 크흘흘흘! 정말 날아갈 듯 기쁘다!"

화지천은 환골탈태 때문에 기분이 좋지 않았지만 천무악이 이 정도로 강해졌다면 그런 것쯤은 문제가 아니었다.

오히려 제자가 크게 성장해 주니 아주 흡족한 기분이었다.

두 사람은 결과가 아주 마음에 들었는지 한참 동안 산이 떠나가라 웃었다.

"좋아, 오늘은 이 사부가 너에게 주도(酒道)라는 것을 알려주마. 여태 못했던 이야기나 서로의 앙금을 술로 깨끗이 풀어보자꾸나. 흘흘흘! 이 기쁜 날 술이 빠져서야 되겠느냐! 아니, 오히려 너무 늦게 배우는 것 같구나. 오늘 내가 세상에 술이 왜 필요한지를 알려주마!"

"뭐, 썩 내키진 않지만 오늘만큼은 군말없이 한번 따라가 보겠습니다. 크하하하!"

화지천의 말에 천무악도 기분이 좋다는 듯 따라나섰으니 오늘의 술판은 엄청 크게 벌어질 것이 분명했다.

멧돼지 한 마리를 통째로 구웠고, 여태껏 화지천이 산을 돌아다니며 구했던 약재나 과일로 된 술들이 쏟아져 나왔다.

천무악은 입이 쩍 벌어졌다. 도대체 이 많은 술이 어디서 나왔는지 궁금할 정도였다.

"지금껏 내가 혼자 먹… 크흘! 네가 성인이 되고 무공의 큰 성장이 있는 날을 축하하기 위해 모아놓았던 술들이지. 암!

설마 혼자 먹으려고 했겠냐? 흘흘흘! 귀하지 않은 술이 없으니 한 방울도 남김없이 다 먹어야 한다. 자, 한잔하자! 오늘 너의 터무니없는 환골탈태를 위해!"

화지천이 시원하게 술잔을 털어버리기에 천무악도 같이 한 잔을 비웠다.

"콜록콜록! 퉤, 이게 뭡니까! 쓰기만 하고 맛도 없네!"

"어허! 처음은 다 그런 것이야. 하지만 조금만 지나면 술이라는 것이 얼마나 좋은지 알게 될 거다."

"하아!"

화지천은 더 마시라며 술을 계속 권했다. 사부의 기분이 너무 좋아 보여 그 기분을 상하지 않게 같이 마셔주는 천무악이다.

화지천은 계속 술을 마시며 입을 열었다.

"너를 만나고 참 많은 일이 있었지. 뭐, 솔직히 말해 내 성격이 좋지는 않아. 그러니 악괴라는 이상한 별호가 붙었겠지. 사고도 많이 쳤고, 힘도 많이 들었어. 암! 힘든 삶이었지."

하나둘씩 하소연을 하기 시작하는 화지천이다.

"내… 인생에서, 딸꾹! 가장 좋았던 일이 뭐냐고 물어보면 오늘부로는 너를 만난 것이라고 당당하게 말할 수 있을 것 같다. 홀짝! 넌 내 보물이 아니겠냐. 크흘흘흘!"

화지천은 취하기 위해 마시는 술이다 보니 운기하지 않았다. 그리고 술을 많이 마시자 금방 취기가 올라오는 것 같았다.

“왜 제가 사부의 보물입니까? 애물단지지! 크크.”

천무악도 화지천과 같이 계속 술을 마셨다. 처음 먹어보는 술이라 쓰기는 했지만 먹다 보니 약간 취기가 돌고 기분이 좋았다.

“우리 사부가, 딸꾹! 나에게 기대가 컸듯이 나도 너에게, 꿀꺽, 기대가 컸다! 그리고 너는 나의 기대만큼 성장을 했어!”

“헹! 항상 구박만 하고 사부 못 이긴다고 때렸으면서 무슨 성장을 해요?”

“인마! 너랑 나랑 살아온 세월의 차이가 얼만데! 꿀꺽! 우리 천지문의 무공을 배워도 내가 네놈 살아온 만큼보다 더 오랜 세월을 배웠다. 그건 당연한 거야! 이놈아, 너를 가르치면서 나는 새로운 꿈을 꾸게 되었지. 우리 천지문이 하늘을 나는 꿈을. 흘흘흘. 그런 희망을 준 놈이 내… 크흠! 보물이 아니면 뭐냐!”

“무슨 하늘을 난다고! 크, 술이 좀 취하시나 봐요! 벌써 헛소리하시는 걸 보면. 크크크.”

“기쁘다, 네놈이 내 제자라서! 크흘흘흘! 딸꾹!”

화지천은 술기운을 빌려 그간 자신이 제자에게 가지고 있던 기대에 대해 말했다. 이렇게 견뎌준 것이 고마웠고 성장해준 것이 고마웠던 모양이다.

천무악도 겉으로는 사부를 타박하며 계속 웃기만 했지만 속으로는 많이 기뻤다. 그 포악하던 사부가 자신을 그렇게 생각하는지 오늘 제대로 알았으니 말이다.

두 사람은 그렇게 술을 마시며 밤을 보냈고, 새벽이 되어서야 화지천이 먼저 뻗어 방으로 들어갔다.

혼자 남은 천무악이 하늘을 바라봤다.

그간 겪어왔던 수련의 고통들이 주마등처럼 스쳐 갔다. 그리고 오늘 사부가 했던 말을 떠올렸다.

"보물이라……. 풋, 보물은 무슨!"

즐겁고 유쾌했다. 사부의 그 한마디가 자신의 노력을 보상해 주는 듯해 아주 기뻤다. 살아오면서 가장 따뜻한 말을 들은 이날을 영원히 잊지 않을 것 같았다.

"쳇. 그런데 술을 같이 먹었는데 나는 왜 사부처럼 안 취하는 거야? 그냥 알딸딸하기만 하네."

술 취한 화지천도, 사부의 말에 집중하던 천무악도 자신의 왼쪽 귀에 걸려 있는 귀고리와 양손의 검지가 아주 희미하게 빛나고 있다는 것을 몰랐다.

천무악이 손가락 환골탈태를 하고도 일 년이 지났다.

또 여름은 찾아왔는지 모든 산과 수풀이 초록색으로 뒤덮여 있고, 하늘에는 구름 한 점 없이 화창한 날씨를 자랑했다.

목마른 짐승들이 계곡을 찾아 거친 목을 축이고 있는데 그 옆에 평평한 바위 위에서는 천무악이 가부좌를 틀고 앉아 있었다.

짐승들은 사람이 옆에 있는지도 모르는 듯 신경을 쓰고 있지 않았다. 무릇 짐승이란 사람을 보면 도망가게 마련인데 어떻게 이런 일이 있을 수 있을까.

천무악은 지금 자연과 동화되어 있었다.

자신의 기운은 감추고 자연의 기로 몸 주위를 둘러 보호하니 짐승들은 그냥 '돌인가 보다' 하고 있는 것이다.

일 년 사이에 기를 다루는 것이 더 능숙해지고 높은 경지를 보이는 천무악이다.

파팍! 후다닥!

계곡에서 목을 축이며 쉬고 있던 짐승들이 갑자기 무엇인가에 놀라 사방으로 흩어졌다.

동물들이 다 도망가 버리자 천무악이 눈을 떴다.

"왜요, 잘 놀고 있는데 뭡니까?"

천무악이 바위에서 일어나 소리치자 뒤편에서 화지천이 나타났다.

"이놈의 자식이 만날 수련은 안 하고 이런 쓸데없는 짓만 하고 놀 테냐! 말은 더럽게도 안 들어!"

화지천은 제자가 몸은 전혀 움직이지 않고 명상만 하고 있으니 혹시나 몸이 무뎌질까 봐 걱정이 되는 듯했다.

"어때서요? 천능동해각법을 대성하기 위해선 명상 말고는 방법이 없잖아요. 사부가 저처럼 진득하게 앉아 있지 못하니 경지가 그것밖에 안 되는 겁니다."

"뭐라? 이놈이 이제 사부를 가르치려고 들어! 에라, 이!"

화지천이 천무악의 머리로 주먹을 날렸다

터억!

"헐! 저 때리려다가 주먹에 구멍이라도 생기면 어쩌려고 그러십니까?"

자신에게 날아오는 주먹을 오른손 검지로 막는 천무악이다.

"쩝, 어찌 그런 지랄 같은 손가락을 얻게 되었는지. 쯧쯧쯧."

화지천은 제자를 마음대로 때릴 수 없다는 것이 섭섭했는지 혀를 찼다.

손가락 환골탈태 이후로 천무악의 무공은 화지천과 비슷해졌다.

일단 내공에서 크게 성장했다. 몸속에 남아 있던 소환단의 기운 칠 할 중 이 할을 더 내공으로 녹여내는 데 성공해 큰 성과를 얻었다.

거기다 혈음마군이라는 상대와 생사대결을 치러봐서인지 더 효율적인 무공을 사용하게 됐다. 하지만 가장 놀라운 것은 환골탈태를 한 양손의 검지였다.

환골탈태를 하고 얼마 지나지 않아 천무악은 귀가 너무 간지러웠다. 귓속에서 딸랑딸랑 소리까지 나는 것이 벌레라도 들어간 것 같아 그것을 빼보려고 노력했다.

모든 손가락을 동원해도 소용이 없어 미치려고 하는 그때, 간절한 마음 때문이었는지 귀를 후비고 있던 검지가 귓속을 흡입하듯 빨아 당겼다. 검지를 빼서 보니 벌레뿐만이 아니라 이물질도 한꺼번에 붙어 나왔다.

"잉? 뭐가 어떻게 된 거야? 갑자기 이거 왜 이래?"

천무악은 자신의 검지가 신기한지 요리조리 살폈다. 혹시 잘못 봤나 싶어 반대쪽 귀도 해봤다.

"헉! 손가락이 진짜 어떻게 된 거야? 막 빨아 당기네?"

그러다 설마 하는 마음에 검지를 바닥에 있는 조그마한 돌멩이로 향하게 하고 중얼거렸다.

"딸려 와라. 날아와서 이리로 붙으라고."

처음에는 아무런 반응이 없던 돌멩이가 이내 날아와 자신의 검지에 붙는 모습을 본 천무악은 뒤로 넘어졌다.

"이, 이게 뭐야! 어, 엄청 신기하다! 사부, 사부우!"

검지의 새로운 능력을 발견한 천무악은 너무 신나서 사부에게 자랑하기 위해 산을 뛰어내려 갔다.

화지천은 계곡 옆 바위에 앉아 명상을 하고 있다가 천무악이 소리를 지르며 다가오자 인상을 썼다.

"웬 호들갑이야! 수련하러 올라간 지 얼마 되지도 않아 벌써 내려오고! 이놈이 꾀만 늘어가지고는. 쯧쯧쯧!"

천무악은 헉헉거리며 가쁜 숨을 진정시키려 했다.

“헉헉, 지금 수련이 중요한 게 아닙니다. 이거 한번 보세요. 완전 신기합니다. 보고 나면 놀라서 뒤로 자빠질 걸요!”

“흘흘! 언제 철이 들려고.”

“쳇!”

천무악은 무슨 말을 뱉으려고 하다가 실제로 보여주는 것이 낫다고 생각했는지 계곡 물속에 있는 작은 돌멩이를 향해 오른손 검지를 뻗었다. 그리고는 정신을 집중했다.

“도대체 뭐가 신기하다는 거냐! 이놈이 이제 사부를 놀리…… 커억!”

잠시간 아무 일도 없자 짜증을 내려던 화지천은 갑자기 작은 돌멩이가 물을 뚫고 나와 천무악의 검지로 딸려오는 것을 보고 눈이 튀어나올 뻔했다.

“격공섭물(隔空攝物)! 어, 어찌 네놈이……?”

“봤죠? 신기하죠? 크하하!”

사부가 굉장히 놀라는 것을 보니 후련한지 천무악이 시원하게 웃었다.

“제가 이 정도입니다! 아시겠어요? 하하하!”

천무악은 연신 웃음을 터뜨렸다. 그리고선 자신의 검지에 붙어 있는 돌멩이를 옆으로 튕겼다. 한 번 더 사부에게 보여주기 위해서였는데, 튕겨진 돌멩이가 바닥에 닿자 그런 생각이 날아가 버렸다.

콰앙!

가볍게 튕겨진 돌멩이가 바닥에 굉장한 크기의 구덩이를 만들어 버린 것이다.

"으악! 이, 이거 왜 이래!"

천무악은 그대로 주저앉아 버렸고, 화지천은 연달아 놀라 심장까지 벌렁거렸다.

"어, 엄청난 탄지공이네."

화지천은 온몸의 힘이 빠져 작은 소리로 중얼거릴 뿐이었다.

"도대체 네놈 검지는 뭐냐? 이 자식, 혹시 나 몰래 다른 사람한테 수련이라도 받는 거 아냐?"

"그, 그럴 리가요! 저도 손가락이 왜 이러는지 모른단 말입니다. 그걸 제가 어떻게 알겠습니까."

그 일을 계기로 환골탈태한 검지에 엄청난 공능이 숨어 있다는 것을 알고 여러 가지를 확인하기 위해 노력했다.

많은 실험 끝에 알게 된 것은 격공섭물과 검지의 엄청난 탄력으로 인해 기를 사용하지 않아도 탄지공이 가능하다는 것, 그리고 손가락에 기를 사용하지 않고 힘만 줘도 엄청나게 단단해져 바위도 두부 누르듯 쑥쑥 들어간다는 것이었다.

그뿐만 아니라 내공을 운용해 손가락으로 기를 보내면 돌아올 때는 미약하지만 좀 더 양이 불어서 온다는 것이었다.

천무악과 화지천은 그 엄청난 능력 때문에 한동안 너무 놀라 적응하기 힘들었지만 이내 기쁨으로 승화되어 며칠을 술로 자축했다. 하지만 이때는 몰랐다, 아직도 밝혀내지 못한 공능들이 더 있다는 것을.

그런 일을 겪은 후, 천무악은 어느 정도 무공의 경지가 오르자 천능동해각법에 매달리기 시작했다. 그래서 한적한 곳에서 명상하기를 좋아했는데 항상 앉아 있기만 하니 가끔 오늘처럼 걱정하는 사부의 주먹을 받기도 했다.

"오늘은 또 무슨 일로 트집을 잡으려고 오셨습니까?"

천무악은 화지천의 주먹을 옆으로 비켜내며 물었다.

화지천도 천무악이 당연히 막아낼 것이라 생각했는지 후속 공격 없이 손을 내리며 말했다.

"삼 일 뒤 나와 함께 산을 내려가야 하니까 준비해라. 흘흘흘!"

"네? 산을 내려간다고요? 어디로 갈 건데요? 무슨 일인데요?"

"제발 부탁이니 한 번에 하나만 질문해라. 터진 입이라고 마구 쏟아내지 말고. 어찌나 애가 경망스러운지. 쯧쯧!"

천무악의 빗발치는 물음에 가볍게 타박한 화지천이 바위에 앉으며 입을 열었다.

"내가 일 년 전 소환단을 구하러 산을 내려갔을 때 들은 소식이 있다. 그것은…… 앞으로 두 달 정도 뒤에 정파무림대회가 있다는 이야기였지. 십 년에 한 번 있는 큰 대회다. 이름을 알릴 절호의 기회라 여겨 너를 거기에 참가시키고자 한다.”

두둥!

화지천은 결정된 사항이라는 것을 전하기 위해 강조해서 이야기했다.

사부가 무슨 이유로 산을 내려가자고 하는지 궁금해 집중해서 듣고 있던 천무악의 얼굴이 변했다.

그의 얼굴에는 황당함과 분노와 짜증스러움이 가득했다.

“아니, 그런 일을 왜 사부 마음대로 결정합니까? 그리고 미리 말을 해줘야 내가 준비를 하지, 갑자기 이런 식으로 말하는 법이 어디에 있습니까? 말이 됩니까?”

화지천이 산을 내려갔다 온 지가 벌써 일 년이 지났다. 마음만 있었다면 그동안 충분히 말해줄 수 있는 것을 이렇듯 갑자기 선포하니 어이가 없는 천무악이다.

환골탈태를 하고 술을 같이 먹은 후로 상당히 가까워졌다고 생각했는데 이렇게 뒤통수치는 것을 보면 아직 둘 사이는 갈 길이 멀어 보였다.

“흘흘! 너의 의견은 필요없다. 내가 그렇게 하기로 결정했으면 넌 따르기만 하면 돼!”

화지천은 마음이 변할 일이 없다는 듯 단호했다.

“아씨, 귀찮아 죽겠네. 젠장. 어? 잠깐만요! 그 대회에는 제가 참가하는데 사부는 왜 같이 간다는 겁니까?”

천무악의 물음에 화지천은 걱정이 가득한 눈빛으로 말했다.

"무려 십일 년 만에 산에서 내려가는 네가 어찌 길을 알겠
느냐? 흘흘! 내가 걱정이 돼서 잠이 안 올 것 같아 같이 가는
것이니 따지지 마라!"

"혼자 갈 수 있는데!"

"아니 된다."

"제길……."

천무악의 실망스런 목소리를 뒤로하고 화지천은 돌아섰
다.

'헹. 내가 네놈 속셈을 모를 줄 알고? 크크. 얼굴 표정을 보
니 미리 알았으면 딱 도망치고 없을 놈이네. 나쁜 놈! 그리고
안 따라가면 영영 어디로 샐 생각이고. 흥, 네놈이 조금 강해
졌다고 까불지만 머리로는 나한테 안 된단다. 크크크.'

비록 천무악이 천지문을 위해 수련하며 노력하겠다고 했
지만 언제 어디로 튈지 모르는 제자라 절대 방심하지 않는 화
지천이었다.

그렇게 천무악의 무림행은 화지천의 일방적인 주장으로
결정되었다.

"아직도 준비가 안 끝났냐! 도대체 삼 일 동안 뭐 한 거야!
쯧쯧."

화지천이 천중산을 떠난다고 말한 지 삼 일이 지난 지금도
천무악은 정신없이 움직이고 있었다.

언제 다시 천중산으로 돌아올지 모르고 십일 년 만에 사람
들이 모여 사는 세상으로 나가다 보니 준비할 것이 많았다.

"잠깐만요. 이제 동물 가죽들만 챙기면 끝나요!"

"그렇게 짐 되는 물건들은 왜 챙기려고 해? 그냥 놔두고 가
자. 영영 떠나는 것도 아니고."

"산을 내려가면 돈이 필요하잖아요. 돈 될 것이 없으니 이
거라도 내다 팔아야죠. 저 먹고 싶은 것이 많은 놈입니다. 아,
드디어 사람들이 먹는 사람다운 음식을 먹게 되었구나. 히히
히. 맛있겠다."

생각만 해도 기분이 좋은지 입이 양옆으로 찢어질 것 같은
천무악이다.

"돈이라면 내가 주면 되잖아. 그러니 제발 그것들을 놔두
고 가자. 응?"

방에서 나오는 천무악의 등을 보니 꼭 산 하나를 멘 것처럼
높게 솟아 있다. 저것들을 가지고 움직이면 사람들의 시선이
모이는 것은 당연할 터였다.

꼭 광대를 보는 것 같은 시선을 받기 싫은 화지천이었기 때
문에 천무악을 만류했던 것이다.

화지천이 짜증을 내며 말하자 천무악도 어쩔 수 없이 포기
하는 눈치였다.

"네네, 그럽지요. 대신 맛있는 거 안 사주면 뒷일은 책임
못 집니다. 다른 것은 몰라도 이번에 먹는 것 하나는 제대로

해볼 생각이니까요. 크크크."

"좋아, 네 말대로 그렇게 해주마."

천무악을 상대하는 것만으로도 힘이 빠진 화지천이 수락하자 결국 합의점을 찾고 집을 나서기 시작했다.

드디어 호북 무한에 있는 무림맹으로 출발하는 두 사람이다.

천중산에서 그리 멀지 않은 거리에 있는 여남(汝南).

천무악의 준비가 늦어지는 바람에 여남에 도착하니 해가 지고 있었다.

세상을 붉게 물들이는 석양을 본 화지천의 인상이 구겨졌다.

"에라이. 네놈 때문에 겨우 여기까지밖에 못 왔잖아! 굼벵이처럼 느려 터져서는!"

"거 쉬엄쉬엄 가면 되지 뭘 그렇게 서두릅니까? 아직 무림대회까지는 한 달도 넘게 남았다면서요."

천무악은 산에서 오랜만에 내려와서인지 정말 여유있게 걷고 있었다.

동물 가죽들을 빼고도 잔뜩 부푼 봇짐을 메고 몽롱한 눈빛으로 주변을 구경하며 걷는 천무악이다.

화지천은 천하태평인 천무악이 마음에 들지 않았다.

바쁠 것이야 없다지만 느릿한 걸음에 속이 터지는 것이 문제였다.

"날도 어두워지는데 어디 묵어갈 곳을 찾아야죠? 배도 고
프고."

"허이구! 상전 납셨네."

마음 같아선 밤새도록 걷게 하고 싶었지만 벌써부터 노숙
하고 싶은 마음은 화지천도 없었기에 객잔에서 묵어가기로
했다.

화중객잔(和中客棧).

그렇게 비싸 보이지 않는 평범한 객잔을 선택해 들어서는
화지천이다. 천무악도 사부가 가는 대로 따라서 객잔으로 들
어섰다.

객잔 안은 사람으로 붐볐는데 다행히 빈자리는 뜨문뜨문
보여서 앉을 수가 있었다.

일단 저녁을 먹지 않았기에 탁자에 앉아 주문부터 하는 두
사람이다.

"간단히 요기를 할 음식과 화주, 그리고 묵고 갈 터이니 방
을 준비해 줘."

화지천이 간단히 주문을 마치려고 하자 천무악이 끼어들
었다.

"소면 세 그릇도 꼭 챙겨주시오."

점소이가 알겠다며 주방을 향해 움직이자 화지천이 천무

악을 째려봤다.

"잘 밤에 무슨 세 그릇이나 먹어? 나 먹으라고 시킨 것은 아닐 테고."

"세상에 나오면 소면이 제일 먹고 싶었기 때문에 세 그릇 시켰습니다. 지금껏 산에 갇혀 있다가 간만에 세상에 나와 먹고 싶은 것 좀 먹어보겠다는데 이렇게 트집 잡을 겁니까?"

"크흠! 꼭 표현을 그런 식으로 해야겠냐. 나쁜 놈."

천무악의 말에 화지천이 조금 미안한 마음이 들었는지 슬쩍 꼬리를 내렸다.

천무악은 사람 구경을 간만에 해서인지 촌놈이 도시 구경하듯 두리번거렸다.

그사이에 음식이 나오자 소면부터 먹기 시작하는 천무악이다.

어지간히도 먹고 싶었는지 소면을 거의 마시는 수준으로 흡입하고 있었다.

화지천이 그런 무악의 모습을 보고는 혀를 차며 화주를 마셨다.

"도대체 왜 이러는 거요!"

둘이 식사에 열중하고 있는데 주변에서 큰 소리가 터져 나오기 시작했다.

천무악은 사람이 많으니 시끄러울 수도 있다고 생각하며

먹는 것에만 열중했다. 지금은 객잔이 무너진다고 해도 소면
만을 생각할 천무악이다.

하지만 화지천은 못내 궁금했는지 고개를 돌려 큰 소리가
터져 나오는 곳을 바라봤다.

그곳은 창가에 있는 자리였는데, 앉아 있는 일남일녀와 그
주변을 둘러싸고 있는 여섯 명의 남자가 보였다.

두 무리 모두 허리에 칼을 차고 있는 것으로 봐서는 무림인
인 듯했다.

아무래도 서로 시비가 붙은 모양이었는데, 화지천은 재미
있을 것 같다는 생각에 화주를 홀짝이면서 구경하기 시작했
다.

화지천도 오랜만에 강호행을 하는 것이기 때문에 설레기
는 마찬가지였다. 저번에 소림에 다녀올 때는 천무악 때문에
구경 같은 것에는 신경 쓸 여유가 없었으니 말이다.

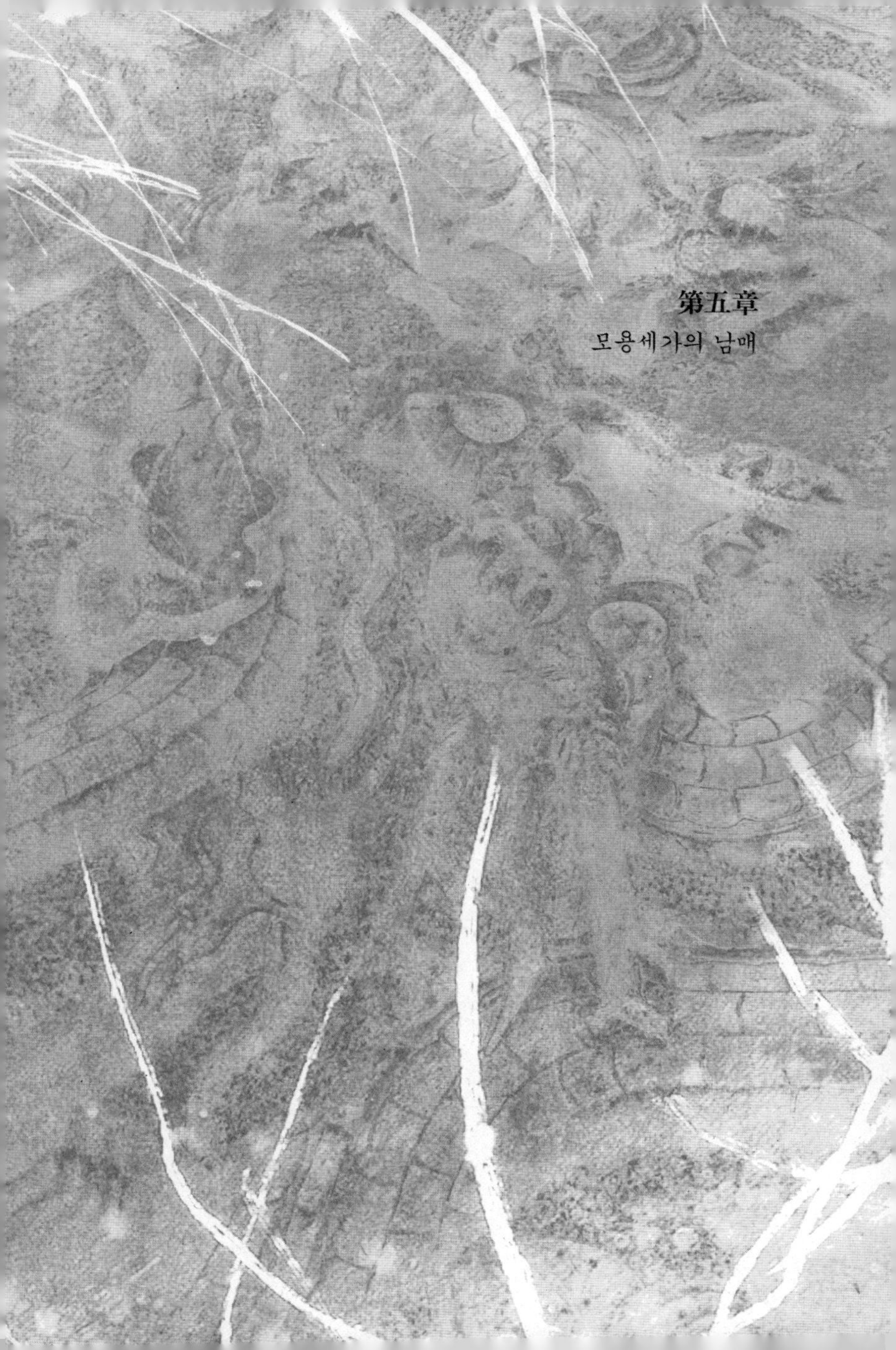

第五章

모용세가의 남매

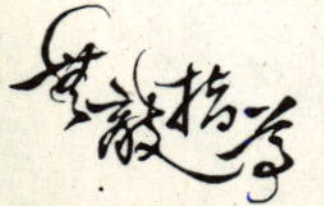

“허! 천하의 모용세가와 친분을 좀 쌓고 싶다는데 왜 이렇게 까칠한 것인지. 쯧쯧. 설마 나와 술 한잔하는 것이 겁나는 것은 아니겠지? 크하하하!”

“말도 안 되는!”

“같이 좀 놀자는데 흥분하긴. 한때 천하에서 이름 높던 모용세가의 자제가 이러면 체통없어 보이지 않나. 보아하니 이번 정파무림대회에 참가하기 위해 움직이는 것 같은데 같이 가는 것이 어때? 나도 정파 나부랭이들이 힘자랑하는 것을 구경하러 가는 길인데 말이야. 크크크.”

자리에 앉아 있는 일남일녀 중 사내 모용중인은 화가 많이 난 상태였다.

자신의 가문인 모용세가를 한때 이름 높던 세가로 깔보고 있는데다가 가문이 속한 정파를 나부랭이라고 표현하고 있으니 열 받을 만도 했다. 이것은 분명 의도적으로 자신을 흥분시키려는 것이다. 하지만 그것을 알면서도 화를 참고 있을 수밖에 없었다.

웃고 있는 사내 와죽정이 소문주로 있는 사진문(詐珍門)을 모용세가가 어찌할 수는 없었기 때문이다.

와죽정이라는 사내는 풍채가 좋고 탐스럽게 기른 머리칼을 길게 늘어뜨렸으나 얼굴에는 곰보가 가득하고 욕심이 많게 생긴 이십대 후반의 사내였다.

"도대체 우리에게 왜 이러는 것이오! 일부러 모욕을 주기 위해 이러는 것이오?"

모용중인이 이빨을 꽉 깨물고 으르렁거렸지만 와죽정은 능글맞게 웃으며 말했다.

"허어, 모욕이라니. 내가 왜 그런 행동을 한다는 말이지? 사진문의 소문주 나 와죽정은 그런 사람이 아니지."

"이익!"

모용중인은 폭발하기 직전이었다. 괜한 시비를 걸어오니 화를 참기가 점점 힘들었다.

사진문은 모용세가와는 다르게 정파가 아닌 사파였다.

무림에는 정, 사, 마로 나뉘는 세력들이 있는데, 오십 년 전에 일어난 정마대전에서는 사파의 맹주인 사극련을 포함해 사파의 전 세력이 중립을 선언하며 어느 편도 들지 않았다. 그래서 본신 전력을 다 유지한 반면에 정파는 그렇지 못했다.

한때 전세가 크게 밀린 적이 있었는데, 거기서 많은 문파의 사람들이 죽어나가 자신의 세력을 지키기가 어려웠다.

그 대표적인 문파가 바로 모용중인이 소가주로 있는 모용세가였다.

그때만 하더라도 오대세가의 한 기둥을 차지하며 무림에 우뚝 솟은 세력이었다. 하지만 전력을 투입한 정마대전에서 당시의 태상가주와 문파의 많은 사람들이 목숨을 잃는 바람에 무공의 맥이 이어지지 못해 세가 약해졌다. 그리고 지금에 와서는 오십대 세가에도 들지 못하는 그냥 무늬만 무림세가인 상태로 변해 버렸다.

모용세가가 있는 요녕의 심양과 사진문이 있는 하북의 승덕은 거의 맞닿아 있는 위치기도 하고 세력의 차이가 많이 나다 보니 이권을 뺏기는 일이 허다했다.

정마대전이 일어나기 전부터 사파에서 열 손가락에 꼽을 정도의 힘을 가지고 있던 사진문이었기 때문에 약해진 모용세가는 상대가 되지 않았다.

그런 상황에서 부딪치는 것은 껄끄러운 일이 아닐 수 없었다. 하지만 이렇게 노골적으로 시비를 걸어온다면 모용중인으로서도 참을 일만은 아니었다. 한 가문의 소가주로서 지킬 자존심은 있었다.

모용중인이 단단히 마음먹고 입을 열려고 할 때, 청아하지만 차가움이 느껴지는 목소리가 행동을 막았다.

"오라버니, 우리 자리를 옮겨요. 와 공자께서는 이 자리가 마음에 드는 것 같은데 우리가 양보하죠."

목소리의 주인공은 모용중인과 같이 자리에 앉아 있던 아름다운 모습의 모용화린이었다.

모용화린은 앵두 같은 입술에 청초하게 피어나는 한 떨기 목련꽃을 닮은 여인이었지만 얼굴에 감정이 묻어나지 않았다.

사람들은 그런 얼굴에서 차가움을 느꼈기에 빙화(氷花)라는 별호를 붙여주었다. 하얀 피부 또한 무표정한 얼굴과 어울려 얼음을 연상시키기에 충분했다.

세간에서 무림삼화(武林三花)라 부르는 천하의 미인 중에 한 명이고 지모와 무공도 겸비한 최고의 재녀(才女)라 할 수 있었다. 강호에 내로라하는 사내들이 결혼 상대로 상위에 올리는 여인이기도 했다.

아쉬운 점이라면 세가 기운 모용세가라는 것뿐이었다.

"오! 이거 미처 알아보지 못했는데 빙화 모용화린 소저가 아니시오. 이거 삼생(三生)의 영광입니다. 이런 미인을 보게 되다니요. 하하하!"

　모용중인은 어이가 없었다. 모용세가의 인물로 자신과 같이 움직일 사람은 당연히 동생 모용화린밖에 없는데 이제야 발견한 것처럼 말하니 이런 말도 되지 않는 계획을 짠 저 머리통을 쪼개 뇌를 보고 싶었다.

　와죽정은 너스레를 떨며 웃는 얼굴로 모용화린을 바라봤다. 하지만 그 눈빛에는 음욕(淫慾)이 가득했다.

　'내가 할 일은 모용세가에 굴욕을 주는 것. 그것을 하는데 빙화를 끌어들여도 상관은 없지. 어차피 이 일이 끝나고 나면 너는 나의 아내가 될 것이다. 크크크.'

　와죽정은 자신이 이곳에 오면서 약속받은 내용을 상기했다.

　오래전부터 모용화린을 마음에 두고 있었던 와죽정이다. 하지만 모용화린은 자신을 거들떠보지도 않았다. 비록 잘생긴 얼굴은 아니었지만 가문에서의 위치나 사진문의 힘을 보고 많은 여자들이 서로 마음에 든다며 달라붙었는데 이 여자만큼은 아니었다. 매파를 보내도 번번이 거절했다.

　지금껏 가지고 싶은 것을 모두 가졌기 때문일까. 자신의 생각대로 따라주지 않는 모용화린에게 더욱 매력을 느끼는 와죽정이었다.

　비록 지령을 늦게 받고 출발해서 이곳에서야 만나게 되었지만 모든 계획이 생각한 대로 다 잘 풀릴 것이라고 믿어 의심치 않았다.

"서로 더 할 말이 없을 것 같으니 우리는 먼저 일어나겠습니다."

와죽정의 말에 모용화린은 찬바람이 불 듯 냉정하게 말하고는 자리에서 일어났다. 하지만 그런 행동을 가만히 놔둘 와죽정이 아니었다. 계획대로 하려면 여기서 끝나서는 안 된다.

"허어! 모용 소저, 이렇게 만나게 된 것도 인연이라 할 수 있는데 같이 자리하는 것이 어떻겠소? 두 가문에도 이익이 될 만한 이야기들이 많은데 말이오. 나 사진문의 와죽정, 가진 것이 많은 남자라오. 정파 나부랭이들보다도 말이요. 크하하!"

와죽정이 길을 비키지 않고 막아서자 모용화린의 고운 아미가 구겨졌다. 자신은 저렇게 음욕으로 번들거리는 얼굴을 보면 온몸에 소름이 돋았다. 저런 자와는 한시도 같이 있고 싶지 않았다.

"죄송합니다. 제가 오늘 많이 피곤해서 먼저 자리에서 일어나야겠네요."

감정없는 이 말을 끝으로 자리를 비켜서 지나가려는 모용화린이었지만 와죽정이 그것을 막았다.

와죽정은 팔을 뻗어 모용화린의 손목을 잡아가고 있었다.

그것을 느낀 모용화린이 한 발자국 물러서며 손목을 피하려고 했으나 와죽정의 손이 더 빨랐다.

"모용 소저, 섭섭합니다. 이러지 말고 우리 사이좋게 이야기해 봅시다. 크하하하!”

득의양양(得意揚揚)한 와죽정의 커다란 웃음소리가 객잔 안에 울려 퍼졌다.

“저거 완전 미친놈이구만! 어디서 저런 놈이 튀어나왔는 지. 흘흘흘!”

상황을 가만히 보고 있던 화지천의 얼굴이 일그러졌다.

누가 봐도 지금 일어나는 일이 유쾌하지는 않을 것이다. 더군다나 사진문이라는 곳에서 온 놈의 모양새가 동네 양아치와 다름없었기에 화지천은 슬슬 짜증이 나고 있었다.

자신이 비록 악괴라는 별호는 얻었지만 저런 양아치 같은 짓은 하고 다닌 적이 없었다.

대부분 다른 사람들이 먼저 자신에게 시비를 걸고 덤벼들었지, 악인이라 소문난 자가 아니면 먼저 시비를 걸거나 저따위 압박은 가한 적이 없었다.

한때는 악인이라는 자들을 잡기 위해 노력한, 어찌 보면 협사의 기질도 가지고 있다고 봐야 할 화지천이다. 비록 항상 손속이 과했지만.

화지천이 고개를 돌려 천무악을 봤다.

천무악은 눈조차 한번 돌리지 않고 여전히 소면 먹는 것에만 열중하고 있었다. 한 그릇을 뚝딱 비우고 두 번째 그릇으로 손을 옮겼다.

"쯧쯧. 네놈은 저런 장면을 보면 구해줘야겠다는 생각도 들지 않냐? 열도 안 받아?"

"제가 왜 그래야 하는 건데요? 귀찮게. 그리고 남의 일에 끼어들면 괜히 피곤해진다고 말씀하신 분이 사.부.님.이십니다."

"에라이 나쁜 놈아! 내가 말한 것이 지금 같은 이런 경우였냐!"

화지천은 천무악이 혈음마군과 싸우고 난 후 걱정되는 마음에 무림에서 조심해야 할 세 가지를 말해준 적이 있었다.

첫째는 남의 무공을 몰래 보거나 탐하지 말라는 것이었고, 두 번째는 남을 쉽게 믿지 말라는 것이었고, 세 번째가 잘 알지 못하는 일에 함부로 끼어들지 말라는 것이었다.

무림에서는 은원 관계가 계획한 대로 만들어지는 것이 아니라 걱정되는 마음에 한 말이었지, 협을 행하지 말라는 말은 아니었다.

천무악이 괜히 끼어들기가 귀찮으니 여기서 그때 한 말을 써먹는다고 생각하는 화지천이다. 하지만 화지천도 못 본 것이 있었다.

소면을 먹고 있는 천무악의 눈이 강렬히 빛나고 있는 것을 말이다.

사진문과 모용세가의 자리는 다급한 상황으로 변해가고

있었다.

"그 손 놓지 못해!"

자신의 누이인 모용화린이 와죽정에게 손목을 잡히자 모용중인은 흥분을 감출 수가 없었다.

모용중인이 모용화린의 곁으로 다가가기 위해 움직였지만 얼마 못 가 걸음을 멈추고 말았다.

와죽정의 뒤에 있던 사진문의 다섯 문도가 길을 가로막았기 때문이다.

"비켜라."

모용중인이 으르렁거렸다.

"허! 내가 네놈의 말을 왜 들어야 하지? 아니, 모용세가 따위가 우리 사진문에 명령을 내릴 자격이나 있나? 하하하!"

"이놈들이 감히 모용세가를, 그리고 나를 능멸하는 것이냐!"

"감히 모용세가? 모용세가가 뭐 대단한 문파라도 되는 것처럼 말하는구나! 크하하하!"

아무리 모용세가의 가세가 기울었다지만 소가주인 자신이 사진문의 일반 문도에게까지 이렇게 무시당할 수는 없었다.

더군다나 동생은 잡혀 있는 상황이지 않은가.

결국 모용중인은 폭발하고 말았다.

"이 자식들이!"

모용중인은 칼을 들지 않고 손바닥을 이용해서 차례로 다섯 명을 공격했다. 사진문의 다섯 문도는 모용중인이 갑자기 공격할 것이라고는 생각을 못했다. 사진문을 건드리지 않을 것이란 확신 때문이었다.

사진문의 다섯 문도는 공격을 막아보려 했지만 방심하고 있었기에 합공을 할 수가 없었다.

개인의 실력 차이는 모용중인과 컸기 때문에 방어하지 못하고 가슴에 일장씩을 허용해 주위로 튕겨 나가 버렸다.

주위를 물리친 모용중인은 와죽정의 손에 잡힌 모용화린의 손목을 다시 낚아채기 위해 다가섰다.

모용중인이 지척까지 다가오자 오히려 당황한 것은 와죽정이었다. 와죽정의 무공 수위는 모용중인과 비슷했지만 모용화린의 손목을 잡은 상태로 싸우기는 힘들었다.

모용중인이 와죽정에게 바짝 다가서서 손을 뻗으려 할 때, 무엇인가 희끄무레한 인영이 빠른 속도로 나타나더니 그대로 일장을 뻗어왔다.

퍼엉!

"크악!"

모용중인은 일장을 막지 못하고 그대로 가슴에 허용하고 말았다. 그는 뒤로 한참 날아가 탁자들을 부수며 쓰러졌다.

"오라버니!"

모용화린의 안타까운 음성이 객잔에 울려 퍼졌다.

"막 장로!"

"내가 좀 늦었소, 소문주."

모용중인에게 일장을 날린 인영이 허리를 굽히며 와죽정에게 인사했다. 인영이 인사를 하고 허리를 펴자 칠 척 장신에 등에는 커다란 도끼를 멘 흉터투성이의 중년인이 보였다.

사진문의 장로 혈부 막설치였다.

혈부 막설치.

칠 년 전만 해도 실력있는 낭인으로 인정받아 소문파의 다툼이 일어나는 곳이면 서로 데려가려고 하던 존재였다. 그러던 중 문파 간의 소규모 전쟁에서 갑자기 피에 취해 아군 적군 가리지 않고 죽이다가 무림 공적이 되어버렸다.

그런 자를 사진문에서 충성을 다하는 조건으로 데리고 있는 것이었다. 물론 피해 입은 문파들이 와서 막설치를 내어달라 했지만 사진문은 거절했다. 오대세가와 맞먹는 무력을 지닌 사진문이 내린 결정이었다. 그러니 다른 문파들은 억지로 그 결정에 따를 수밖에 없었다.

나타난 자의 신원을 알게 된 모용화린의 얼굴이 어두워졌다.

막설치가 손을 심하게 썼다면 그에 비해 무공이 약한 모용중인이 치명상을 입을 수도 있었다.

"크윽! 쿨럭!"

자신이 있던 곳에서 반대편으로 심하게 튕겨져 나갔던 모용중인이 힘들게 일어서고 있었다.

주변의 탁자들은 다 엉망으로 부서져 있었고 음식을 먹고 있던 사람들은 싸움이 커지자 다들 자리를 옮긴 상태였다.

모용중인이 겨우 자리에서 일어나 힘겹게 중심을 잡으려고 하는데 들리는 소리가 있었다.

"어이, 자네, 이게 뭐 하는 짓이야?"

모용중인은 정신이 없는 상태에서도 상대에게 사과를 하려고 고개를 돌렸다. 자신이 죄없는 사람들의 탁자를 부쉈으니 말이다.

자신의 뒤에는 신선처럼 인자하게 생긴 노인이 앉아 있었다.

모용중인이 날아와 부숴 버린 탁자는 바로 화지천과 천무악이 앉아 있던 자리였다.

다행히 사람이 다치거나 음식물에 옷을 버린 것은 아니었지만 미안한 마음에 고개 숙여 사죄를 하려고 하는 모용중인이다. 그러나 그전에 옆에서 퉁명스런 목소리가 들렸다.

"날아오는 걸 알면서도 안 피한 사람이 누군데 남한테 뭐라고 합니까? 괜히 애들 싸움에 참견하려 하지 말고 그냥 조용히 있지요."

모용중인이 소리가 들려오는 쪽으로 고개를 돌리니 옆 탁자 위에 앉아서 소면을 먹고 있는 사람이 보였다.

이 난장판 중에서도 소면만큼은 놓칠 수가 없었는지 손에 단단히 들고 있는 천무악이었다.

"이놈아! 네놈이 막았어야지 나이 든 내가 막으랴?"

"거참! 내가 움직이는 것도 미리 알았으면서 왜 그럽니까? 일부러 안 피한 거지, 뭐!"

모용중인은 어리둥절했다. 자신이 탁자로 날아온 일에 대해 둘이서 티격태격하고 있으니 말이다.

도대체 이자들은 뭐 하는 사람들인가.

"죄송하게 되었습니다. 제가 하던 일을 마치고 보상을 해 드리도록 하겠습니다."

그 와중에도 모용중인은 화지천에게 고개를 숙여 미안함을 전했다.

"호, 젊은이가 사람이 괜찮은데! 에고, 저놈의 제자도 젊은이 정도만 되면 내가 소원이 없겠네. 흘흘흘!"

"쳇! 실없는 소리 하지 마시지요. 그런다고 제가 달라질 것 같습니까?"

화지천이 모용중인과 자신을 비교하니 기분이 좋지 않아 천무악이 투덜거렸다.

모용중인은 두 사람의 말을 계속 경청할 수 있는 상황이 아니었기에 사과의 말을 끝으로 와죽정이 있는 곳을 바라봤다.

"허! 생각 외로 튼튼한 몸을 지닌 애송이구나. 내가 힘을 뺐다고는 해도 그렇게 금방 일어날 수 있는 타격은 아니었는데 말이야. 클클클."

상대가 자신의 일장을 맞고도 큰 어려움 없이 자리에서 일어나는 것이 놀라웠는지 막설치가 감탄했다.

"그따위 공격으로 나를 막을 순 없을 것이오. 얼른 내 동생을 풀어주시오! 그러면 우리는 그냥 물러날 터이니!"

최대한 피해가 없는 것처럼 행동해야 현 상황을 피하는 데 도움이 될 거라고 생각한 모용중인이다.

"하하하! 모용 공자, 그 대단한 척은 그만하고 자리에 앉자고. 난 사진문의 소문주 와죽정이다. 방금 일은 호탕하게 잊어줄 테니 걱정 말고 이쪽으로 오지. 설마 내가 대단치도 않은 모용세가에 무슨 짓이라도 하겠어? 크하하하!"

와죽정은 막설치의 등장으로 다시 기세등등해져서 모용중인을 치욕에 떨게 했다.

자신의 무공, 세가의 힘 어느 것 하나 사진문에 이기는 것이 없으니 모용중인은 굴욕감에 몸을 부르르 떨었다.

그 모습을 보는 와죽정은 눈을 반달 모양으로 만들며 즐거워했다. 자신의 계획대로 모용중인에게 힘의 차이를 확인시켜 줬으니 말이다.

와죽정의 웃음소리가 객잔을 뒤덮고 있을 때, 작은 소리들이 흘러나왔다. 아주 작은 소리로 하는 대화였지만 객잔에 있는 모든 사람들의 귀에 뚜렷이 들렸다.

"하! 자식 진짜 재수없게도 웃네. 이 객잔을 전세라도 냈

나. 그리고 위세를 자랑하려면 큰 도시에 가 많은 사람들 앞에서 할 일이지 이 작은 마을에서 저래 봤자 무슨 소용이 있겠어? 좀 모자란 놈인가?"

"에이, 사부님, 그건 아니죠. 큰 도시에 나가 저런 소리를 했다가는 지 머리통 날아갈 걸 아니까 이 작은 마을에서 소리치는 것 아니겠습니까? 제 목숨은 챙겨놓고 까불어야죠."

"음! 그건 네놈 말이 맞다. 저놈, 엄청 똑똑한 놈이었어. 흘흘흘!"

와죽정이 웃음소리를 멈추고 대화하고 있는 사람들에게로 고개를 돌렸다.

그곳에는 한 명의 노인과 소면을 먹고 있는 키 작은 아이 하나가 서서 자신을 손가락질하며 이야기하고 있었다.

"억! 사부, 저놈이 들은 것 같은데요? 그러게 그냥 조용히 있자고 하니깐 괜히!"

"네놈도 말을 했잖아! 나한테만 그러지 말라고. 흘! 제자야, 저놈이 째려본다. 우리 그냥 나갈까? 흘흘흘!"

두 사람의 말을 들은 와죽정은 말도 나오지 않았다. 지금 이곳 객잔의 분위기를 모르고 저렇게 지껄이나 궁금했다.

좋던 기분은 깨져 버렸고 이어서 화가 나기 시작했다. 감히 자신을 작은 곳에서만 소리치는 소인배 취급하고 있으니 말이다.

"막 장로!"

와죽정의 부름에 막설치가 앞에 섰다.

"저 자식들을 당장 내 앞에 무릎 꿇리시오! 건방진 놈들, 감히 누구에게 저따위 소리를 하는 거야!"

와죽정의 명령을 들은 막설치가 화지천과 천무악 쪽으로 걸어갔다.

"사부, 제가 손가락으로 구멍 뚫어놓은 바위같이 생긴 놈이 사부한테 자식이니 놈이니 하며 욕하는데요?"

"구멍 뚫린 바위? 크흘흘. 딱 맞네!"

천무악이 한 말은 객잔에 있는 모든 사람들 귀에 들어갔다. 그리고 말 그대로 구멍이 많이 뚫려 있는 바위를 상상하며 와죽정의 곰보 가득한 얼굴을 보자 웃음이 이곳저곳에서 터졌다.

"우하하하하!"

"크큭. 정말 딱 어울리는 표현이다!"

멀리서 구경하던 사람들뿐만 아니라 모용중인과 아직도 손목이 잡혀 있는 모용화린까지도 웃음을 보이고 있었다.

주위 사람들이 웃으며 자신을 쳐다보자 얼굴이 시뻘겋게 변하는 와죽정이다.

"이, 이익! 짜리몽땅한 너 따위 놈이 감히 나를 능멸해? 막장로, 저놈부터 잡아 무릎 꿇리시오! 그리고 나머지 다섯 명은 지금 나를 보고 웃은 놈들을 다 잡아 내 앞으로 끌고 오너라! 내 오늘 가만두지 않겠다!"

　와죽정은 심한 모멸감을 느꼈는지 자신을 웃음거리로 만든 천무악뿐만 아니라 자신의 모습을 보고 웃은 모두를 잡아들이라 명했다.

　와죽정의 말이 끝나기가 무섭게 막설치는 천무악에게로, 그리고 쓰러져 있던 다섯 명의 사진문도는 일어나 멀리서 구경하던 사람들에게로 움직였다.

　"자식, 맞는 소리 하네. 내가 키가 좀 작긴 작은 것 같군. 그렇다고 너처럼 그걸 부끄러워하진 않는다고. 이것도 뭐 나의 일부니까. 크크크."

　주위를 한번 둘러보니 자신의 키가 남들에 비해 좀 작다는 것을 안 천무악이 혼자 중얼거렸다.

　천무악은 일어나던 일에 관심없는 척했지만 내심 기분이 좋지는 않았다. 자신도 귀가 있고 생각이 있는데 저런 더러운 장면을 보고는 그냥 지나치기가 쉽지는 않았던 것이다.

　결국은 참지 못하고 입이 열렸으니 싸움에 끼어든 꼴이 됐다. 시작은 비록 화지천이었지만 말이다.

　"어서 피하시오! 막설치가 오고 있잖소!"

　모용중인은 위험 앞에서도 태연한 소리나 하는 천무악이 걱정되었는지 도망치라고 말했다. 하지만 천무악은 모용중인의 말에는 대답하지 않고 화지천을 바라봤다. 화지천은 왜 그러냐는 눈빛을 해 보였다.

　“산에서 내려오자마자 죽고 싶은 마음은 없는데 그럼 사부 말대로 저놈, 죽여야 합니까?”

　“쿵. 죽이긴 뭘 죽여! 내가 말한 것은 죽여야 될 때는 반드시 죽여야 한다는 것이지. 이놈아, 시비 붙었다고 다 죽이려 하면 앞으로 수천 명도 넘게 죽여야 할걸. 거기다가 저놈들이 널 죽이려고 하는 것은 아니지 않느냐.”

　천무악의 질문에 화지천이 황당하다는 듯 설명을 덧붙였다.

　“아, 귀찮게! 저놈들이 절 죽이려는지 안 죽이려는지 그걸 어떻게 압니까? 어차피 이름 날리자고 나왔으면 강하게 갈 것이지!”

　자신에게 달려드는 막설치를 보며 천무악은 눈을 찡그렸다. 제압하려 움직이려니 귀찮았던 것이다.

　두 사람이 하는 말을 옆에서 듣고 있던 모용중인은 어이가 없었다. 무기는 있지도 않고 행색은 무공을 익혔는지조차 알 수 없는 사람들이 강자라고 말할 수 있는 막설치를 죽이냐 마느냐를 논하고 있으니 그럴 만도 했다.

　그사이에 다가온 막설치는 천무악을 가소롭다는 듯이 쳐다봤다.

　“뭐? 애송이가 날 죽여? 허참! 나 막설치 오십 가까이 살아오며 너 같은 놈은 처음 본다. 어디, 간을 몇 개 여분으로 달고 다니는지 배를 열어 확인을 해야겠다. 이 몸의 손속이 야

속하다 원망은 말거라!"

막설치는 더 이상 말할 필요가 없다는 듯이 손을 뻗으려 했다. 하지만 그전에 천무악의 입에서 나온 말로 인해 손을 멈출 수밖에 없었다.

"그런데 사부, 사부가 유명하다던 이야기 거짓말 아닙니까? 아무도 못 알아보잖아요! 악괴라고 하면 모두가 알아본다고 자랑하더니 완전 거짓말이구만!"

"악괴?!"

천무악의 말에 객잔 안의 모든 사람들이 경악하며 침을 삼켰다.

와죽정을 제외한 객잔 안의 모든 사람이 행동을 멈추고 화지천을 바라봤다. 갑자기 '악괴'라는 별호가 튀어나오니 다들 어리둥절하면서도 경계하는 눈빛을 했다.

"호오? 이거 아직은 별호가 먹히는 것 같은데요? 이야, 이거 놀랍네!"

천무악은 악괴라는 별호를 별것 아니라고 생각했지만 무림에서는 아니었다.

화지천은 나쁜 짓을 하지는 않았지만 열 받으면 손속이 과하고 성질이 더럽기로 유명했다. 하지만 사람들은 한편으로는 의아해했다. 소문에는 분명히 죽었다고 했으니 말이다.

소림에서 나온 승려들이 악괴를 처단했다는 소문이 강호에 널리 알려졌던 때가 있었다.

모두들 그 소문을 진실로 믿고 있었던 것이다.

그러나 와죽정은 악괴라는 별호를 들은 적이 없다. 아니, 위대한(?) 자신이 그따위 별호를 기억하고 있을 이유가 없다고 생각했던 것 같다. 막설치도, 사진문도들도 멈춰 서 있자 짜증을 냈다.

"뭐 하는 거야! 내 명령 까먹었어?"

막설치가 화지천을 힐끗거리며 조심스럽게 입을 열었다.

"소문주, 악괴라고 하는데 어떻게 하겠소? 만약 진실이라면 위험할지도 모르오."

"악괴? 난 그딴 별호 들어본 적 없소! 절대십천의 별호도 다 모르는데 내가 그딴 걸 어떻게 알겠소!"

'야, 이 병신아. 그게 자랑이냐? 내가 어쩌다 저놈을 따라와서는. 젠장!'

악괴의 별호도, 무림 최고 고수들이라는 절대십천의 별호도 다 모른다는 와죽정의 말에 막설치는 짜증이 났다. 사태의 심각성을 모르니 말이다.

'만약 정말로 악괴라면 함부로 손을 써서 좋을 것이 없다. 사진문의 정예나 좌, 우호법 중 하나는 와야 처리가 가능할 터인데 괜히 덤볐다가 당하면 나만 억울하잖아.'

막설치는 자신의 생각을 정리하고 있었다. 와죽정이 사태 파악을 못하니 자신이라도 해야 했다.

일단 정말 악괴라면 이기고 지고를 떠나서 괜히 건드렸다가 피곤할 수가 있었다. 악괴라면 미친개처럼 물고 끝까지 놓지 않는 인물로 유명했기 때문이다.

심호흡을 한 막설치가 화지천을 바라보며 공손히 물었다.

"정말 악괴라는 별호를 쓰고 있소?"

막설치의 물음에 턱을 슬쩍 긁다가 입을 여는 화지천이다.

"나 악괴 아닌데? 그게 누구지? 흘흘흘!"

화지천의 의문 섞인 말에 천무악을 포함한 모든 사람들의 얼굴이 일그러졌다. 지금 사람 한 명이 모두를 낚는 상황이 되었으니 말이다.

"참나! 자기 별호도 똑바로 몰라요? 그럼 지금까지 한 말은 모두 거짓입니까? 믿을 수가 있어야지. 쳇!"

천무악은 화지천에게 짜증을 내다 자신의 앞을 봤다. 순간 눈앞으로 사람 머리통 세 개보다 큰 도끼가 날아들고 있었다.

"이 새끼가 살아보겠다고 대가리를 굴려!"

자신이 놀림을 받았다는 생각에 막설치의 화가 폭발했다. 저 노인이 악괴가 아니라면 자신이 이 쪼그만 놈을 겁낼 이유가 없었다.

"거! 성질도 급하네!"

날아오는 도끼의 날을 보고 천무악은 앞 탁자를 발로 차며 피해냈다. 그리고는 말하느라고 다 먹지 못한 소면을 손에 들고 이리저리 뛰어다니며 막설치를 피해 도망 다녔다. 잘 피해 다니는 천무악을 보자 그렇지 않아도 열이 뻗친 상황에서 더

화가 나 덤벼드는 막설치였다.

"쥐새끼 같은 놈! 오늘 내가 너를 잡지 못하면 막설치가 아니라 막설쳐다!"

막설치의 도끼를 피하며 입에 있던 소면을 삼킨 천무악이 고개를 끄덕였다.

"응응, 그거 괜찮네! 아주 좋은 생각인걸? 크하하!"

한참을 그렇게 공격하고 피하는 동작들이 이어졌다. 그러다 막설치는 문득 무엇인가 이상함을 느꼈다.

'내가 아무리 흥분을 했다고 해도 무공이 높지 않다면 공격을 이렇게 피할 수는 없다. 그 말은 저 쥐새끼가 무공을, 그것도 상당한 수준으로 익히고 있는 무인이라는 결론이 나온다.'

막설치는 생각이 정리되자 행동을 멈췄다. 무공을 상당 수준 익힌 자라면 마구잡이로 공격할 것이 아니라 진지하게 상대해야 했다.

'짧게 공격한다. 상대가 약 올린다고 크게 휘두르면 역공을 당할 수 있어.'

자신이 흥분해서 도끼를 더 크게 휘두르고 있다는 것을 상기한 막설치는 자세를 가다듬었다.

막설치의 그런 변화를 보던 천무악은 피식 웃었다.

"헹! 생긴 거랑은 다르게 머리가 꽤 돌아가는데? 후루룩! 자, 다 먹었다!"

남아 있던 국물까지 모두 마신 천무악은 그릇을 자신의 머리 위에 덮어쓰며 막설치를 향해 빙긋 웃었다.

막설치는 이런 도발을 여태껏 살면서 받아보지 못해 폭발하려 했지만 자신은 하수가 아니었다. 하나 천무악이 보인 재주는 쉽사리 여길 수 없는 것. 그는 최선을 다하리라 마음먹으며 차분히 앞으로 나아갔다.

"어린노무 새끼가 어른을 몰라보고 까불면 어떻게 되는지 내가 오늘 확실하게 보여주지!"

막설치가 도끼를 횡으로 그으며 공격해 왔다. 그 공격을 보고 씨익 웃던 천무악이 움직였다.

"자! 이제 상대 좀 해줄까?"

천무악이 앞으로 나서며 검지에 기를 모았다. 단단해진 손가락으로 자신의 옆구리를 베어오는 도끼를 슬쩍 튕겨냈다.

챙!

"큭. 이 자식이!"

막설치는 예상외의 거력에 하마터면 도끼를 놓칠 뻔했다.

조금은 강할 것이라 생각했지만 이 정도라면 자신과 비슷한 실력으로 올려놔야 할 것 같았다. 막설치의 도끼에 기가 어리기 시작했다.

본 실력을 드러내기로 마음먹은 것이다.

기를 두른 도끼가 천무악의 머리 쪽을 쪼개왔다. 천무악은 그 도끼를 피하지 않고 선 채로 검지를 들어 올렸다.

"감히 내 공격을 손가락으로 받으려 하다니! 손가락과 같이 반으로 쪼개주마!"

자신의 공격을 고작 손가락으로 받아내려 하니 열이 올라오는 막설치다. 그래서 온 힘을 다해 도끼를 내려쳤다.

쾅!

거친 충돌음이 터져 나왔다. 그리고 충돌의 반탄력으로 막설치는 도끼를 잡은 채로 공중에 떠올랐다.

"어, 어떻게…… 어떻게 손가락 따위로!"

쇠로 된 무기를 손에 든 것도 아니고 고작 검지 하나로 자신의 도끼를 튕겨내니 막설치는 놀라지 않을 수 없었다.

막설치의 그 모습을 보고 웃으며 공중으로 뛰어오르는 천무악이다.

"내 손가락이 그쪽 도끼보다 낫다는 걸 보여주지!"

막설치가 움직이자 다른 사진문도들도 행동을 개시했다.

다섯 문도가 구경하던 사람들에게 다가가니 아픈 몸이지만 그것을 막아주려고 모용중인이 나섰다.

"이 사람들은 죄가 없다! 어디까지나 우리 무림인들의 싸움이니 괜한 사람 잡지 마라!"

모용중인이 큰 소리로 말하며 다가오니 겁먹고 있던 사람들의 눈에 희망이 차올랐다. 모용중인이 자신들의 목숨을 구해줄 협객으로 보였던 것이다.

"네 목숨이나 신경 써라, 쓸데없는 일에 끼지 말고! 아까는 우리가 방심해서 일격을 허용했다만 이번엔 그렇게 쉽지 않을 것이다!"

사진문도 다섯 명은 자신들의 무기를 꺼내 손에 들었다. 그리고 사람들에게 모용중인이 주목받는 것도 마음에 들지 않았는지 원형으로 진을 짜 사람들 방향에서는 안이 보이지 않게 했다.

"이렇게 단체로 공격하지 않으면 날 상대 못하겠나 보군. 모양 빠지게 말이다. 차앗!"

모용중인은 저들이 먼저 공격을 시작하게 되면 자신은 수세에 몰리다가 당할 수밖에 없다는 것을 알고 기습적으로 선공을 취했다.

일단 수장으로 보이는 자부터 처리하자 마음먹고 검을 휘둘렀다. 이자를 잡아야 원진이 쉽게 깨지고, 결국에는 자신에게 승기가 돌아올 것이라는 생각이었다.

하지만 이자들도 소문주 와죽정을 수행하기 위해 나온 사진문의 나름 정예다. 기습으로 당한 자신들의 명예를 되찾기 위해서라도 최선을 다하고 있었다.

수장인 자가 도를 들어 모용중인의 검을 막자 양쪽에 있던 나머지 사진문도가 모용중인을 향해 검을 찔렀다. 그대로 있으면 배에 구멍이 날 것이기에 모용중인은 일단 다시 뒤로 물러섰다.

　기회는 이때다 생각했는지 뒤쪽에 있던 자들도 본격적으로 공격해 왔다. 모용중인은 그 하나하나의 공격을 힘겹게 막았다. 쉽지 않은 싸움이 될 것 같다는 느낌을 받은 그는 최선을 다하기로 마음먹었다.

　검에 빛이 어리더니 검기가 솟아올라 왔다. 자신의 모든 내공을 다 불어넣고 있는지 얼굴이 살짝 일그러지는 모용중인이었지만 사진문도들에게 위협을 주기에는 안성맞춤이었다.

　자신들의 경지보다 위인 검기를 모용중인이 다루기 시작하자 경계심이 더 생겨난 다섯 명은 한 발자국씩 뒤로 물러나기 시작했다.

　그 찰나의 틈을 모용중인은 놓치지 않았다.

　빈틈의 한곳으로 검기가 둘러진 검을 휘두르며 빠른 속도로 원진을 빠져나갔다. 자신 혼자서는 검기를 받을 자신이 없는 사진문도가 원진에서 빠져나갔기 때문이다.

　"이 자식아! 몸으로라도 막아야지!"

　모용중인의 공격이 자신에게 왔다면 절대로 하지 않았을 행동을 부하에게 지시하는 수장이었다.

　"빨리 다시 막아!"

　수장의 외침에 다급히 다시 원진을 만들려는 사진문도들의 다리 쪽을 모용중인이 검으로 그어갔다. 힘들게 나온 원진을 다시 만들게 놔둘 이유가 없었다.

　앞쪽에서 뛰어오던 수장을 포함한 사진문도 두 명은 검을 보고 피하기 위해 공중으로 뛰어올랐다. 하지만 뒤에서 따라오던 나머지 세 명은 미처 검을 보지 못해 다리에 검상을 입고 그대로 쓰러졌다.

공중에 떠 있던 두 명은 공격한 후 비어 있는 모용중인의 등을 보고 기회라 생각했다. 그래서 자신들의 무기로 아래로 찍어갔다.

한 명은 모용중인의 앞을, 그리고 한 명은 등을 동시에 공격했기에 둘 모두의 공격을 모용중인이 막기는 힘들어 보였다.

그것을 모용중인도 깨달았는지 일단 앞쪽으로 떨어지던 적을 향해 칼을 곧추세우고 그대로 몸을 실어 부딪쳤다. 육탄 공격에 당한 사진문도는 그대로 뒤로 날아갔고, 모용중인은 뒤로 돌 수 있는 시간을 벌 수 있었다.

뒤에서는 모용중인이 그렇게 몸을 무기로 뛰어들 것이라 생각을 못한 수장이 잠시 멍한 눈으로 있다가 다급하게 덤벼들었다.

일대일로는 모용중인이 그들에게 질 이유가 없었다. 엄청난 경지는 아니지만 그래도 사진문의 일반 문도에게 당할 모용중인은 아니었다.

깡까깡!

둘의 검이 불똥을 튀기며 분주히 움직이다가 이내 모용중인에게 승기가 넘어가고 있었다. 수장의 손놀림이 점점 다급해지더니 결국 검을 놓치며 팔에 검상을 입고 주저앉았다.

모용중인은 힘겨워하며 헉헉거렸다. 그래도 자신이 이겼다는 것에 뿌듯했는지 크게 심호흡하며 고개를 들었다.

그 순간!

스으윽.

쓰러져 있던 사진문도 중 하나가 슬그머니 일어나 그의 뒤를 향해 다가갔다. 그리고 그의 등에 천천히 검을 들이 밀었다.

자신을 바라보며 안도의 한숨을 쉬고 있던 사람들의 표정이 별안간 경악의 낯빛으로 변했기에 의아한 생각이 든 모용중인이 뒤를 돌아봤다.

자신의 가슴을 정면으로 찔러오는 검이 눈에 보였다. 모용중인이 다급히 막으려 해봤지만 이미 상황은 늦어버렸다. 적의 검이 가슴 바로 앞까지 당도했기 때문이다.

모용중인은 눈을 감아버렸다.

자신이 어찌할 방도가 없자 그만 포기해 버린 것이다. 하지만 잠깐의 시간이 지나도 있어야 할 고통은 느껴지지 않고 다른 사람의 비명 소리가 터져 나왔다.

텅!

"으악!"

어떻게 된 일인지 궁금했던 모용중인이 급히 눈을 뜨자, 자신의 앞에는 화지천이 서 있었다.

"어…… 르신이 언제?"

모용중인은 적의 공격을 막는 것도 포기한 그 찰나의 순간에 화지천이 나타나 자신 앞에 서 있는 것이 이해되지 않았다. 그 짧은 순간에 자신을 구해준다는 것은 엄청난 고수가 아니면 불가능했기 때문이다.

"허어, 젊은이! 포기가 왜 이렇게 빨라? 거기다 방심하는 것은 어떻고! 내 제자보다 낫다고 말한 것 취소야. 둘 다 가만히 놔뒀다가는 어디 가서 칼침 맞기 딱 좋네! 흘흘흘."

화지천은 모용중인이 싸우는 것을 구경하다가 방심으로 인해 절체절명의 순간을 맞자 급하게 몸을 움직였던 것이다.

섬뢰일원보를 극성으로 펼쳐 모용중인의 앞에 나타나 사진문도의 머리를 손가락으로 튕겨 버렸다.

화지천의 손가락 튕기기에 당한 사진문도는 꼭 철퇴를 머리에 맞은 것 같은 충격을 느끼며 천장으로 튕겨졌다.

구경하던 사람들은 무슨 일이 일어난 것인지를 인지하지 못했다.

갑자기 귀신처럼 나타난 늙은 노인이 사람을 손가락 하나로 천장으로 튕겨냈으니 사람으로 보이지 않았다. 구경하던 사람들은 그 상태로 얼어 있었다.

화지천의 질책을 받은 모용중인이 천장을 바라봤다.

거기에는 그대로 박혀 머리는 보이지 않고 몸통만 대롱대롱 달려 있는 사진문도가 보였다. 그제야 모든 것을 파악한 모용중인이 화지천에게 인사를 했다.

"어르신께서 절 구해주셨군요. 정말 감사합니다."

"흘흘! 방심하는 것하고 포기하는 것은 무공을 익히는 데 있어 가장 피해야 할 사항이니 앞으로는 그러지 말라고. 정말 큰일이 나기 전……."

화지천이 짐짓 화난 표정으로 말하는 것이 끝나기도 전에 폭발 소리가 터져 나왔다.

쾅!

"뭐, 뭐야?"

화지천을 제외한 사람들은 깜짝 놀라 폭발 소리가 나온 곳으로 시선을 돌렸다.

그곳에는 피투성이가 된 막설치가 보였다.

천무악이 자신을 향해 뛰어오르자 막설치는 깜짝 놀랐다. 손가락의 믿을 수 없는 강한 힘에 겁을 먹었기 때문이다. 하지만 이렇게 물러설 수는 없었다.

그도 숱한 실전을 치른 무인. 새파랗게 어린 놈에게 당하고 물러난다면 차후에 고개를 들고 다닐 수도 없으리라.

막설치가 미친 듯이 도끼를 휘둘렀다. 아직 도끼에 반탄력이 남아 있어 휘두르기가 쉽지 않았을 것인데 무리해서 내력을 사용하는 것 같았다.

"이, 이 자식이! 내, 내가 이대로 당할 것 같으냐!"

필사적으로 공격을 하려다 보니 모든 내공을 도끼에 불어 넣어야 하는 막설치다. 그러자 도끼에서 부기가 두 자 가까이나 튀어나왔다. 오히려 다급하니 없던 실력도 만들어지는 것이었다.

천무악은 발악하는 막설치를 보며 자신이 너무 성급하게 뛰어오른 것 같아 살짝 후회했다. 땅에 있었다면 부딪치지 않고 피하면 그만인데, 아직 공중에서 이동할 능력은 없다 보니 부딪쳐야 했다.

하지만 상대 못할 것은 없었다. 피하지 못한다면 부숴 버리면 그만이었다.

부기를 한껏 뽐내는 도끼가 다가오자 천무악은 오른손의 검지를 엄지로 말아 쥐었다. 그리고 기를 모으는지 한껏 힘을 준 검지를 그대로 부기와 부딪치며 튕겨냈다.

천공일지공의 전 사식 중 베기, 막기, 찌르기 다음으로 남아 있는 튕기기였다.

콰앙!

엄청난 소리와 함께 피투성이가 된 막설치가 벽으로 튕겨져 날아갔다. 쓰러진 막설치의 손에는 도끼가 아닌 막대기 하나가 쥐어져 있을 뿐이었다.

강하게 튕겨진 천무악의 검지는 막설치가 내뿜은 부기뿐만 아니라 도끼까지도 박살을 내버린 것이다.

부서진 도끼의 파편에 몸을 다친 막설치는 입에서 피를 게

워냈다.

"미, 믿을 수 없다. 어찌 네놈 나이에 이런……."

막설치는 덜덜 떨리는 입으로 믿을 수 없다며 공포에 진저리쳤다.

막설치의 그런 모습을 천무악은 무심한 눈으로 바라볼 뿐이었다.

천무악에겐 사람들이 자신을 어떻게 보고 있는지 중요하지 않았다. 막설치가 나름 명성이 있는 것 같았지만 전에 싸웠던 혈음마군과 비교해 보면 비슷하거나 반수 정도는 떨어지는 상대였다. 그러니 자신이 이기는 것은 당연했다.

자신은 소환단을 복용했으며 경험하기 힘들다는 환골탈태도 비록 손가락뿐이지만 겪었다.

그런 자신이 막설치 정도를 상대하기 힘들어한다면 오히려 고생해서 소환단을 구해준 사부에게 미안할 것이다.

모용중인을 비롯한 객잔의 모든 사람들이 경악한 눈으로 천무악을 바라봤다.

사진문의 장로 막설치라고 하면 그래도 무림에서 알아주는 고수다. 비록 불세출의 고수는 아닐지라도 저런 어린아이에게 당할 정도로 하수는 아니란 말이다.

"마, 막 장로! 어찌 이, 이런 일이!"

자신의 든든한 힘이 되어주던 막설치가 형편없이 당하니

와죽정으로서는 굉장히 당황스러웠다. 아니, 이제 뒷일이 걱정됐다. 막설치뿐만 아니라 호위로 데리고 온 다섯 명도 당해버렸으니 자신 혼자 이 일을 어찌 감당한단 말인가.

사람들의 반응 따윈 깔끔히 무시한 천무악이 화지천에게 걸어왔다.

"무슨 훈계씩이나 하고 그럽니까? 별것도 아닌 걸 도와주고선."

"저, 저놈이 그냥! 에휴, 어디서 저런 놈을 제자로 들였을꼬."

"됐고. 상황 마무리나 합시다!"

천무악은 화지천과 말로 실랑이를 벌이기 싫었는지 퉁명스레 말했다.

모용중인은 천무악이 막설치의 다리를 잡아 질질 끌고 오자 인상을 찌푸렸다. 너무 심하게 다루는 것이 아닌가 신경이 쓰인 것이다. 저런 행동 하나하나가 뒤에 더 큰일을 불러올지도 모르는 일이었다.

하지만 천무악은 모용중인의 의중을 무시하고 고개를 돌렸다.

천무악의 시선 끝에는 와죽정이 있었다.

그의 시선을 받은 와죽정은 얼굴을 와락 구겼다.

막설치는 자신보다 몇 수 위의 고수. 한데 그런 사람을 손가락 하나로 이긴 것이다. 그는 마치 방패라도 되는 양 모용화린으로 자신의 앞을 가렸다.

이 때, 모용중인이 앞으로 나섰다.

"와 공자, 내 오늘 일은 그냥 없던 일로 넘어갈 터이니 화린이의 손을 이만 놔주시오."

모용중인의 점잖은 말에 그래도 자존심은 남아 있었는지 와죽정이 눈을 부라렸다.

"홍! 네놈이 그냥 넘어가지 않으면 어쩔 건데! 지금 다른 사람들의 도움으로 넘어갔다고 자신만만한 것 같은데 저 사람들도 우리 사진문을 건드릴 수는 없다. 아니, 지금부터 나의 코털 하나라도 건드려서는 안 될 것이다! 사진문의 소문주나 와죽정을 건드리면 천하의 어느 누구라도 목숨을 부지할 수 없을 것이다!"

처음 말할 때는 모용중인을 보며 말하더니 그 뒤로는 천무악과 화지천에게로 시선을 옮겼다. 두 사람이 점점 다가오자 겁을 먹고 미리 엄포를 놓는 것 같았다.

"계속 이렇게 나올 겁니까? 사진문이라도 죄없는 우리 모용세가에 이런 행동을 한 것이 소문이라도 난다면 좋은 소리는 듣지 못할 것이오!"

"홍. 우리 사진문을 어느 누가 욕할 수 있다는 말이냐! 그런 사람이 있으면 어디 내 앞에 나타나 보라 그래라!"

자신의 문파인 사진문에 대한 믿음이 굉장했는지 아주 자신만만하게 외치는 와죽정이다.

그사이에 지척까지 다가온 천무악이 입을 열었다.

"참나, 그놈의 문파가 얼마나 대단한지 내가 정말 몸소 경험하고 싶군. 모든 일이 그렇지만 자신이 한 일에는 책임을 져야 한다. 힘이 있다고 큰소리치며 이 난리를 피웠으니 이젠 그 행동에 대한 책임을 져야지? 안 그래?"

천무악의 말에 와죽정은 얼굴이 사색이 되며 몸을 움찔거렸다. 잘못하면 오늘 이곳이 자신의 무덤이 될 수도 있겠다는 느낌이 강하게 들었기 때문이다.

"내, 내가 당신들을 사진문의 장로로 받아주겠소. 그리고 천금…… 아니, 만금을 주겠소. 내 반드시 약속을 지킬 것이니 지금 당장 모용중인을 잡아 이쪽으로 오시오."

살기 위해 말을 뱉다 보니 별말이 다 나왔다. 그리고 말이야 바른 말로, 고수로 보이는 천무악과 화지천을 같은 편으로 끌어들일 수만 있다면 사진문 내에서 자신의 입지는 더욱 강해질 것이 당연했다.

와죽정의 말에 천무악이 코웃음을 쳤다.

"뭐? 사진문에 들어오라고? 이 자식이 정말 미쳤군. 그런 마음이 손톱만큼이라도 있었으면 너희를 건드리지 않았겠지. 그리고 우리가 남을 핍박한다는 사진문이라는 곳에 들 것 같아?"

와죽정은 고개를 미친 듯이 끄덕이다가 천무악의 눈빛을 보고는 움츠러들며 고개를 절레절레 가로저었다.

“그걸 알았으면 입 닫아. 일단 넌 맞고 시작해야겠다.”

천무악이 씨익 웃으며 바짝 다가섰다. 사색이 된 와죽정은 모용화린의 손목까지 놓고 뒤로 연신 물러났다.

와죽정의 얼굴이 울상으로 변해갈 때, 갑자기 객잔에 변화가 생겼다.

“멈춰라!”

콰앙!

뜬금없이 엄청난 폭음과 함께 객잔이 흔들렸다. 그 소리가 난 곳은 객잔의 지붕. 지붕 위로 어두운 밤하늘이 보이고 있었다.

쿠웅! 후드드득!

지붕의 일부가 뜯겨져 객잔 바닥에 떨어졌다. 그리고 나머지 부산물이 바닥에 부딪치며 빗방울 소리를 내고 있었다.

“어린놈이 입심 하나는 좋구나. 그렇지만 더 이상은 움직이지 않는 게 좋을 것이다! 조금이라도 더 살고 싶다면 말이지! 크헐헐헐!”

내공 섞인 목소리가 객잔을 쩌렁쩌렁 울리고 있었다. 그 소리가 나는 곳은 구멍 난 지붕 위.

사람들의 시선이 모조리 그곳으로 쏠렸다. 그리고 믿을 수 없다는 외침들이 쏟아져 나왔다.

“허헉. 저, 저럴 수가!”

“저, 저것은 전설의 고수들만 할 수 있다고 전해지는 능공천상제(凌空天上悌)!"

　자신들의 눈에 사람 한 명이 하늘에서 천천히 내려오고 있으니 기함을 토하는 것도 무리는 아니었다. 그자는 일체의 움직임도 없이 뒷짐을 진 채로 공중에 떠서 사람들을 내려다보고 있었다.

　"천하의 사진문을 업신여기다니. 허허! 세상이 어찌 돌아가기에 저런 놈이 나온다는 말이냐! 배짱도 좋은 놈이구나! 하지만 나는 그것을 눈 감아줄 만큼 인자한 사람은 아니다. 목숨을 보존하고 싶으면 지금이라도 당장 무릎을 꿇어라!"

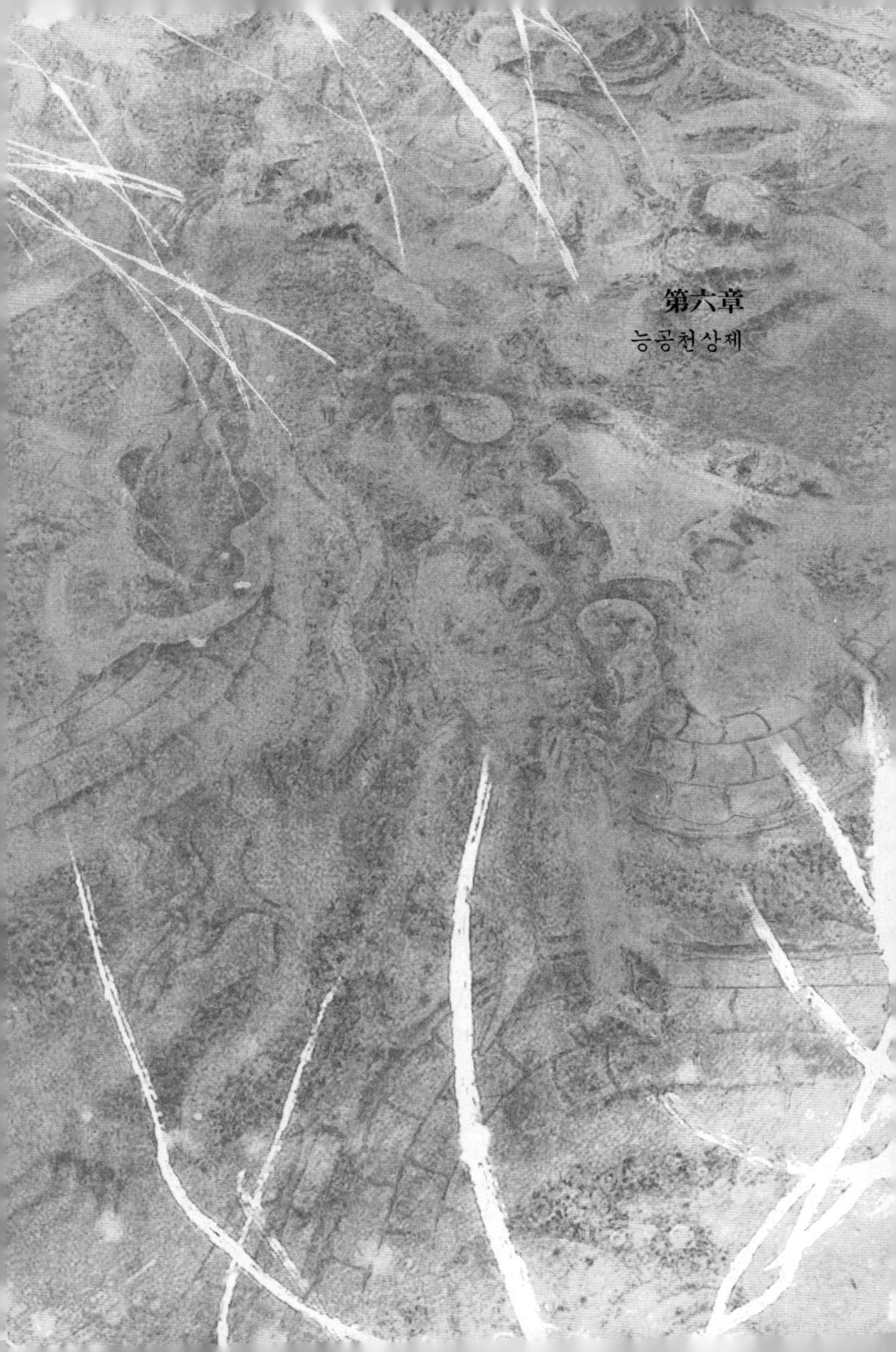

第六章
능공천상제

턱수염이 너무 수북해서 얼굴도 거의 보이지 않는 자가 천무악과 화지천을 향해 말하고 있었다.

구경하던 사람들은 그 털보사내의 덩치와 경지에 기가 죽었는지 몸을 오돌오돌 떨었다.

보통 체격인 화지천을 세 명은 모아야 할 만큼 거대한 몸에서 나오는 위압이 사람들을 짓누르는 듯했다.

"철 숙부님!"

그자의 등장을 가장 반긴 것은 와죽정이었다.

왜냐하면 아버지 다음으로 믿고 따르는 대장로이자 자신의 숙부인 철륵이었으니 말이다.

"처, 철륵! 어, 어찌 이런……!"

와죽정의 말에 모용중인의 눈이 빠질 듯 튀어나왔다. 그의 정체를 알아본 것이다.

대장로 철륵!

사진문에서 두 호법 다음으로 강한 자라고 알려져 있었다. 세간에는 두 호법과 자웅을 겨뤄도 절대 지지 않을 것이라 말해지는 사진문의 강자 중의 강자로 막설치와는 비교가 되지 않았다.

사진문이 생기기 전부터 막강한 모습들을 보이며 사진문주와 함께 천하를 질타하던 인물이다.

거기다 지금 하고 있는 능공천상제를 보니 세간의 평가도 틀렸다는 결론이 나왔다. 저 정도면 살아 있는 무신(武神)이라 칭송하는 절대십천에 비견될 정도가 아닌가.

모든 가능성을 버렸기 때문인지 모용중인은 그 자리에 주저앉고 말았다. 더 이상 서 있을 기운도 없었던 것이다.

"크헐헐헐헐! 죽정아, 사진문의 소문주가 그런 모습을 보이면 안 되는 것이다. 이렇게 든든한 숙부가 있는데 그런 모습을 보일 필요가 무어냐. 그렇지 않느냐? 크헐헐!"

"숙부님, 고맙습니다. 감사합니다! 크하하! 이 개자식들아! 우리 숙부님이 계신 곳에서 한 번 더 아까처럼 까불어봐라!

다가와 보라고!"

하늘에서 와죽정을 버리지 않은 것인지 또 지원군이 온 것이다.

와죽정은 죽다 살아난 것이 너무 기뻐서 흥분 상태였다. 그러다 보니 입에서 거침없이 욕이 나왔다.

그 모습에 철륵의 수염이 꿈틀거렸다. 표정은 거의 알 수 없었지만 수염이 그것을 대신 표현하고 있는 것 같았다.

"죽정아, 많은 사람들이 보고 있는 데서 그런 언행을 하는 것은 옳지 못하다. 항상 체신을 지키라 그리 말했건만."

"죄, 죄송합니다, 숙부님. 제가 그만 흥분을 해서……."

"되었다. 이제 이 숙부가 처리할 터이니 너는 가만히 구경이나 해라. 알겠느냐?"

철륵의 쩌렁쩌렁 울리는 목소리에 와죽정마저도 기가 죽어 고개를 숙였다.

'역시 철 숙부님의 모습은 언제 봐도 멋지단 말이야. 저놈들은 이제 죽은 목숨이다. 크하하하!'

와죽정은 너무 즐거워 춤이라도 덩실덩실 추고 싶었지만 철륵 때문에 참는 눈치였다.

철륵의 눈이 천무악과 화지천에게로 돌아갔다.

둘은 철륵의 엄청난 신위(身位)에도 꼼짝하지 않고 멍한 눈을 하고 있었다.

그 모습에 철륵이 흥분했는지 눈을 희번덕거렸다.

"네 이놈들! 내가 무릎을 꿇으라고 명했건만 정녕 듣지 않겠다는 말이냐! 정말 혼이 나야겠구나! 얘들아!"

철륵의 외침에 객잔 안으로 이십여 명의 사람이 우르르 뛰어들었다.

척척척척!

"예, 대장로님! 명만 내려주십시오!"

일렬로 정렬해 서는 모습들이 정예임을 나타내는 것 같았다.

그들의 등장에 사람들의 눈이 한 번 더 커졌다.

"철룡대! 젠장. 철륵이 자신의 정예 부대까지 끌고 나타나다니. 정녕 우리를 몰살시킬 생각인가!"

"하늘이 우리를 이제 데려가실 생각인가 보네. 이럴 줄 알았으면 오늘 마누라 말대로 그냥 집에나 있을 걸 괜히 나왔어. 흑흑흑!"

사람들은 저마다 눈물을 흘리며 아우성치고 있었다. 오늘이 자신의 제삿날임을 확신하는 듯했다.

"내가 명령 한마디만 하면 너희 둘의 목숨은 여기서 끝이난다. 무릎을 꿇으면 내가 없던 일로 하고 여기에 있는 모든 사람들까지도 살려주겠다. 그러니 그저 무릎을 꿇어라!"

철륵의 추상과 같은 말에 사람들이 소리를 질렀다.

"이보시오, 그냥 무릎을 꿇어주시오! 뱃속에 있는 아이가 아빠라고 부르는 소리도 못 들어봤는데 여기서 죽을 수는 없소!"

"그렇소. 그냥 저분 말대로만 하면 다 같이 살 수 있다는데 눈감고 그렇게 하시오! 아닌 말로 무릎 꿇는다고 부서지는 것도 아니잖소!"

사람들이 하는 소리를 철륵이 듣더니 득의양양한 얼굴로 화지천과 천무악을 봤다. 그리고 마지막이라는 듯 목소리를 깔았다.

"내가 이렇게까지 기회를 줬는데도 너희들이 따르지 않겠다면 방법이 없군. 마지막으로 셋을 세겠다. 하나, 둘……."

"젠장. 뭔 말이 저렇게도 많은지! 사부, 셋까지 셀 필요가 있습니까? 그냥 덤비면 될 것을. 안 그래요?"

천무악이 한참을 가만히 있다가 더 이상 참지 못하고 소리를 질렀다. 그리고 제자의 말에 화지천이 위를 올려다보며 대답했다.

"제자야, 그것보다 저놈은 거미냐? 웬 줄을 달고 저렇게 매달려 있냐? 나 참, 육십 년 평생에 저렇게 뻥치는 놈은 처음 봤네. 흘흘흘!"

"뭐어? 뻐엉?"

화지천의 말에 모든 사람들이 어이없어하며 철륵을 살폈다. 그러다 발견하고 말았다.

천장에서 곧게 내려와 빛나고 있는 은사(隱絲)를 말이다.

천무악과 화지천은 기감이 발달해 있기 때문에 철륵이 기를 쏘아 공중에 떠 있는 것이 아니라는 것을 한눈에 알아차렸던 것이다.

그때, 천장에 또 다른 변화가 생겼다.

우지끈!

"우와아악!"

갑자기 다섯 명의 사람이 천장을 뚫고 나타나는 것이 아닌가.

구경하던 사람들은 그들이 떨어지는 것을 보고 이리저리 몸을 피했다. 하지만 그들은 바닥에 내려오지 않았다.

스스스스슥!

오히려 이상하게도 철륵이 수염을 부르르 떨며 천천히 위로 떠오르고 있었다.

다섯 명이 떨어지지 않기 위해 은사를 잡고 매달리자 철륵의 몸이 올라간 것이다. 몸무게는 다섯 명을 합친 것보다 철륵이 가벼운 것 같았다.

"호오! 저런 식으로 능공천상제를 시전하는 사람은 정말 처음이네. 나보고 미친놈이라고 할 게 아니라 저런 놈한테 말을 해줘야지. 흘흘흘!"

화지천의 말에 철륵의 얼굴이 구겨졌는지 수염이 바짝 서 눈을 가렸다. 수염도 부끄러운 것을 아는 모양이었다.

"저런 밥값도 못하는 멍청한 자식들! 뒈져 버려라!"

철륵이 팔을 휘두르자 은빛 원이 날아가 공중에 매달려 있는 다섯을 베어버렸다.

"크아악! 젠장!"

"살이나 빼고 말해라, 돼지새끼야! 아악!"

은사를 잡고 있던 다섯은 그렇게 공중에서 찢겨져 피를 뿌리며 흩어졌다. 그리고…….

쿠우웅!

무게를 지탱하던 다섯 명이 사라지자 철륵은 바닥에 내려설 수밖에 없었다.

역시나 무게가 많이 나가는지 바닥을 부수고도 몸이 반이나 박혀 있었다. 버섯 모양으로 무럭무럭 피어나는 먼지가 꼭 폭탄이 터진 것 같았다.

"콜록콜록. 등장 한번 요란하게 하네! 그런데 부하들에게도 돼지새끼란 소리를 들을 정도면 몸이 엄청 둔한가 봐? 흘흘흘!"

화지천이 이죽거리자 철륵이 자신의 몸을 바닥에서 빼며 소리쳤다.

"닥쳐라! 괜한 피를 보기 싫어서 이런 것이다! 원래대로 내가 손을 썼다면 너희들은 금방 그놈들처럼 찢겨져 흔적도 없을 것이야!"

"굉장히 무서운 사람이군요? 난 벌써 죽긴 싫은데 어쩌나요. 흘흘흘! 제자야."

사부의 부름에 천무악의 얼굴이 일그러졌다. 저렇게 은근하게 부를 때는 항상 좋지 않은 일이 기다리고 있었기 때문이다.

"돼지 폭탄 처리를 저보고 하라고요?"

천무악은 그냥 자진해서 나서고 있었다. 그리고 화지천은 흐뭇하게 웃었다.

"표현이 아주 좋구나. 돼지 폭탄이라! 흘흘흘. 그럼 깔끔하게 처리해 주길 바란다!"

그 말을 끝으로 화지천은 비장한 각오로 서 있는 스무 명의 철룡대에게 몸을 돌렸다.

"에휴, 사부가 까라면 까야지요. 안 그래, 돼지 폭탄? 크크크!"

"거, 건방진! 애송이 따위가 어디서!"

철륵은 천무악의 말에 흥분하더니 양팔을 활짝 폈다. 그러자 은빛으로 생긴 륜(輪)들이 그의 팔에 나타났다. 빠른 속도로 회전하고 있는 것이 실수로라도 몸에 닿았다가는 피부가 사정없이 찢어질 것 같았다.

꿀꺽!

천무악은 살짝 긴장했는지 마른침을 삼켰다. 눈앞의 상대는 화지천을 빼고 싸워보는 가장 강한 상대였다.

화지천이 슬쩍 천무악을 바라보며 걱정하는 눈빛을 보냈다.

사실 철륵은 쉬운 상대는 아니었다.

자신이 싸운다고 하더라도 우습게 볼 수 없는 자였다. 하지만 실전 상대로 이보다 더 좋은 이는 없었다. 철륵이 현재 오신성이라고 불리는 후기지수들과 비슷한 수준이라 예상되었기 때문이다.

'흘흘! 모의 비무라 생각하고 잘해봐라!'

천무악도 사부가 이자를 왜 자신에게 맡겼는지 알고 있었다. 자신의 기감으로도 상당히 강자라는 것이 느껴졌으니 말이다.

그러나 오랜만의 실전이라 긴장했을 뿐 자신의 현재 실력을 가늠할 수 있는 좋은 상대였다.

"자, 이제 움직여야죠? 팔목에서 계속 회전시키니 살갗이 빨갛게 변하잖아요. 크크크!"

상대의 말이 틀린 말은 아니었지만 쉽게 움직이지 않는 철륵이었다. 지붕에서 막설치가 어떻게 당하는지 봤기 때문이다.

철륵은 화지천과 천무악이 도착하고 얼마 안 되어서 지붕으로 올라갔었다.

의형인 사진문주의 부탁으로 자신이 아끼는 조카를 몰래 살펴보기 위한 것이었는데, 사건이 터지고서야 등장한 것이다.

철륵은 화지천이 악괴라는 것을 알고 있었다. 오래전, 먼발치에서나마 본 적이 있으니 말이다.

직접 싸운다면 승부는 알 수 없었다. 하지만 불안감이 많이 있었다. 자신도 강해졌지만 기억하고 있던 악괴는 그 당시에도 굉장히 강했기 때문이다.

그래서 사람들이 첫인상이 중요하다고 하는 것일까. 그 인상으로 인해 이렇게 웃기는 일을 해버린 것이었다. 조카는 구해야 했으니까.

'이놈, 아까 싸우는 것을 보니 내가 기억하고 있는 악괴와 별반 차이가 없었다. 함부로 움직이다가는 내가 당한다. 신중에 또 신중을 기하자.'

하지만 천무악은 그렇게 질질 끌기가 싫은 듯했다.

"뭐, 안 온다면 내가 가야지. 사부가 나보다 먼저 처리를 끝내면 훈수를 두려고 할 테니까."

천무악이 뒤편으로 화지천을 보았다. 그는 스무 명의 철룡대를 아이 다루듯 처리하고 있었다. 필요없는 잔소리는 사양이었다.

스읏!

짧은 기척과 함께 천무악이 사라져 버렸다. 극성으로 펼쳐진 섬뢰일원보였다.

"헛!"

철륵이 순식간에 다가오는 천무악을 보고 짧은 감탄을 질렸다. 하지만 보고만 있을 수는 없는 일.

좌르륵! 휘잉!

그의 양팔에서 류이 하나씩 천무악에게로 날아갔다. 천무악은 굳이 부딪칠 이유가 없어 두 류 사이로 슬쩍 피했다.

슉! 슉!

하지만 류 주위로는 진공상태가 만들어지고 있는지 옷의 끄트머리가 살짝 베어나갔다. 그것은 천무악도 생각지 못한 일인지 살짝 당황한 모습을 보였다.

그 모습에 철륵은 슬쩍 얼굴에 미소를 만들며 총공격을 했다.

'강하다고 해도 아이는 아이! 류을 상대해 본 경험이 없다! 그렇다면 익숙해지기 전에 처리해야지!'

양팔에 남아 있는 세 개 중 두 개의 류을 동시에 날렸다. 그리고 나머지 한 개씩은 양손에 들고 천무악에게 몸으로 부딪쳐 갔다.

"차앗! 건방진 애송아, 받아라!"

천무악은 자신에게 다가오는 류을 향해 선풍무결지를 날렸다.

후웅! 후웅! 후웅! 후웅!

따앙! 따앙! 스윽! 스윽!

하지만 막은 류은 두 개뿐이었다. 나머지 두 개의 류은 선풍무결지를 가르며 여전히 천무악에게 날아들었다. 그리고 은밀하게 다가오는 철특의 움직임도 천능동해각법으로 알 수 있었다.

'다가오는 공격은 넷, 하지만 내 검지는 둘. 어떻게 처리한다? 간단하지!'

천무악은 양손의 검지에 기를 모았다. 이내 푸르게 빛나는 지기가 손가락 마디 하나 정도 솟아올랐다. 그리고 그 검지를 그대로 날아오는 두 개의 륜을 향해 강하게 찔렀다.

"하압!"

차라라라랑!

지기의 끝과 륜의 날이 부딪치며 불꽃을 만들어냈다. 륜의 회전이 상당했는지 지기를 천천히 반으로 쪼개며 검지를 향해 다가오고 있었다.

뜨끔!

'젠장. 생각보다 회전이 강한데! 그러나, 하앗!'

천무악이 속으로 외침과 동시에 갈라지던 지기가 다시 붙기 시작했다.

샤아앗! 뚝!

이내 지기가 온전한 상태로 다시 만들어지자 륜의 회전이 멈췄다.

'이야, 성공했다! 지기를 사용하는 중간에 다른 모양으로 만드는 데 성공했어!'

그랬다. 륜의 회전이 상당했지만 지기를 단숨에 자를 정도는 되지 않았다. 그래서 그것을 멈추기 위해 지기의 끝을 다시 오므리는 방법을 구상했던 것이다.

그렇게 되면 여러 면으로 륜을 막아 손에 잡는 것과 다를 바 없이 쉽게 멈출 수 있다는 예상이었다.

처음 시도해 보는 것이었기 때문에 더욱 기쁜 천무악이다.

"크헉! 무, 무슨 저런 방법이 다 있어!"

철륵은 처음 보는 방법으로 천무악이 륜을 멈춰 버리자 놀라 기함을 토했다. 하지만 벌써 다가간 몸. 지금에 와서 뒤로 물러서기는 힘들었다.

"젠장. 죽기 아니면 까무러치기다!"

륜으로 천무악의 몸을 베기 위해 열십(十) 자 모양으로 휘둘렀다.

휘잉!

하지만 상대는 벌써 사라지고 없었다. 천무악은 사선으로 급하게 몸을 빼며 철륵의 공격을 피했다. 그리고 지기에 잡혀 있는 륜을 그대로 휘둘렀다.

스각!

"크악!"

철퍽!

철륵이 허벅지를 부여잡으며 자리에서 무너졌다. 허벅지에 기다란 상처가 나며 피를 뿜고 있었다.

"다행히 까무러치지는 않았군."

천무악은 철륵의 앞에 우뚝 서서 내려다보며 말했다.

"크흑. 으득, 이 자식이 누굴 내려다봐!"

이빨을 강하게 다문 철륵이 앉은 채로 다시 륜을 휘둘렀다. 대결에서 지기는 정말 싫었는지 끝까지 공격하고 있었다.

챙! 퍼퍽!

천무악이 검지로 륜을 강하게 튕겨 버렸다. 그러자 륜이 튕겨 나가 벽에 박혔다.

"이제 끝이……."

대결의 끝을 선언하려 할 때, 천무악은 뒤쪽으로 다가서는 공격을 느낄 수가 있었다. 처음에 던진 륜이 다시 돌아오는 것이었다. 말은 길었지만 이 모든 것이 순식간에 일어난 일이었다.

'엥? 그런데 돌아오는 건 왜 한 개야?

의아한 생각이 들었지만 일단은 피하고 봐야 했다. 천무악이 옆으로 슬쩍 륜을 피하는 그 찰나, 갑자기 날아오던 한 개의 륜이 두 개로 분리되었다.

"허억. 젠장!"

스각! 팔랑!

륜을 피하고 자리에 내려서는 천무악의 옆으로 잘린 소매가 팔랑거리며 내려왔다.

그것을 보고 나니 천무악의 등으로 식은땀이 흘렀다. 혹시나 천능동해각법을 중간에 풀었다면 분리되는 순간을 놓쳐 큰 상처를 입을 뻔했다.

'후우, 이래서 항상 방심하지 말라는 사부의 말씀이군. 크!'

입에서 헛바람이 나오려 했지만 겨우 참는 천무악이었다.

"빌어먹을. 강해도 너무 강하네! 어찌 저렇게 어린놈이 이 정도의 실력을 지니고 있단 말이냐!"

철륵의 절규가 객잔 안을 가득 채웠다.

회심의 한 수까지 피해내는 천무악의 무위에 기가 질린 것이다.

그사이에 화지천도 철룡대를 간단히 해치우고는 천무악에게 다가왔다.

두 사람이 모든 상황을 정리해 버리자 객잔 안에 있던 사람들은 환호성을 질렀다. 자신들의 목숨을 구해준 것과 다름없었으니 환호하는 게 무리는 아니었다.

천무악은 넋이 빠진 철륵을 뒤로하고 처음에 하던 일을 마저 정리하러 움직였다.

그가 움직인 곳은 믿기지 않는다는 눈으로 철륵을 보는 와죽정이 있는 곳이었다.

"어, 어찌 철 숙부님… 철 숙부님이 질 수가 있단 말이냐!"

와죽정도 철륵 못지않게 충격을 받았는지 큰 소리로 울부짖고 있었다. 그러다 다가오는 천무악과 눈이 마주쳤다.

"허억!"

와죽정은 다리를 뒤로 빼며 큰 소리로 외쳤다.

"다, 당신은 아직 사진문의 힘이 어느 정도인지, 문도의 수가 얼마나 되는지 모른다! 겨우 이 정도가 사진문의 모든 힘이 아니라고! 저기에 넋 놓고 있는 사람? 저 사람도 우리 사진문에서는 별것 아닌 사람이라는 걸 명심해라! 나를 건드리면 결코 무사하지 못할 것이다!"

"너 정말 나쁜 놈이구나? 널 위해 싸워준 숙부를 감싸주지는 못할망정 별것 아닌 사람으로 치부하다니! 내가 웬만하면 참으려고 했는데 도저히 못 봐주겠다!"

천무악은 조카를 구하기 위해 최선을 다한 철륵이 불쌍해 보였다. 자신은 철륵이 지붕에서 지켜만 보다가 갑자기 왜 나타났는지 이유를 알기 때문이다. 그들이 지붕으로 올라가는 것을 처음부터 눈치채고 있었으니 말이다.

"거, 건드리지 마라! 처, 천하의 무림맹이라 할지라도 우리를 쉽게 보지 못한다! 그런 사진문의 소문주, 나 와죽정을 해한다면 그 힘을 당신들이 감당할 수 있겠나! 나 와죽정이…… 커억! 으악!"

열심히 사진문의 힘에 대해서 열변을 토하던 와죽정은 갑자기 소리를 지르며 주저앉아 버렸다. 고통이 너무 심했는지 팔로 자신의 배를 가렸다.

"이 새끼, 보자 보자 하니까 정말 시끄럽네! 지금 너희 세력이 강하다고 자랑하냐? 네가 부릴 수 있는 사람이 많다, 그러니 알아서 기어라, 지금 이 말 아냐? 그래, 너 잘났다. 나는 문주라는 놈이 상전만 있고 부하는 없다. 그래, 부하 많아서 좋냐? 많으면 뭐 하냐, 지금 네놈 말대로 할 수 있는 부하가 없는데! 말에 책임도 못 지고 싸가지도 없는 놈이!"

퍼퍼퍽!

천무악은 꼭 화지천이 들으라는 듯이 큰 소리로 말하며 와죽정을 쥐어 패기 시작했다. 문주지만 문도도 없는 자신과 계속 비교되는 것이 신경을 자극했던 것이다.

물론 와죽정의 비열함에 치가 떨린 것이 가장 크게 작용했지만 말이다.

그 모든 것을 보고 있던 모용중인과 모용화린은 아무 말도 할 수가 없었다. 처음엔 천무악과 화지천이 자신들의 일에 끼어들었다가 괜한 변을 당할까 걱정했다.

하지만 대장로 철륵과 철룡대까지 격파하는 모습을 보고 나니 딱히 할 말이 없었다. 강해도 너무 강하다는 생각이 들었기 때문이다.

조금의 시간이 지난 후, 아직도 와죽정을 때리고 있는 천무악을 보니 그래도 조금은 걱정되었다. 왜냐하면 와죽정의 말대로 지금 얻어터진 이들이 사진문의 전부는 아니었으니 말이다.

실제로 이들의 전력은 전체의 이 할도 채 되지 않았다.

더 이상은 참지 못하고 모용중인이 천무악을 말리기 시작했다.

"소, 소협! 그만하시오! 이러면 정말 사진문에서 가만있지 않을 것이오!"

"이거 놔!"

천무악은 모용중인의 손을 뿌리치고 계속해서 와죽정을 때렸다. 자신의 힘으로는 막지를 못하자 화지천에게 다가가는 모용중인이다.

"어르신, 저희들을 도와주신 것은 감사합니다만 저렇게 사진문의 소문주에게 손을 쓰면 정말 변고를 당하실지도 모릅니다. 어서 어르신이 제자를 말려야 하지 않겠습니까?"

모용중인의 진심 어린 걱정에 한번 웃어준 화지천이 말했다.

"몰라. 나도 저렇게 눈 돌아간 제자 놈은 못 막아. 뭐, 제 놈이 벌인 일이니 알아서 하겠지. 흘흘흘!"

화지천은 무엇이 그리 즐거운지 얼굴에서 웃음을 지우지 못했다.

'사진문이면 무시 못할 문파이기는 하나 뭐 제 놈이 벌인 일이니…… 많은 대결을 통해 더 강해질 수만 있다면 천지문의 이름도 알리고 수련도 되고 일석이조네. 어차피 사진문에는 나도 빚이 있고 말이야. 흘흘흘!'

천무악을 수련시킬 생각인 화지천은 오히려 잘되었다는

생각에 놔두기로 마음먹었다.

한참을 그렇게 두들겨 패던 천무악은 어느 정도 진정이 되었는지 손을 탁탁 털며 자리에서 일어섰다.

“이봐, 네놈의 입을 원망해라! 자신은 약한 놈이 문파의 힘만 믿고 큰소리쳐? 너희 문파보다 약하면 다 고개 숙이고 살아야 하냐? 제 놈의 실력을 들먹이는 것도 아니고. 너, 어디 가서 내 눈에 띄지 마라. 네놈 얼굴 보면 손가락으로 구멍을 뚫어야 할 것 같으니 말이야. 알겠어?”

얼굴을 하도 맞아 원래의 생김새를 유지하고 있지 못한 와죽정이었지만 천무악에 대한 공포로 인해 피를 흘리면서도 고개를 미친 듯이 끄덕였다.

천무악은 그 모습에 조금은 분이 풀렸는지 이성을 찾은 것 같았다. 그러자 잊고 있던 것이 생각나서 고개를 막설치에게로 돌렸다.

막설치는 어느새 무릎을 꿇고 얌전한 자세로 대기하고 있었다.

“이봐, 이놈 옆으로 오시지?”

천무악의 말이 끝나기도 전에 쏜살같이 달려와 와죽정과 나란히 앉는 막설치다.

막설치와 와죽정은 가까이에서 서로의 모습을 확인했다.

막설치는 소문주 와죽정이 얻어맞아 변한 끔찍한 몰골에

눈살을 찌푸렸고, 와죽정은 아직도 온몸에서 피를 흘리고 있
는 막설치를 보고 공포를 느꼈다.

자신들의 앞에 오연히 서 있는 인간에 대한 공포를 말이다.

막설치를 끌고 온 효과가 보이자 천무악이 고개를 끄덕였
다. 그리고 막설치에게로 다가가서 어깨에 손을 올리며 물었
다.

"당신 이름이 뭐라고?"

"에? 막설치 입니…… 막설쳐입니다!"

자신의 이름을 말하려던 막설치는 천무악이 눈을 부라리
자 깜짝 놀라며 얼른 이름을 아까 바꾼다고 했던 막설쳐로 대
답했다.

그 대답이 천무악은 마음에 들었는지 웃었다.

"크크크. 전의 이름보다 확실히 어울리고 마음에 드는군.
좋아, 이번에는 넘어가는데 그쪽도 다시 나와 마주치지 않는
것이 좋을 거야. 그리고 설치고 다니지도 말고. 혹시나 사람
들을 끌고 와서 나를 귀찮게 한다면 정말 검지로 머리를 뚫어
버릴 것이다. 설마 그쪽 머리가 아까 부서진 도끼보다 강하진
않겠지?"

천무악의 음산한 말에 막설치는 온몸에 소름이 돋는 것을
느꼈다. 정말 이 인간이라면 그렇게 할 것만 같았기 때문이
다.

"자, 그럼 상황 끝! 점소이, 여기 소면 두 그릇 가져다주

시오!"

천무악의 말은 주위에 있던 모든 사람들을 어이없게 만들
었다.

금방까지 그 난리를 치다가 이렇게 엉망진창이 된 곳에서
소면을 먹겠다고 하니 말이다. 아니, 그전에 일의 마무리를
이따위로 해놓고 가면 자신들은 어쩌란 말인가. 혹시나 사진
문에서 찾아와 보복할지도 모르는 일이다.

하지만 주변의 반응에 관심을 지운 점소이는 주방에 주문
을 넣었다. 모든 대결을 보고 나니 천무악의 말이라면 별이라
도 따주고 싶었던 것이다.

천무악은 모두의 반응 따윈 신경 쓰지 않고 쓰러져 있던 탁
자 중 하나를 바로 세워 자리를 잡았다.

화지천을 포함한 모든 사람들이 황당해서 말도 못하고 있
을 때, 끼어드는 목소리가 있었다.

"저, 저기, 대협. 그럼 저희들은 이만 가도 되, 되는 겁니
까?"

막설치가 머리를 조아리며 물었다. 그 짧은 사이에 천무악
을 대협이라 칭하고 있었다.

천무악은 고개를 끄덕였다.

"그래. 이만 가봐. 대신 억울하다면서 사람들은 끌고 오지
않는 게 좋을 거야. 앞으로 이 마을에는 발도 들이지 말고. 내
분명히 말하는데 만약 그런 일이 있다면 내가 죽는 한이 있어

도 너희 둘만큼은 반드시 죽인다. 그것만은 꼭 명심하는 것이 좋을 거야. 궁금하면 해봐도 되고, 내가 어떤 인간인지 보고 싶다면 말이야.”

천무악이 와죽정의 눈을 똑바로 보며 말했다.

‘아, 악마!’

와죽정은 그 모습에 겁을 먹어 몸을 떨며 고개만 미친 듯이 끄덕였다.

“그럼 가봐. 가면서 뒤돌아보지 마라. 내가 욱해서 머리통을 날려 버릴지도 모르니까.”

고개를 끄덕여 동의를 표한 와죽정과 수하들은 자리에서 조용히 일어나 입구 쪽으로 조심스럽게 움직였다. 철륵은 아직도 정신을 못 차려 막설치에게 업혀서 가고 있었다. 그 모습에 기분이라도 나빴을까,

“잠깐!”

착착착착착착!

“네네! 뭐, 뭐 하명하실 말이라도…….”

천무악의 말에 사진문의 사람들은 움직이다가 발작적으로 몸을 멈췄다. 그리고 막설치가 대표로 천무악에게 조심스럽게 물어왔다.

“와죽정이라는 네놈! 사람을 그따위로 취급하지 말아라. 철륵이라는 사람도 손속이 잔인한 게 좋은 사람은 절대 아니지만 그래도 자신을 아껴주던 사람을 그렇게 버리면 안 된다.

명심하는 것이 좋아.”

“네, 명심하겠습니다!”

와죽정은 기합을 바짝 넣어 대답했다. 그리고 천무악이 손짓을 하며 가라고 하자 죽어라 도망가기 시작했다.

한참을 뛰어가던 와죽정은 객잔과 거리가 멀어지자 한시름 놓았다. 괴물 같은 인간을 봐서 심장의 두근거림이 쉽게 진정되지 않았지만 제자리에 서서 심호흡을 통해 마음을 애써 가다듬으며 상황을 정리했다.

‘이, 일단 오늘 일은 나름 성공이다. 이 정도면 다음 계획에 차질이 없겠지. 숙부 저놈 때문에 쪽팔림만 더 당했네. 못 이길 것 같으면 나서지를 말던가. 어쨌든 저 두 놈만 아니었으면 완벽한 성공을 이뤘을 것인데…… . 으득!’

와죽정은 금방 객잔에서 있었던 일을 떠올리니 화가 났다. 자신이 이런 일을 당하기는 처음이다. 천하의 누구도 자신에게 그따위로 대할 수 없다는 것이 와죽정의 생각이었던 것이다. 공포는 점점 사라지고 머리끝까지 복수심으로 가득 차기 시작했다.

‘가만두지 않겠다. 이 치욕은 반드시 갚겠다!’

대부분의 사람이 앞에서 ‘그렇게 하겠다’ 말하고 뒤돌아서면 다른 마음을 먹는 경우가 많다. 그 대표적인 예를 와죽정이 보여주고 있었다. 천무악에게서 멀리 떨어지고 나니 다시 점점 자신감이 솟는 것 같았다.

　비록 철륵이 당했지만 사진문의 최고 고수는 아니었다. 아직도 그보다 강자들이 꽤 있었기 때문에 복수를 꿈꾸고 있었다.

　"뒤로 돌아보지 말라고? 지랄. 자, 쳐다봤다! 쳐다보면 어떻게 할래!"

　와죽정이 해보려면 해보라고 자신만만하게 뒤를 돌아봤다. 이렇게 멀리 떨어져 있는데 자신을 어쩌겠단 말인가.

　그때, 무엇인가가 와죽정의 얼굴 바로 옆을 훑고 지나갔다.

　후웅!

　"으악!"

　와죽정은 기겁을 하며 그대로 자리에 주저앉아 버렸다. 털썩 하는 소리와 함께 바닥으로 자신이 탐스럽게 늘여놓았던 머리칼이 흩날렸다.

　날아온 지기가 와죽정의 머리칼 중앙에 구멍을 내버린 것이었다.

　객잔과 자신이 있는 곳의 거리는 무려 이십 장이 넘었다. 이 정도 거리를 두고 정확히 자신을 향해 날아왔다는 것은 그가 생각보다 더 고수라는 말과 같았다. 그리고 그런 고수라면 자신의 머리칼이 아닌 머리를 날릴 수도 있을 터, 이것은 경고라는 것을 알 수 있었다.

　와죽정의 온몸에 소름이 돋았다. 이 자리를 얼른 벗어나고 싶었지만 공포라는 악마의 손이 자신의 몸을 옥죄고 놓아주지 않았다.

　천무악은 지기를 날려 와죽정에게 확실한 경고를 하고는 점소이가 가져온 소면을 챙겨 탁자에 앉아 맛있게 먹기 시작했다.

　그 모습을 보고 혀를 차던 화지천도 점소이에게 안주와 화주를 주문했다. 간단한 일을 처리한 것이었지만 술이 당기는 것은 어쩔 수 없었나 보다.

　천무악과 화지천의 황당한 행동을 모용화린과 모용중인은 멀뚱히 쳐다보고 있었다.

　자신이 음식 먹는 모습을 남이 빤히 보는 것은 정말 좋은 기분이 아니다. 모용세가 두 남매의 시선이 불편했던지 화지천이 입을 열었다.

　"그렇게 남이 음식 먹는 모습을 빤히 바라만 볼 테냐? 합석을 하려면 하고 아니면 자리를 옮기든지. 흘흘흘!"

　두 남매는 그제야 자신들이 실수했음을 깨닫고 얼른 사과를 하며 탁자에 마주 앉았다.

　"죄송합니다. 저희들이 경황이 없어서 이런 실례를 범했습니다. 용서하십시오."

　모용중인의 사과에 화지천이 아무렇지도 않다는 듯 술병을 내밀었다.

　"뭐 죄송할 것까지야. 너희들도 많이 놀랐을 텐데 술이나

한잔하며 마음을 가라앉혀."

"네, 감사합니다."

모용중인은 화지천이 건넨 술병을 받아 한 잔 마시고는 감사의 말을 전했다.

"오늘 저희를 도와주신 것에 감사드립니다. 어르신과 소협이 아니었으면 큰 곤란을 겪을 뻔했습니다."

모용중인의 말에 고개를 끄덕이며 근엄하게 앉아 있는 화지천이다.

화지천과 천무악을 살피던 모용화린이 조심스레 물어왔다.

"어르신이 정말 악괴 어르신이 아니십니까? 제가 가지고 있는 정보에 의하면 맞는 것 같습니다만…… 신선과 다름없는 용모와 고강한 무공, 그리고 손가락을 사용하시는 것이 저에게 확신을 주는군요."

모용화린이 확신을 가지고 말하는 듯하자 화지천도 거짓을 말할 수가 없었다.

"흘흘흘! 어린아이가 보는 눈이 정확하네. 내가 악괴 화지천이 맞다. 여기 옆에서 소면 처먹고 있는 놈은 내 제자 천무악이고."

"역시!"

화지천이 인정하자 자신의 생각이 맞았다는 게 기쁜지 모용화린이 감탄을 뱉었다.

"정말 영광입니다. 위명이 자자하신 악괴 화지천 어르신을
이렇게 뵙다니 말입니다."

모용중인이 포권을 취하며 화지천에게 다시 인사를 했다.

두 사람이 자신을 인정해 주는 듯하자 기분이 좋아진 화지
천이 웃었다.

"뭘 위명까지야. 흘흘흘! 두 사람이 내 얼굴에 금칠을 해주
는구만. 나쁘지 않아! 흘!"

"무림에 발 담고 있는 사람이라면 악괴 화지천 어르신을
모를 리가 있겠습니까?"

"암, 유명하겠지. 폭력적이고 괴팍하기로 말이야. 크크크.
아! 그러고 보니 아까는 왜 악괴가 아니라고 했습니까?"

사부를 띄워주는 분위기가 마음에 들지 않았는지 천무악
이 옆에서 비꼬았다. 하지만 화지천은 천무악의 물음을 깔끔
히 무시했다.

"흘흘흘. 내 제자가 수양이 부족해 사부를 칭찬하는 말에
도 배알이 꼴리나 보군. 크흘흘!"

"진짜 계속 그럴 겁니까? 그리고 그 듣기 싫은 웃음소리도
좀 집어치우시지요!"

천무악이 짜증을 내며 말했다.

아까부터 계속 장난 식으로 나오는 화지천이 마음에 들지
않았는데 끝까지 그러려는 분위기라 천무악이 정색을 하는
것이다.

“으흠, 자식 성질머리 하고는. 내가 그놈들에게 왜 내 별호
를 말해줘야 하는데? 그놈들은 내 별호를 직접 들을 자격이
없는 놈들이라서 말하지 않았다. 됐냐?”

‘너 실전 경험 하라고 일부러 그런 것도 있지만. 흘흘흘!’

“큼! 뭐, 됐습니다.”

“아! 저기, 내가 너희들에게 궁금한 것이 있는데…….”

화지천이 모용세가 두 사람을 보고 물었다.

“물으시지요. 제가 답변해 드릴 수 있는 것이면 해드리겠
습니다.”

“저놈들과 무슨 일이 있나? 지켜보니 모용세가를 완전 무
시하는 분위기던데…….”

화지천이 묻는 상황에 대해서는 천무악도 궁금했는지 소
면을 먹는 척하며 귀를 쫑긋거렸다.

화지천의 물음에 모용중인과 모용화린은 조금 난처해했
다. 가문의 좋지 않은 현 상황을 타인에게 말하기가 쉽지는
않은 듯했다.

“쩝. 내가 민감한 부분을 찔렀나? 대답하지 않아도 좋네.”

“아, 별일은 아닙니다. 저희 세가와 인접해 있는 문파인데
세가 저희보다 강하다 보니 대처를 못해 이런 수모를 당한 것
이지요. 힘이 없으니 별수가 없었습니다.”

모용중인의 자조 섞인 말에 화지천이 고개를 끄덕였다.

‘오십 년 전 이후로 아직 세력을 다시 일으켜 세우지 못한

것이군.'

화지천은 속으로 상황을 대충 이해했다. 정마대전은 많은 변화를 가져다주었고, 아직도 그때의 피해를 다 복구 못한 곳이 많았다.

"천 소협은 나이가 어떻게 되시나요?"

모용화린이 갑자기 천무악에게 관심을 보이며 물었다.

"약관을 넘은 지가 일 년 정도 됐는데, 그건 왜?"

천무악은 기분이 좋지 않았는지 반말로 퉁명스레 대답했다. 모용세가라는 곳의 무기력함이 예전의 자신을 떠올리게 했기 때문이다.

힘이 없어 사부에게 당해야 했던 지난날을.

거기에다가 별일이 아니라며 무력함을 당연히 여기는 모용중인의 말에 짜증이 나다 보니 일행인 모용화린의 물음에도 존중의 의미는 들어 있지 않았다.

천무악의 대답에 모용화린과 모용중인은 아주 놀랐다.

생긴 것과는 다르게 나이가 많았다. 그리고 어린 나이에도 사진문의 장로 막설치와 대장로 철륵을 이길 정도의 무공을 지녔다는 것에 또 한 번 놀랄 수밖에 없었다.

철륵은 요즘 회자되는 젊은 후기지수의 수좌 오신성(五新星)과 실력이 비슷하다고 평가받는 고수였다. 물론 사실과는 상당히 달랐지만.

몇 년이 지나지 않아 정파 무림의 기둥이 될 후기지수들이 사파에서 허명을 쌓은 철륵과 비교된다는 것은 말이 되지 않았다. 철륵은 상당히 부풀려진 고수였던 것이다.

물론 사진문에서도 상층부에선 그것을 알고 있었다. 하지만 고수가 한 명이라도 더 많으면 좋은 현실에서 굳이 사실을 말할 필요는 없었다. 그렇다고 철륵이 약한 자는 아니었다.

오신성의 수준에 거의 다다른 고수였으니 말이다.

그것을 모르는 모용화린은 오신성 간에도 다소 차이는 있겠지만 철륵을 이긴 천무악의 무공이 그들과 비슷할 것이라고 추측하고 있었다.

"저와 같은 나이에 굉장한 무공을 지니셨군요. 역시 악괴 어르신의 가르침이 좋았나 봅니다."

모용화린은 천무악의 반말에는 별말 않고 높은 무공을 칭찬했다. 천무악은 모용화린의 말이 자신의 나약함을 인정하는 것 같아 인상을 찌푸렸다.

그때, 모용중인의 중얼거림이 세 사람의 귀에 들려왔다.

"나보다 어린데도 막설치를 이길 정도로 강하다니…… 부러울 따름이오. 우리 모용세가에 무공의 맥이 이어졌다 하더라도 천 소협만큼 강해졌을 거라는 확신은 없구려."

무엇인가 힘이 없는 모용중인의 말에 모용화린이 아차 하는 표정을 지으며 오라비를 위로하듯 손을 꼭 잡으며 말했다.

"오라버니, 힘내세요. 앞으로 오라버니는 세가를 다시 일으켜 세워야 하는 사람이에요. 무공의 강함이 전부가 아님을 오라버니가 천하에 보여주면 될 일입니다. 무공의 고하(高下)가 모든 힘을 상징하는 것은 아니랍니다. 그리고 한 명의 힘으로는 도저히 불가능한 것이지요. 우리는 우리의 방식으로 천하에 우뚝 서게 될 것입니다.”

모용화린의 위로에 빙긋 웃어주는 모용중인이었다.

“고맙구나. 그래, 의기소침할 것이 아니라 힘을 내야지. 천하에 아직 모용세가가 살아 있음을 알려야 한다!”

그때, 단단한 눈빛을 하고 있는 모용중인을 비웃는 소리가 들렸다.

“놀고 있네.”

모용화린이 소리가 나는 곳으로 고개를 돌려보니 소면을 먹고 있는 천무악이 보였다.

천무악은 모용화린의 말부터가 굉장히 마음에 들지 않았다.

자신의 약함을 당연한 듯 받아들이는 두 사람이었다. 그러면서도 특별한 노력 없이 꿈만 크게 꾸는 게 기분 나빴다. 거기다가 그들이 하는 말은 사부의 꿈을 부정하는 것이었다.

화지천은 강력한 무공을 가진 사람이라면 세력의 힘이 없더라도 세상에 우뚝 설 수 있다는 생각을 가지고 있었다. 하지만 천무악에게 모용화린의 말은 무공이 아무리 강해도 세력을 갖지 못하면 소용이 없다는 말로 들렸던 것이다.

비웃는 천무악의 말에 모용화린이 차가운 눈빛을 하며 바라봤다.

"왜 그런 말씀을 하시죠? 무슨 의미로 저희들을 비웃는 것입니까?"

차갑게 말한다고 해도 모용화린의 미모는 천하에서도 손가락에 꼽힐 정도이니 누구라도 설레지 않을 수 없을 것이다. 하지만 천무악은 전혀 그런 것에 동요되지 않았다.

"아무리 세력이 크다고 해도 강력한 한 사람의 힘이라면 그것을 눌러 버릴 수 있다. 너희들이 세력을 키워 세가를 일으켜 세우려 하듯 강력한 한 사람의 힘으로 문파의 이름을 다시 찾으려는 사람도 있는 것이다. 너희처럼 패기도 자존심도 없는 자들이 그런 말을 해선 안 된다. 그러니 앞으로 내 앞에서 너희의 방식을 주장하지 마라. 그 누군가에겐 평생의 숙원을 풀기 위한 방법일 수도 있는 것이니!"

그 말을 끝으로 천무악은 자리에서 일어났다.

화지천은 객잔 이층으로 향하는 천무악을 애잔한 눈빛으로 바라보았다.

금방 제자가 한 말은 화지천의 인생을 대변한 것이었다. 혹시나 모용화린의 말로 자신의 사부가 살아온 인생이 덧없음으로 귀결될까 천무악은 말을 자르고 자리를 떴던 것이다.

그런 제자의 따뜻한 마음을 나무랄 수 없는 사부였다.

"너희들이 이해해라. 오늘 제자 놈의 마음이 편치 않은가

보다."

"아닙니다. 그럴 수도 있죠."

모용화린은 입으로는 괜찮다 말했지만 씁쓸한 표정은 지울 수가 없었다.

그 모습을 보던 화지천이 조용히 입을 열었다.

"너희들의 말이 맞을 수도 있고 내 제자의 말이 맞을 수도 있다. 하지만 그것은 어떤 방법을 쓰든 간에 성공했을 때 할 수 있는 말이지. 지금 이런 식으로 하는 말은 희망 사항에 불과한 것이야."

화지천은 말을 끝내고 술잔을 들어 올렸다.

화지천의 말이 모용화린에게는 회한의 말로 들렸다.

자신들에게 사정이 있듯 이들 사제에게도 어떠한 사정이 있다는 것을 느낄 수 있었다.

"어르신의 말씀 가슴에 새기겠습니다. 가르침을 주셔서 감사합니다."

모용화린의 말에 화지천이 손사래를 치고는 분위기를 바꿨다.

"그런 이야기는 이제 되었고, 둘이서 어딜 가는 길이냐? 아까 얼핏 들어보니 너희도 우리처럼 정파무림대회에 가고 있는 길인 것 같던데?"

"어르신도 무한에 가시는 길이셨습니까? 호호, 저희와 목적지가 같군요."

힘없이 고개 숙이고 있는 모용중인을 대신해 모용화린이
답했다.

"호오, 그래? 그쪽 두 사람도 무림맹으로 향하는 길이었군."

"네. 이번에 많은 문파에서 참가한다고 하니 친분도 쌓을
겸 참석하는 것입니다."

모용화린의 말에 고개를 끄덕이던 화지천이 무엇인가 떠
올랐는지 웃는 낯으로 은근히 말했다.

"그럼 호북 무한까지 가는 길이 적적한데 같이 가는 것은
어떠냐? 심심하지도 않고 재미있을 것 같은데?"

화지천의 동행하자는 말에 모용화린은 반색하면서도 걱정
하는 투로 말했다.

"정말 저희들이 어르신을 따라가도 되겠습니까? 하지만 혹
시나 사진문에서 압박받을지도 모르는 일입니다. 괜히 저희
들 때문에 곤욕을 치르실지도……."

"사진문 따위를 겁냈다면 산에서 내려오지도 않았다. 그런
것은 걱정하지 않아도 돼."

화지천의 호쾌한 대답에 모용화린과 모용중인이 포권을
취하며 읍했다.

"그러시다면 오히려 저희가 부탁을 드려야 할 일이지요.
정말 감사합니다."

"무림맹까지 가는 길이 심심하진 않겠어. 흘흘흘!"

화지천은 무엇이 그렇게 좋은지 연신 웃음을 터뜨렸다.

화지천이 간단한 술자리를 파하고 객방으로 올라와서 보니 천무악은 누워 있었다.

"이놈아, 사부가 왔는데 일어나지도 않고 누워 있냐? 버르장머리없이."

"그냥 놔두세요."

천무악을 힐끔 보며 화지천도 자리에 누웠다. 천장을 잠시 동안 보고 있던 화지천이 입을 열었다.

"무악아."

"왜요?"

"네 마음은 고맙지만 저 아이들에게 심한 말을 한 것은 잘못한 일이야. 저 아이들에겐 저들만의 방법도 있는 것이지. 그것을 잘못이라 말하면 너 또한 저 아이들과 다를 것이 없게 돼."

"자신들의 약함을 저렇게 순순히 인정하며 무슨 세가를 일으키겠다는 말입니까? 말만 뻔지르르하지 그렇게 하겠다는 의지도 안 보이고. 그런 인간들의 방법 따윈 인정하기 싫습니다!"

대답을 듣던 화지천이 고개를 천무악 쪽으로 돌렸다.

"이놈아, 우리 앞에서는 저렇게 말해도 저들의 가슴속엔 굳건한 의지가 있을지도 몰라. 모든 것을 그렇게 삐뚤어지게 볼 것이 아니라 내면을 보는 능력을 키워라. 그러면 저들의 마음도 읽을 수 있을 것이니."

"쳇! 전 그런 것 모릅니다."

"에잉! 네놈의 고집을 누가 이길꼬. 잠이나 자야겠다!"

화지천은 설득하기를 포기했는지 이내 몸을 돌려 눈을 감았다.

벽을 보며 누워 있던 천무악은 사부의 침상을 힐끗 한번 쳐다보고는 몸을 똑바로 했다.

'저도 저들이 나름 노력 중이라는 것은 알겠습니다. 하지만 그렇다고 해서 사부의 방법을 잘못됐다 하는 것은 용납할 수 없습니다.'

환골탈태를 한 날, 사부와 과거의 이야기를 하며 허심탄회하게 이야기 한 후 천무악은 변했다. 적어도 자신의 사부가 세상을 떠나게 되더라도 회한 가득한 말을 듣고 싶지는 않았다.

행복했었다는 말을 할 수 있도록 자신이 노력하겠다고 다짐하는 천무악이다.

모두가 잠든 깊은 밤, 하늘이 흐리고 달도 뜨지 않아 바로 앞의 사물조차 보이지 않을 정도로 어두웠다. 하지만 그런 어둠에도 개의치 않고 천무악과 화지천이 묵고 있는 화중객잔으로 은밀히 움직이는 검은 그림자가 있었다.

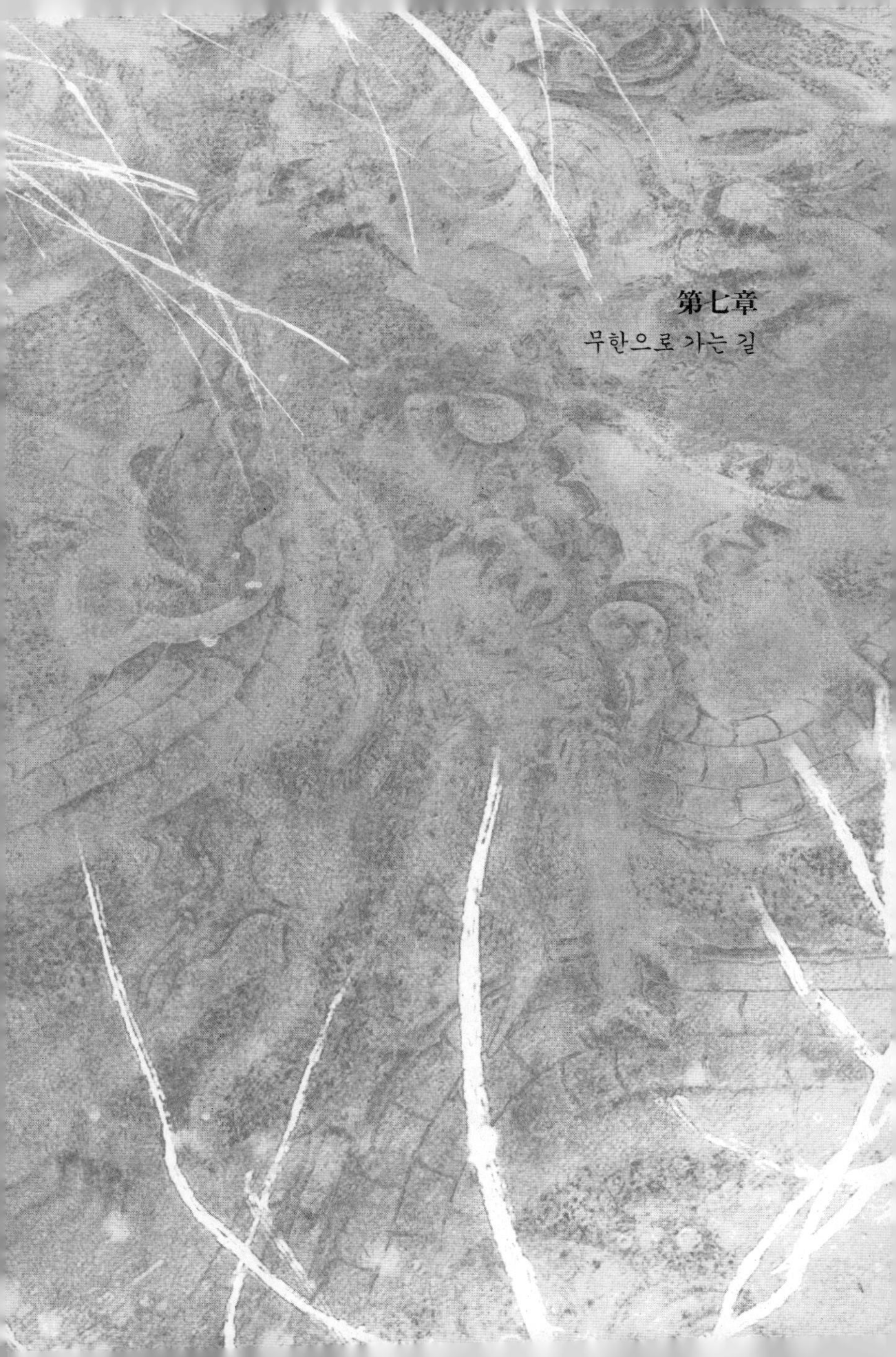

第七章

무한으로 가는 길

눈만 빼놓고 온몸을 검은 천으로 두른 자가 조심스럽게 객
잔을 살폈다.

주위에 아무도 없다는 것을 확인하고 객잔의 이층으로 날
아올라 기와의 끝을 밟고 섰다. 깃털이 내려앉듯 아무런 소리
없이 이층의 창가에 올라서서 자신이 들어가야 할 방에 귀를
기울였다.

고른 숨소리가 들려오는 것이 깊은 잠에 빠져 있다는 것을
알 수 있었다. 복면인은 기척을 최대한 줄이며 창문을 통해
객실 안으로 들어갔다.

"웬 쥐새끼가 돌아다녀? 제자야, 신경에 거슬리니 네가 좀
처리하고 와라."

"그냥 신경 끄고 주무시죠. 저런 것에 일일이 신경 쓰면 언
제 편한 잠을 자겠습니까? 어차피 우리 일도 아니고."

그렇게 말하면서도 몸을 일으키는 천무악이다.

"한번 도움을 줬으면 끝까지 책임을 져야지. 그게 세상을
아름답게 사는 방법이야."

"아름답기는! 예전에 북해빙궁 때는 신경 끄라고 하더니
오늘은 말이 또 다르네요?"

"그때는 네놈이 힘이 없었다지만 지금은 저 정도 위험에서
는 구해줄 능력이 되잖아."

"아우, 귀찮게!"

"흘흘흘!"

대화가 끝나자마자 천무악이 자리에서 사라져 버렸다. 소
리도 기척도 일체 느낄 수가 없었다. 다만 변한 것이 있다면
그들이 머물고 있는 객실의 창문이 열려 바람에 흔들리고 있
다는 것뿐이었다.

방으로 들어선 복면인은 조심스럽게 모용중인에게로 다가
섰다. 그리고 품에서 날카로운 예기가 느껴지는 단도를 꺼내
모용중인의 목에 대면서 입을 열었다.

"조용히 일어나…… 컥!"

갑자기 숨 막히는 소리가 터져 나오자 그제야 모용중인이
눈을 떴다.

"누구냐!"

모용중인의 말에 모용화린도 자신의 침상 옆에 놓아두었
던 검을 손에 들며 자리에서 일어났다.

"끄어억!"

"이런 놈이 방에 들어왔는데도 잘 주무시는군?"

모용화린은 너무 어두워서 사물을 식별하기 힘들어 얼른
불을 밝혔다.

환해지는 방 안에 펼쳐진 풍경은 살벌했다.

자신의 오라버니 목에는 시퍼런 단도가 위협을 하고 있었
고, 단도로 위협하던 자는 키 작은 아이에게 목이 잡혀 있었
다.

"이런 상황에서 잠이 와?"

천무악이 복면인을 더 높이 들어 올리며 말했다.

쨍그랑!

복면인은 숨이 막혀 단도를 바닥에 떨어뜨리고는 자신의
목을 압박하는 손을 풀려고 안간힘을 쓰고 있었다.

"너는 누구냐? 살수라느니 하는 개소리는 하지 않는 것이
좋을 거다. 너처럼 어설픈 살수가 있다는 소리는 들어본 적이
없으니까."

"커억!"

천무악이 손에 힘을 더 주자 복면인은 고통스러운지 신음성을 냈다.

"사진문에서 보냈느냐?"

"끄윽! 내가 말할 것 같으냐?"

"홍! 다 알아보는 수가 있지!"

"컥. 알아볼 수 있으면, 끄억! 알아봐라! 콰득!"

천무악의 물음에 대답을 거절한 복면인은 무엇인가를 씹었다. 무엇을 씹었는지는 알 수가 없었으나 효과는 바로 나타났다.

"쿨럭!"

엄청난 피를 토하며 몸을 바들바들 떨더니 복면인의 고개가 그대로 추욱 늘어졌다.

"뭐, 뭐야!"

자신에게 목을 잡힌 채 그대로 죽어버린 복면인을 보며 놀라는 천무악이다. 강호의 경험이 적다 보니 손을 쓰지 않아도 이런 일이 생긴다는 것을 전혀 생각지 못한 것이다.

"쯧쯧. 너 또 사람 죽였냐? 마음이 무겁다. 네가 살인에 맛을 들여가는 것 같아서."

"무슨 소리! 전 손 하나 까딱 안 했는데 지가 알아서 죽었어요. 무슨 이런 경우가 있어?"

화지천이 갑자기 나타나 슬픈 기색을 보이며 말하자 천무악이 발끈해 대답했다.

둘이 말다툼하는 사이 시체를 살펴본 모용화린이 입을 열었다.

"독단을 깨문 것 같습니다. 자결을 한 것이지요."

모용화린의 말에 천무악과 화지천이 시체를 보니 온몸이 퍼렇게 변해 있었다.

"흘! 확실히 그런 것 같네. 뭐 하는 놈이기에 자결을 할 만큼 독한 마음을 품고 이곳에 든 것인지…… 쯧쯧!"

화지천의 말에 모용중인이 무엇인가 골똘히 생각하다가 말했다.

"죽일 생각이었다면 바로 손을 썼을 것인데 저를 깨운 것으로 봐서는 할 말이 있었던 것 같습니다."

모용중인의 말을 들으며 천무악이 시체를 바닥에 내려놓았다. 그리고는 품을 뒤지기 시작했다.

"뭐 하는 짓이야? 돈이라도 뺏으려고?"

제자가 하는 행동이 이상했던지 화지천이 물었다.

"제발 좀! 젠장, 몸에 단서가 될 만한 것이 있는지 찾는 것 아닙니까! 설마 전혀 없지는 않을 거 아녜요!"

하지만 천무악이 이리저리 온몸을 살펴보았지만 단서는 나오지 않았다. 그 흔한 전낭 하나 없었다.

"하! 정말 깨끗한데요. 몸에 지니고 있는 것이 아무것도 없습니다. 이래서는 도저히 무슨 의도로 왔는지 알 수가 없군요."

“이 자식아, 그러니까 아혈을 점했어야지. 독단이 아니라 혀라도 물지 모르는 일 아니었냐! 그랬으면 뭐라도 건질 수가 있었을 것인데. 쯧!”

화지천의 말에 천무악이 발끈했다.

“제가 언제 이런 경험을 해본 적이 있습니까! 전 자결하겠다는 마음을 품어본 적이 없어서 이런 방법에 대해선 전혀 몰랐네요!”

“에잉!”

화지천은 어떤 단서도 남기지 않고 죽은 복면인이 못마땅했다. 궁금증만 키워놓고 저세상으로 가버렸으니 말이다.

“뭐, 어쩔 수 없죠. 하지만 이거 불안해서 오늘 자기는 글렀네요. 하하하!”

쨍그랑!

“응? 뭐지?”

모용중인이 말하며 움직이다가 자신의 발밑에 밟히는 물건을 봤다. 그것은 복면인이 자신을 위협했던 단도였다. 단도를 손으로 잡아 이리저리 살펴보고 있는데 천무악이 소리쳤다.

“잠깐! 그 단도, 나한테 줘봐!”

모용중인은 천무악이 왜 그러는지 몰랐지만 일단은 단도를 넘겼다.

천무악은 단도를 건네받아 손잡이 부분을 살폈다.

“역시! 사부, 이거?”

“응? 뭐가?”

“혈음마군의 품에서 나온 옥패와 같은 것입니다!”

“뭐?”

화지천은 서둘러 천무악에게 다가섰다.

천무악이 들고 있는 단도 손잡이의 끝부분에는 혈음마군의 품에서 나온 것과 똑같은 악귀 형상이 음각되어 있는 옥패가 매달려 있었다. 전에 본 옥패와 다른 것이 있다면 혈음마군의 품에서 나온 것에는 오(五)라는 숫자가 적혀 있었는데, 이 옥패에는 사(四)라고 적혀 있다는 것이었다.

“이 옥패가 상징하는 것이 도대체 무엇이지…….”

화지천은 뒷말을 길게 끌었다.

*　　　*　　　*

쾅!

“또 실패를 해? 거기다가 죽었다고! 아니, 말을 전하고 동참하지 않겠다면 상대방을 죽이라고 했는데, 무엇 때문에 지가 죽는단 말이냐! 도대체 일들을 어찌하기에!”

불빛 한 점 없는 방에서 커다란 소리가 터져 나왔다.

방에는 한 인물이 서 있었는데, 단정한 차림에 호리호리한 몸매를 가지고 있었다. 흥분이 쉽게 가라앉지를 않는지 손에 든 부채를 부숴 버릴 듯이 꽉 쥐고 있다가 이내 털썩 의자에 앉아 깊게 몸을 묻었다.

"북해빙궁의 일도 그렇고 이번 모용세가 일도 그렇고, 계획은 완벽했는데 어찌 모두 실패를 한다는 말인가. 혹 천주가 나에게 실력없는 자들만 내어준 것이 아닌지 깊은 의심이 드는군."

전폭적으로 지원하겠다고 천주에 대해 의심이 들었지만 이내 고개를 흔들며 생각을 지웠다. 지금은 같은 편을 의심해서는 안 되었다. 그렇다고 경각심이 바짝 곤두섰을 텐데 한 번 더 작전을 행하는 것은 바보짓이다. 이번 계획 전체를 버릴 수밖에 없었다.

"내가 못 가질 바엔 없애 버리는 것도 괜찮겠지만 아직은 두고 볼 일이다. 이제 시작일 뿐이니."

일이 풀리지 않아서인지 잔뜩 인상을 찡그리던 인물은 자리에서 일어나 벽으로 다가섰다. 그리고 벽에 있는 벽돌을 하나 건드렸다.

스르릉!

벽이 옆으로 밀리며 다른 방이 나타났다. 이 방은 앞전의 방과 달리 창밖으로 불빛이 들어왔다.

밀실에서 나온 인물은 창문 쪽으로 다가갔다. 밖으로는 엄청난 규모의 건물들이 즐비했다. 그 건물들에서 나오는 빛이 여름 하늘을 수놓는 은하수처럼 무수하게 많았다.

"대계(大計)를 위해 조금씩 움직일 때가 왔어. 두 번 실패를

했다고 그만둘 일이 아니지. 조금만 기다려라, 천하를 내 발
아래에 둘 터이니.”

＊　　　＊　　　＊

　다음날, 화중객잔에서 나온 네 명의 사람이 호북 무한으로
길을 나섰다.
　뒤에서 따라오고 있는 모용세가의 두 남매를 힐끗 본 천무
악이 화지천에게 짜증스럽게 물었다.
　“저 사람들은 왜 같이 가는 건데요? 우리끼리 가는 것이 더
편하지 않아요? 괜히 쓸데없는 일에 휘말릴지도 모르고.”
　“이놈아, 저들은 어제 그런 일을 당해 마음이 편치 않을 것
아니냐. 거기다 이왕 같이 무림맹으로 향하니 도와줄 일이 있
으면 돕는 게 당연한 게지. 어찌 그리도 사람이 쌀쌀맞아? 도
대체 내가 뭘 잘못 가르친 건지. 쯧쯧.”
　“헹! 이런 성격도 다 사부님에게서 배운 것 같은데요? 그리
고 저에 대해 괜한 쓸데없는 참견 마시죠. 제 인생은 저대로
삽니다.”
　“콱, 그냥! 입이나 안 열면 욕이라도 안 먹지!”
　두 사제지간은 오늘도 티격태격했고, 모용세가의 두 남매
는 그 모습에 고개를 절레절레 흔들며 길을 걷고 있었다.

“아, 진짜 귀찮게 왜 이래?”

“제발 좀 말해주시오. 어떻게 해서 그렇게 강해질 수 있었는지. 불쌍한 사람 도와주는 셈 치고 좀 알려주면 안 되겠소?”

여남을 떠난 지 삼 일 후부터 계속 벌어지는 광경이었다.

일의 발단은 화지천에게서 시작됐다.

사진문의 일도 그렇고 밤의 복면인 일도 그렇고, 자신의 힘이 아닌 천무악의 힘을 빌려 위기에서 벗어났다는 것에 잔뜩 풀죽어 있는 모용중인의 모습이 화지천의 눈에 보였다.

나이도 어린데 자신보다 강하고 당당하게 적을 상대하는 모습이 모용중인에게 꿈같은 일처럼 느껴졌기에 힘이 빠지는 것은 당연했다. 그 모습이 너무 측은하게 보였는지 화지천이 다가가 은근한 말투로 말했다.

“내 제자 놈 같은 경우는 내가 알려준 것도 있지만 스스로 터득한 것도 적지 않지. 암! 저놈이 아주 뛰어난 것이 몇 가지가 있는데 말이야, 그것을 네가 배운다면 큰 진전이 있을뿐더러 복면인 따위에게 위협당하지 않아도 될 것 같은데…… 한번 배워보지그래?”

화지천의 말에 모용중인은 깜짝 놀랐다.

지금 자신에게 무공을 알려주겠다는 소리로 들렸기 때문이다. 기연이 이렇게 찾아오나 하고 기대하는 눈빛으로 말했다.

“그 정도입니까? 천 소협 스스로 터득한 것이 있을 정도라고요? 굉장하군요! 그것은 역시 모두 어르신의 가르침이 좋아서 그런 것이 아니겠습니까. 하하하! 그런데 그것을 저에게 알려줘도 되겠습니까? 저야 당연히 좋은 일이지만요."

모용중인의 대답에 화지천이 아주 안타깝다는 얼굴로 대답했다.

"참 아쉽게도 나는 알려주고 싶어도 못 알려줘. 저놈이 혼자 터득한 것이기 때문에 그 방법은 나도 알지 못해. 알려면 직접 물어보는 수밖에 없단 말이지."

모용중인은 화지천의 말에 김이 샜는지 풀죽은 목소리로 말했다.

"천 소협이 그런 것을 저에게 말해주겠습니까? 어제 보셨잖습니까, 저희 남매에게 화내는 것을."

어제 천무악은 밥 먹으면서도 화를 냈지만 복면인의 일이 끝나고는 더 엄청났다.

목숨이 경각에 달려 있는데 잠이 오더냐면서, 그런 것은 남에게 자기 목숨을 맡겨놓고 사는 것과 다름이 없다며 불같이 화를 냈었다. 그 모습이 눈에 선해서 그 뒤로는 천무악에게 말조차 꺼내지 못하는 모용중인이었다.

화지천은 그 모습에 답답한 얼굴을 했다.

"흘흘. 사람 참 성격 하고는! 너는 세가를 일으키겠다고 큰소리를 친 사람이잖아. 그런데 고작 저놈 성질 하나 못 이겨 포기를 해? 제 놈도 사람인데 끈질기게 물어본다면 한마디 정도는 해주겠지. 끈질김에는 장사가 없어."

"정말 그럴까요?"

화지천이 계속 설득하자 한참을 생각하던 모용중인은 이내 기운을 차리고 계속해서 천무악에게 강해지는 방법에 대해 삼 일 동안 물었다.

그들의 뒤에서 곤란해하는 제자를 보며 웃고 있는 화지천이었다.

화지천은 천무악이 자신의 또래들과 친하게 어울리길 바랐다. 너무 오랜 시간을 자신하고만 지내다 보니 남들과 친해지는 방법도, 필요도 못 느끼는 제자가 너무나 안타까웠다.

제자마저 자신처럼 살기를 바라지 않는 화지천이다. 그래서 나이도 어린 천무악보다 무공이 낮다는 것에 충격받은 모용중인에게 귀띔을 해줬다. 한번 부탁해 배워보라고 말이다.

그 말에 의지가 생긴 모용중인이 천무악에게 배워보겠다고 들러붙기 시작했던 것이다.

"제발 좀 알려주시오! 부탁하오!"

모용중인의 끈기는 대단해서 천무악이 지친 얼굴을 할 정도였다.

'이 인간이 정말 미쳤나?

천무악은 자신보다 나이도 어린 사람에게 가르침을 부탁하는 것이 정상으로 보이지 않았다. 그리고 자신이 누굴 가르칠 입장도, 그럴 필요성도 느끼지 못해 단호히 거절하고 있었던 것이다.

하지만 한편으로 생각해 보면 딱하기도 했다. 힘이 없어 누군가에게 핍박당한다는 기분을 자신은 사부와 혈음마군올 통해 지금껏 느껴왔기에 저런 행동이 사실 조금은 이해가 되기도 했다.

천무악의 마음이 조금씩 흔들리는 것을 느꼈는지 모용중인은 끈질기다 못해 필사적으로 매달렸다. 결국 모용중인의 끈질김에 점점 지쳐 가며 마음이 열리는 천무악이었다.

나이 어린 자신이 반말을 하며 내쳐도 굴하지 않는 모습이 예전에 동굴에서 나오고 싶어 무공에 매진하던 자신과 비슷했기에 결국 두 손 두 발을 다 들었다.

"도대체 구체적으로 뭘 알려달라는 거야?"

"음…… 그건 정확히 무엇인지 모르겠소. 소협의 사부가 매달리면 분명히 배울 것이 있을 거라고… 스스로 깨달음을 얻은 것들이 있다고 했소."

"뭐야? 무엇인지도 모르고 나한테 가르쳐 달라고 했던 거야? 나 참, 어이가 없어서. 그런데 저 사부가 노망이 났나? 왜 사람을 이렇게 귀찮게 하는 거야?"

천무악의 외침을 들었지만 화지천은 그냥 웃을 뿐이었다. 저렇게라도 사람에게 마음을 열었으면 그걸로 족했다.

"헐! 확실히 정상은 아닌 것 같은데……."

천무악은 자신도 아직 천지문의 무공을 모두 깨닫지 못했는데 모용중인보다 무공이 높다는 이유 하나로 남을 가르칠 수는 없었다. 그래서 자신이 직접 깨달아 남보다는 낫다고 느끼는 것 한 가지만 알려주기로 했다.

천무악이 무엇인가를 알려준다고 하자 모용중인은 진심으로 기뻐하며 손을 맞잡아왔다. 언젠가는 이 신세를 꼭 갚겠다고 말하면서 말이다.

천무악은 얼굴을 찡그리며 그 손을 뿌리쳤지만 약간 상기된 얼굴을 했다.

거지 생활을 할 때도, 화지천에게 무공을 배울 때도 친구는 없었다. 사부를 제외하고는 처음으로 누군가를 제대로 사귀어간다는 것은 낯선 일이었다.

그리고 남이라 할 수 있는 사람이 자신에게 이렇게 고마워하는 것을 처음 경험했기 때문에 설레는 마음이 없지 않았다.

"모용 형, 내가 알려줄 수 있는 것은 딱 하나요."

무공을 가르쳐 주기로 한 지 하루 만에 모용중인을 부르는 호칭이 바뀌어 있었다. 모두가 모용중인의 노력 덕분이었다. 노력하는 모습을 보이며 동등한 위치로 올라간 것이다.

"기감(氣勘). 이것이오."

모용중인은 천무악의 말을 한마디라도 놓치지 않기 위해 집중하고 있었다.

"기감은 자신의 주위에 흐르는 기를 살피고 헤아리는 능력을 말하오."

천무악은 모용중인에게 기감에 대해 알려주기로 했다. 원래 기감이 뛰어났던 것도 있지만 그것을 더욱 발전시키고 몸에 익숙하게 만든 것은 자신의 노력이었다. 그렇기에 모용중인에게 조금은 상세히 설명할 수 있을 것 같았다.

기감은 기에 자신의 의지를 섞어 주위에 펼침으로써 주변에서 일어나고 있는 일을 보다 빠르게 알 수 있게 만드는데, 모용중인에게 가장 필요하다고 생각되는 것이었다.

자신이 막설치와 싸울 때, 모용중인의 대결을 기감으로 살폈었다. 아마도 사부가 도와주지 않았다면 사진문도의 공격에 등을 내주었을 것이다.

그리고 그날 저녁 객실에서 복면인이 침입해도 알지 못했다는 것에서도 기감은 필요했다. 기감을 사용하는 것이 능숙했다면 그렇게 당하는 일은 없을 것이니 말이다.

둘은 무한으로 향하는 길에서든 휴식 시간이든 가리지 않고 붙어 앉아 수련하기에 여념이 없었다.

그런 모용중인의 모습을 보는 모용화린의 입에는 미소가 떠날 줄을 몰랐다. 빙화라는 별호를 가지고 냉랭한 표정을 항상 짓고 있는 모용화린이었지만 자신의 오라비가 활기를 찾아가는 모습에는 미소 짓지 않을 수가 없었던 것이다.

화지천도 많이 기뻐하고 있었다.

자신도 사부를 따라왔던 천중산에서 유년 시절을 모두 보냈다. 친구라고는 산에 사는 동물들뿐이었다.

하지만 산을 내려와 서로 대화가 통하는 친우를 사귀는 것
이 즐겁다는 것을 소림의 청목 대사를 만나면서 알게 되었다.
　자신이 겪었던 일이었기에 제자도 그런 기쁨을 알아가는
것 같아 기쁘기 그지없었다.

　"아니, 그게 아니잖아. 그냥 내공을 운기하라는 것이 아니
고 자신의 의지를 담아 이끌어보라고!"
　"아씨! 그게 잘 안 되는 걸 어쩌라고!"
　"젠장! 소질도 없는 사람한테 내가 뭘 가르친다고!"
　"뭐? 말 다 했어?"
　십여 일 동안 떨어지면 죽고 못사는 것처럼 붙어 다니더니
결국 금세 반말을 하고 지내는 천무악과 모용중인이었다.
　모용중인이 나이가 더 많았지만 천무악의 성격에 그 정도
는 차이도 아니었다.
　"내가 뭐랬어? 운기를 할 때, 기를 그냥 흘러가는 대로 놔
두는 것이 아니고 의도를 해서 따라오게 해야 한다고 몇 번을
말했어? 그게 안 돼?"
　"젠장. 정말 자질 부족인가."
　"허이고! 나한테 알려달라며 달라붙을 때의 끈기는 어디
가고 또 혼자 청승이냐! 나도 몇 년이 걸린 일이야. 겨우 며칠
하고 될 것이란 생각 말고 계속 노력을 해봐. 그럼 어느 순간
에 느낌이 올 거야."

모용중인을 말로써 들었다 놨다 하는 천무악이었다.

이제 모용중인이 기감을 느끼는 것은 많이 향상되어 있었다.

자신의 기를 퍼뜨린다는 것이 쉽지 않은 일이었지만 천무악이 알려준 방법으로 기에 의지를 조금이라도 넣기 시작하니 발전하게 된 것이다.

하지만 천무악이 볼 때는 아직 원하는 수준이 아니었다.

모용중인의 무공 자질은 나쁘지 않았다. 아니, 오히려 좋았다. 천무악처럼 기를 느끼고 다루는 것에 타고난 재능이 없음에도 어느 정도 기감을 벌써 느끼고 있었으니 말이다.

이제부터는 자신과의 싸움이었다.

모용중인을 가르치다 보니 천무악은 사부 화지천이 자신을 동굴에 넣었던 이유를 조금은 알 수 있었다.

죽어도 성공하겠다는 독기 없이 그냥 해서는 이렇게 빠르고 큰 성취를 얻기 힘들었을 것이다. 그것을 모용중인을 보면서 느낄 수가 있었다.

지금 모용중인은 최선을 다하고 있었다. 하지만 절박함이나 절망감이 느껴지지는 않았다. 자신도 동굴에 갇히지 않았다면 지금의 경지에는 오르지 못했을지도 모른다.

*　　　*　　　*

"이 바위를 뚫고 나오너라. 네놈이 정말 천재라면 삼 년이면 뚫고 나오겠지? 크흘흘흘!"

"개, 개소리하지 말고 빨리 꺼내줘! 지금 꺼내달라고!"

천무악은 어두운 공간에서 흑단석이라는 바위를 두드리며 욕을 하고 있었다.

너무 어두워 한 치 앞도 보이지 않는 그곳.

천무악이 꿈에서라도 가기 싫어하던 동굴이다.

"흑흑, 도대체 나한테 왜 이러는 거야. 내가 평생 밥을 해도 돼. 난 사실 밥 먹여주고 재워만 주면 된다고. 그런데 이게…… 이게 대체 뭐 하는 짓이야! 빌어먹을!"

천무악은 울고 있었다. 모래같이 씹히는 벽곡단, 진짜로 모래가 씹히는 웅덩이의 물. 그 어느 것 하나 사람이 편히 살 수 없는 공간이었다.

"해내야 한다, 해낼 수밖에 없다! 어떤 고통과 고난이 있더라도 반드시 밖으로 나가서 그 인간을 응징해야 한다!"

천무악은 자신의 마음이 약해질 때마다 스스로 되뇌었다.

밖으로 나가기 위해서는 수련에 열을 올릴 수밖에 없었다.

자신을 가둔 사부에 대한 원망이 그런 천무악을 더욱 부추겼다.

따앙!

"실패다."

타앙!

"또 실패야, 젠장! 천지신명(天地神明)님! 정말 존재하는 분이시라면 저에게 힘을 주십시오! 빛이 정말 보고 싶습니다!"

흑단석 부수기를 실패할 때마다 사부에 대한 자신의 원망은 더욱 깊어져 갔다. 하지만 그만큼 더욱 미친 듯이 수련했다.

"젠장! 이대로는 오 년이 아니라 십 년이 지나도 못 나가겠네. 왜 안 부서지냐고! 왜!"

하염없이 수련만 했고, 또 실패를 경험했다. 그것이 천무악의 인성(人性)을 변화시켰다.

아마도 그때부터였을 것이다, 자신에게 해코지를 하면 열 배, 수백 배로 갚겠다고 다짐한 것이 말이다.

그렇게 복수의 칼날을 갈며 계속 수련을 하던 어느 날.

갑자기 동굴 안이 무엇인가로 가득 차기 시작했다. 향긋하지 못한 냄새, 누런 덩어리들.

"젠장! 도대체 동굴에서 몇 년이나 있었던 거야!"

천무악은 결국 동굴에서 빠져나가지 못하고 안을 가득 메운 똥 때문에 숨이 막혀왔다.

"커커컥! 사, 살려줘! 제, 제발!"

"하아, 미치겠네! 이놈이 도대체 왜 이래? 사람 잠도 못 자게! 야, 얌마!"

모용중인이 인상을 잔뜩 쓰고 천무악을 내려다보고 있었다.

전날 밤, 일행은 노숙을 했다.

마을이 나오지 않으면 이런 경우가 종종 있었다.

타닥! 타닥!

　피어놓은 모닥불이 아직 살아 있음을 알릴 때, 천무악은 꿈을 꾸고 있었다. 심각한 악몽인지 평소 흘리지 않던 땀까지 흘리며 괴로워했다.

　"야! 눈 좀 떠봐!"

　천무악이 너무 괴로워하자 걱정이 됐는지 모용중인이 큰 소리를 쳤다. 물론 몸을 흔드는 것도 잊지 않았다. 그제야,

　"이놈의 똥이! 커억! 쿨럭! 허억! 허억!"

　"……."

　"허억, 허억! 으…… 응? 너는 언제 동굴에 갇혔었냐?"

　"무슨 뚱딴지같은 소리야!"

　모용중인이 버럭 소리를 질렀다. 꿈에서 뭘 봤기에 똥하고 싸운단 말인가.

　"휴우, 꿈이었구나. 젠장! 정말 죽을 뻔했네. 어제 잠시 동굴이 머릿속에 떠오르더니 결국 꿈에까지 나오고. 재수없게."

　정신을 차린 천무악이 머릿속을 정리하고 있었다. 그 삼 년의 기억이 도대체 무엇이기에 이렇게 자신을 괴롭히는지. 쉽게 가슴이 진정되지 않았다.

　"야, 무슨 꿈이기에 그래? 상대가 안 될 것 같으면 도망이라도 가야지. 괜히 잡혀서 숨까지 넘어가려고 하더라?"

　모용중인의 말에 천무악이 피식 웃었다.

　"도망? 도망이라……. 그곳에서는 도망갈 곳도 없었다. 아니, 움직일 곳도 없다는 것이 맞겠지."

천무악이 고개를 들어 슬슬 밝아오는 여명을 바라봤다.

세상을 밝히기 위해 떠오르는 태양을 보니 이상하게 감회가 새로웠다.

'쳇. 꿈을 꾸고 나서 그런 건가? 훗!'

사부와 천지문에는 자신이 저 태양이었다. 그리고 사라져 가는 짙은 어둠은 동굴을 이겨내는 과정이고.

그냥 지금 이 한 장면에서 그런 생각이 든 것은 왜일까.

'모든 것을 잊고 앞을 향해 나가란 그런 말이냐?

"큭큭큭! 크크큭!"

그냥 계속 웃음이 나오는 천무악이다.

"어, 어이! 너 왜 그래, 무섭게?"

모용중인이 불안한 눈을 하며 그를 바라봤다. 눈앞에 있는 사람이 미치면 자신은 막을 방법이 없었다. 그냥 조용히 목을 내밀어야 할 뿐.

"하하하! 아니다. 무섭긴 무슨! 중인아, 오늘부터는 너도 본격적으로 수련을 시작하자! 나랑 비무도 하고 내가 갑자기 공격도 하고. 그래야 네가 실력이 좀 빨리 늘 것 같다. 우리는 큰 꿈이 있는 사내들 아니겠냐! 크크!"

"하! 하하! 구, 굳이 그렇게까지 할 필요는 없을 것 같은데…… 하하!"

모용중인이 불안한 눈을 했다. 오늘 천무악의 상태가 좋지 않아 보였기 때문이다.

"도, 도대체 어디서 날아오는 거야!"

모용중인은 주위를 불안한 눈으로 두리번거리며 잔뜩 경계했다. 또 언제 불시(不時)에 공격해 올지 모르니 말이다.

위잉! 푹!

"아얏! 젠장! 이놈의 벌들이 정말 미쳤나! 왜 이래!"

이런 현상은 아침부터 계속되고 있었다. 모두가 자리에서 일어나 아침을 먹고 움직이는데 느닷없는 벌들이 공격해 오기 시작한 것이다.

하지만 웃긴 것이, 다른 사람은 멀쩡한데 모용중인만 집중적으로 당하고 있다는 점이었다.

모용중인은 현재 벌에 얼마나 많이 쏘였는지 얼굴이며 몸이 기하학적으로 부풀어 있었다. 얼굴은 눈을 빼곤 멀쩡한 곳이 없을 정도였다.

위잉! 푹!

"젠장, 그래. 이젠 쏘여도 어차피 감각도 없다! 이렇게 된 것, 맘 편하게 죽여주마!"

모용중인은 눈을 감은 채로 검을 뽑았다. 어차피 눈으로 보면서 잡기는 힘들었다. 한 방향에서 날아오는 것이 아니라 항상 시각이 닿지 않는 곳에서 왔기 때문이다.

이렇게 되면 자신이 연습하던 기감으로 느끼는 수밖에 없었다. 그것만 익숙해지면 어디서 날아오든 잡는 것은 문제가 없을 터였다.

모용중인이 마구잡이로 검을 휘두르기 시작하니 다른 세 사람은 멀찍이 떨어져서 걷고 있었다.

"흘흘흘! 재밌어?"

화지천이 슬그머니 천무악에게 다가와 물었다. 사부가 무엇을 묻는지 모르겠다는 얼굴의 천무악이다.

"뭐가 재밌어요? 그냥 걷는데 재미있을 게 뭐 있다고."

"흘! 의뭉 떨지 마라. 계속 손가락 움직이는 게 보이는데?"

움찔!

천무악은 몸을 움찔거리다가 시인했다.

"네네, 제가 하고 있는 게 맞습니다. 그리고 아주 재밌습니다. 됐습니까? 쳇!"

지금 모용중인의 상태는 천무악이 만들어놓은 것이다. 지나가는 벌을 격공섭물로 빨아들여 모용중인에게 계속 보내고 있는 중이었다.

기감 수련 하기에는 아주 좋은 방법이라고 생각했기 때문인데 나름 복수의 의미도 포함되어 있었다.

'네놈 가르치다가 그런 더러운 꿈을 꾸게 되었으니 너도 좀 당해봐라! 크크크!'

자신이 또다시 동굴 꿈을 꾸게 된 것을 모두 모용중인에게 돌리는 천무악이었다. 하지만 꼭 그런 복수가 아니더라도 이 방법은 모용중인에게 좋은 수련이 되었다.

벌에 쏘이기 싫어서라도 기감에 집중하게 될 것이고, 또한 순간적으로 벌을 처리해야 하기 때문에 발검(拔劍)과 검속(劍速)에도 도움이 되고 있었다.

모용중인을 뺀 모용화린과 화지천은 천무악이 계속 이것을 하고 있다는 걸 알았지만 입 밖에 내지는 않았다. 수련임을 알고 있으니 말이다.

샥! 투둑!

“드, 드디어 잡았다. 이놈의 벌을 잡았다고! 부, 분명히 기척을 느끼고 잡았어! 빨리 한 마리가 더 날아왔으면 좋겠다! 이 느낌을 잊어버리면 안 되는데!”

그의 말이 끝나기가 무섭게 벌 한 마리가 다시 날아가고 있었다.

“아잣! 또 잡았다! 무악, 무악! 나 기감이란 걸 알 것 같다! 드디어 단서를 잡은 것 같다고! 크하하하!”

이제야 제대로 감을 잡았는지 모용중인이 천무악을 찾고 있었다.

기뻐하는 모용중인에게 다가가며 해맑은 미소를 짓는 천무악이다.

“정말이냐? 대단한데! 조금만 더 하면 완전히 늘겠어! 하하하!”

두 사람의 웃음소리가 관도를 가득 채웠다.

“젠장. 산에서 내려오면 이런 짓은 안 해도 될 줄 알았는데. 여기까지 와서도 사냥이네.”

“원래 마을이 없는 곳에서는 이렇게 노숙도 하고 그래. 어쩔 수 없는 일이지.”

천무악과 모용중인은 산을 뛰어다니고 있었다. 근처에 마을이 없어 노숙을 하고 가야 하는데 먹을 음식이 다 떨어진 것이다.

“그런데 피곤하게 됐는데? 근방 십 장 안에는 쓸 만한 사냥감이 없네. 어쩌지?”

천무악의 말에 모용중인이 깜짝 놀라서 걸음을 멈췄다.

“십 장? 헐, 그럼 넌 지금 십 장 안에 있는 모든 것을 기감으로 느낄 수 있다는 말이야? 말도 안 돼!”

“왜 말이 안 돼? 너도 꾸준히 하면 이 정도는 가능한 일이야. 집중하면 더 넓게도 펼칠 수 있는데?”

“젠장! 야, 인마! 적당한 수준을 보여줘야 내가 힘을 내서 따라가지! 이건 뭐 사람 기죽이는 것도 아니고!”

“하하하하!”

모용중인은 천무악을 보고 놀라워했지만 한편으로는 뿌듯한 마음도 들었다. 이렇게 굉장한 친구가 생겼다는 것과 자신이 이루어야 할 길을 뚜렷하게 볼 수 있으니 말이다.

천무악에게 배우고 있는 것을 제대로 터득하면 화중객잔에서 겪었던 상황은 앞으로 이겨낼 수 있을 것이란 확신이 생겼다.

작지만 이상하게 든든한 천무악의 등을 보며 미소 짓는 모용중인이다.

"안 되겠다. 날도 금방 어두워질 것 같은데 근처에 먹을 만한 것들 잡아서 가야겠다."

"응? 근처에 뭐가 있는데?"

"흐음, 일단!"

천무악이 발을 놀려 우거진 숲을 한번 휘젓자 무엇인가가 놀라 땅에서 날아올랐다.

푸드득!

날개를 열심히 퍼덕거리며 도망가려는 꿩이 한 마리 보였다.

천무악이 날아가는 꿩을 향해 오른손 검지를 내밀었다. 그리고 잠시 집중을 하자 꿩이 날개를 열심히 놀리며 도망가던 곳과는 반대로 천무악의 검지를 향해 날아오는 게 아닌가.

"뭐, 뭐야!"

그 황당한 광경에 모용중인은 놀라 눈알이 빠질 뻔했다. 손가락에다 먹이를 붙여놓은 것도 아닌데 알아서 날아오다니. 그리고 보니 꿩의 몸이 반대로 날아가려고 애를 쓰는 듯했지만 어쩔 수 없이 빨려오는지 등부터 날아오고 있었다.

덥석! 푸드득! 꽥!

"일단 한 마리."

천무악은 꿩의 모가지를 비틀어 버린 후 모용중인에게 넘겨주었다.

"야, 어, 어떻게 된 거야? 이게 무슨 일이냐고?"

천무악이 설명하기 귀찮다는 듯 귓구멍을 새끼손가락으로 후볐다.

"아, 시끄러! 어떻게 되긴 뭐가? 그냥 빨아 당겨 잡은 것뿐이잖아."

"그러니깐 어떻게 빨아 당긴 거냐고!"

"아우, 그냥 빨아 당겨지니 빨아 당긴 거지! 사부 말로는 격공섭물이라더라."

"뭐, 격공섭물?"

모용중인은 입에 거품을 물었다.

격공섭물!

내공고수, 그것도 최상위에 있는 자들만 가능하다는 것을 자신 앞에 있는 이 어린 친우가 아무렇지도 않게 시전하고 있었던 것이다.

"야, 야! 왜 그래? 이 자식이 정신을 못 차리네?"

눈알이 반쯤 돌아가 있는 모용중인을 보고 천무악이 답답한 표정을 지었다. 별것도 아닌 일로 이렇게 놀라니 어디 데리고 다닐 수나 있을까 하는 생각이 들었다.

물론 그날, 자신이 벌들을 이용해 괴롭혔단 소리는 입 밖에도 내지 않았다. 일체의 언급도 하지 않으니 전혀 의심하지 않는 모용중인이었다.

탁! 탁!

천무악이 정신 차리라며 모용중인의 어깨를 두드렸다.

"야, 이상한 짓 그만 하고 움직이자. 늦으면 사부가 난리친단 말이다."

그제야 정신이 돌아온 모용중인이 갑자기 천무악의 바짓가랑이를 붙잡았다.

"야! 그거 어떻게 하는 거냐? 나도 알려주라!"

"뭐?"

천무악은 격공섭물 사용하는 방법을 알려달라며 매달리는 모용중인을 겨우 진정시키고 사냥을 마저 했다. 꿩 네 마리를 잡았으니 오늘 저녁거리로는 나쁘지 않았다.

산을 내려오는 길, 그 순간 갑자기 무엇인가가 '쉬익' 하는 소리를 내며 앞서 내려가던 모용중인의 앞을 가로막았다.

"크헉! 이게 뭐야!"

"잠깐!"

모용중인이 깜짝 놀라며 검을 뽑으려고 하자 천무악이 급히 말렸다.

"오호라! 이놈, 화정사(火靖蛇) 아냐? 사부가 좋아하겠는데?"

눈앞에 나타난 것은 정수리에서 붉은 빛이 나오는 뱀 한 마리였다. 천무악은 아주 반가운 듯 웃으며 자신의 왼손 검지를 앞으로 내밀었다.

그 모습을 보고 모용중인이 깜짝 놀라 소리쳤다.

“야! 그놈 독사 아냐? 물리면 어쩌려고 손가락을 들이밀어!”

천무악이 태연하게 대답했다.

“어. 독사 맞아. 요놈한테 물리면 몸이 아주 따끈따끈해지지. 얼마나 따끈하냐면 몸이 바짝 말라서 뼈만 남기고 죽어. 하하하!”

“그, 그, 그런데 그런 놈한테 손가락을 디밀어? 너 미쳤냐?”

“이놈의 피하고 독을 빼내서 술에 섞어 먹으면 몸에 열이 확 오르는 것이 아주 뿅 간다고 사부가 좋아하거든. 예전에 있던 산에서는 사부가 하도 잡아먹어 씨가 말라 버렸는데 이런 데서 보게 되네?”

“그, 그냥 죽이자. 어쩌려고 그래?”

“조용히 하고 가만히 있어. 검으로 죽이면 피가 빠져나간단 말이야.”

천무악은 아주 진지한 모습으로 자신의 왼손 검지를 화정사의 앞에 바짝 내밀어 왔다 갔다 움직였다. 그 움직임에 약이 바짝 오른 화정사가 마침내 검지를 공격했다.

쉬잇! 캇! 꿈틀꿈틀!

“헷! 자식, 좀 아플 거다.”

“으…… 응? 저놈 왜 저래? 너는 손가락 괜찮아?”

“당연하지!”

천무악은 손가락에 힘을 잔뜩 준 상태에서 화정사를 화나

게 했다. 화가 난 화정사는 최대의 힘으로 단단해진 검지를
물다가 이빨이 망가져 버린 것이다.

모용중인은 도대체 어떻게 된 일인지 몰랐다. 화정사라는
놈이 천무악의 손가락을 독니로 물더니 그대로 뒤로 넘어가
괴로운 듯 꿈틀거리고 있었으니 말이다.

꿈틀거리며 괴로워하는 화정사를 팔에 칭칭 감고서 천무
악이 말했다.

"자, 이제 우리 내려가자."

"흘! 이놈은 화정사가 아니냐? 이리 귀한 것을!"

노숙할 자리를 봐둔 곳으로 두 사람이 돌아오자 화지천이 기
뻐하며 반겼다. 천무악의 팔에 감겨 있는 화정사를 본 것이다.

"사부가 좋아할 것 같아서 잡아왔습니다. 좋습니까?"

"암! 좋지! 화주를 많이 사 오길 잘했어. 오늘은 완전 잔치
구나, 잔치야! 크흘흘흘!"

화지천이 자신이 사 온 화주를 모두 꺼내놓으며 즐거워했다.

"그런데 어르신, 이거 보니 보통 뱀은 아닌 것 같은데……
내단 같은 것은 없습니까? 하, 하하하! 어, 어르신, 왜 그러십
니까?"

모용중인이 기대 가득한 얼굴로 화지천에게 묻다가 살인
적인 안광(眼光)을 마주하고 움츠러들었다.

"이딴 독사들을 잡아서 무슨 내단이 나올까. 이놈이 영약

취급받는 놈도 아니고 말이야. 그리고 만약 내단이 나온다고
해도 그것이 도움이나 될 거 같아? 하지만 이 화정사는 내단
따위와 비교도 할 수 없는 화, 황홀감을 준단 말이다. 아아!"

"아… 네……."

화지천은 술을 마시지도 않고 그 기분에 취했는지 눈이 몽
롱하게 풀려갔다. 몸까지 부르르 떠는 화지천을 보며 모용중
인은 황당한지 조용히 대답했다.

"그만 좀 하세요! 정말 변태도 아니고, 내가 다 쪽팔리네.
확 그냥 통째로 구워 먹어버립니다."

"아, 안 돼! 흘흘흘!"

"그럼 적당히 하시죠."

"그러마. 그러겠다. 그러니 제발……."

화지천이 너무 주책을 부리자 천무악은 사부가 부끄러웠
는지 나서서 말렸다.

천무악이 화정사를 불 위로 올리려고 하자 감짝 놀라서 화
지천이 불쌍한 표정을 지었다. 그 표정이 너무 안쓰러워 보는
사람들로 하여금 절로 안타까운 마음이 들게 만들 정도였다.

'진짜 이게 뭐 하는 짓인지!'

천무악은 인상을 와락 구기며 가지고 있던 화정사를 화지천
에게 던졌다. 화지천은 너무 행복해하며 술 제조에 들어갔다.

"아! 사부, 독 몇 방울만 따로 남겨줘요. 중인이 따로 먹일
거예요."

천무악은 갑자기 생각났는지 독을 짜내는 화지천에게 부탁했다. 화지천은 썩 내주고 싶지 않은지 입을 불퉁거리며 물었다.

"어, 얼마나? 흘! 많이 먹음 저놈 말라 죽을 텐데?"

"쳇! 아까워하시긴. 안 죽을 정도만 줘요."

"그래? 흘! 해독 성분 있는 피는 아예 안 챙기고?"

"어차피 안 죽을 정도만 먹이려고 하는데 피는 필요없어요. 피는 사부 다 드세요."

천무악과 화지천이 하는 대화를 듣고 모용중인은 놀라 다리가 후들거렸다. 사람이 말라 죽는 독이라면서 그것을 자신의 의사도 묻지 않고 먹이겠단다.

"무슨 짓이야! 난 안 먹어! 장난도 정도껏 해야지!"

사약을 언도받은 사람처럼 모용중인은 완강히 거부했다. 옆에서 보고 있던 모용화린도 두 사람의 장난이 심하다고 생각했는지 심각한 표정을 짓고 있었다.

"나 참. 야, 내가 너 죽여서 무슨 득을 보겠다고. 죽지 않을 정도만 마시면 오히려 몸에 좋아. 열 기운이 혈맥을 강하게 해주고 기의 활성화에 도움이 되니까 먹어둬."

천무악이 먹이려는 이유를 설명했지만 모용중인의 얼굴은 풀리지 않았다. 죽지 않을 정도라고 말했지만 만약 양을 잘못 조절해서 죽을 정도가 될지도 모르는 일이었다.

"아, 아까 어르신이 영약 취급받는 놈도 아니라고 했는데 무슨 도움이 된다고 먹으라는 거야? 죽지는 않겠지만 죽을 만큼 괴롭게 하려고 일부러 먹이려는 거 아냐?"

아직 여러 부분에서 불안한 것이 있었는지 먹이려는 이유를 몇 차례에 거쳐 계속 묻고 있는 모용중인이다.

"아, 진짜 말 많네. 그럼 먹지 마! 영약은 아니지만 무공을 익히는 데 조금 도움이 돼서 먹으라는 것이지 다른 의미는 없었다. 그리고 내 생각엔 무공이라는 놈은 어떤 작은 변화에도 기연이 깃들 수가 있어. 혹시 아냐? 화정사의 독이 너에게 기연이 될지도."

"기, 기연!"

모용중인은 기연이라는 말에 고민했다. 천무악이 말하는 것으로 봐서는 분명히 죽지는 않겠지만 고통은 따를 것이다. 갑자기 찾아올지 모르는 기연을 생각하느냐, 아님 고통을 생각하느냐. 모용중인은 기연이었다.

"좋아, 먹겠다!"

"잘 생각했어. 혹시 아냐? 너도 나처럼 갑자기 격공섭물이 될지 말이야."

"겨, 격공섭물! 야, 그거 빨리 가져와. 일단 먹어보자."

아까 천무악이 보여줬던 격공섭물을 머리에 그리자 독이든 뭐든 간에 일단 먹어보고 상황을 판단하자고 마음을 정했다.

화정사의 독이 든 병을 손에 쥔 모용중인은 심호흡을 했다.

‘후읍. 오늘이 지나면 새로운 내가 되어 있을지도 모른다. 기연은 언제 깃들지 모르는 것이기 때문에! 모용중인 넌 할 수 있다!’

마음을 단단히 먹은 모용중인이 독을 들이켰다.

토옥! 토옥! 토옥!

화끈거리며 목을 넘어가는 세 방울.

가부좌를 틀고 앉아 운기를 했다. 몸을 관망해 보니 독은 빠른 속도로 몸 전체에 퍼졌다. 그리고 피가 들끓기 시작했다.

‘오옷, 열기가 보통이 아닌데! 몸에 불이 난 것 같아! 하지만 참고 참아서 내 의지대로 독을 움직여 몸에 활력을 불어넣어 줘야 한다!’

모용중인의 온몸이 땀으로 범벅이 되어갔고 피부색은 뻘겋게 변해갔다.

‘힘들다. 정말 타 죽을 것 같아! 크윽, 그래도 참아야 한다! 견뎌야 해! 우오옷!’

시간이 지나자 모용중인의 코에서 피가 나오기 시작했다. 그리고 몸이 고통에 들썩거렸다. 옆에서 보고 있는 모용화린은 안절부절못하고 어쩔 줄 몰라 했다. 그때, 뒤에서 대화 소리가 들렸다.

“사부, 내기한 거예요. 중인이가 이틀 만에 해독하면 다음 노숙 때 밥 당번은 분명히 사부입니다.”

“흘흘! 오냐, 대신 이틀이 지나면 또 네놈이 해야 하는 거다.”

"당연한 말씀! 흠, 그건 그렇고, 정말 죽고 싶을 정도로 힘들 텐데 잘 견디네요?"

"정말 그러네. 원래대로라면 지금쯤 바닥을 구르고 있어야 정상인데 말이야. 흘흘흘!"

화정사의 독은 화지천이 동굴에서 나온 천무악에게 수시로 먹였던 것이다. 물론 엄청나게 고통스러워했던 천무악이지만 그게 또 자신의 일이 아니면 느긋하게 관망이 가능한 일이었다.

'지, 지금 저 인간들이 무슨 이야길 하는 거야!'

모용화린은 두 사람의 대화에 얼굴이 창백해졌다. 지금 자신의 오라비를 두고 내기를 하다니. 이건 분명히 무엇인가가 잘못된 것이라 생각하고 모용중인을 깨우려 다가갈 때 변화가 생겼다.

모용중인이 가부좌를 풀고 자리에서 벌떡 일어난 것이다.

"오, 오라버니? 괜찮으……."

"으아아아악! 죽을 것 같아!"

갑자기 바닥을 데굴데굴 구르는 모용중인이다.

"크흘흘흘! 역시!"

"그래, 저래야 제맛이지. 안 그렇습니까, 사부? 크하하하!"

화지천과 천무악의 웃음소리가 주변으로 퍼져 나갔다.

이틀 후, 네 사람은 여전히 관도를 걷고 있었다.

그 사이에 모용중인은 많이 수척해졌다. 입술은 바짝 말라 있고 눈 주위는 퉁퉁 부어 앞이 보이나 의심이 될 정도였다. 독을 마신 지 이틀이 지났지만 완벽하게 독을 이겨낸 모습이 아니었다.

"화, 화린아, 무…… 물."

모용중인은 아직도 몸에 열기가 많이 남아 있어서인지 수시로 물을 마셔댔다. 그 모습을 보고 있자니 천무악도 마음이 편치는 않았다. 슬그머니 다가가 모용중인의 옆에 섰다.

"많이 힘드냐? 지금이라도 그냥 독기 몰아내 줄까?"

"저리 꺼져. 지금이라면 정말 널 죽일지도 모르니까."

천무악의 말에 모용중인은 이빨을 꽉 물었다. 갑자기 울컥하고 화가 났기 때문이다. 하지만 그것을 토해내지는 않았다.

아주 미세하지만 혈맥이 넓어진 것이 느껴졌다. 기가 힘차게 돌고 있었다. 결국 자신은 강해지고 있는 것이다.

비록 엄청난 고통은 따랐지만 조금이라도 강해질 수 있다면 참아야 했다.

모용중인의 눈에서 엄청난 투지를 느낄 수 있었다. 그리고 그것을 뒤에서 옅은 미소로 바라보고 있는 천무악이었다. 물론 내기에 진 천무악은 노숙할 때마다 밥 당번을 해야 했다.

第八章

무림맹

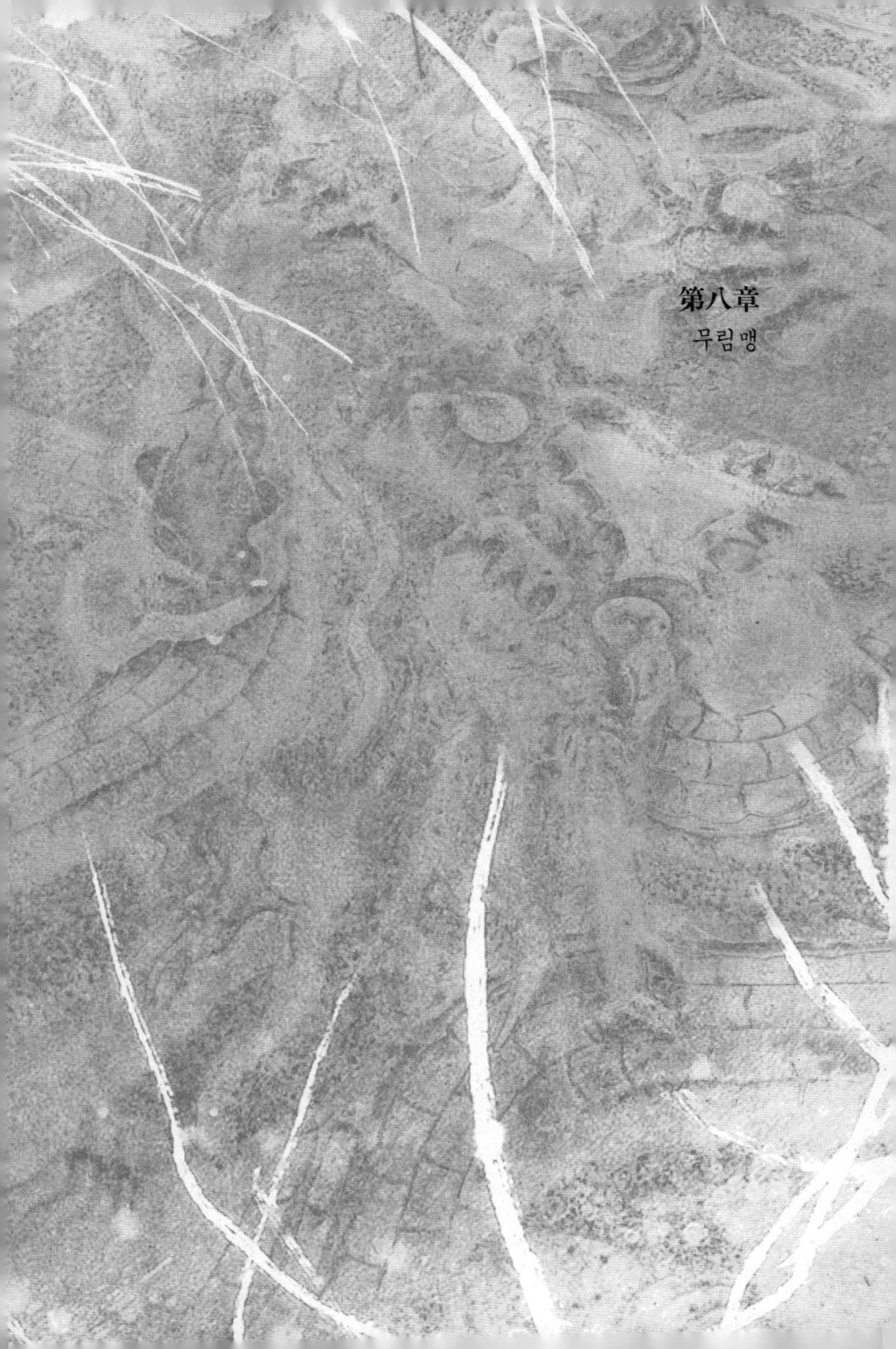

천무악 일행이 드디어 무림맹이 있는 호북 무한에 들어섰
다.

모용중인은 다시 예전의 모습을 찾았다. 아니, 오히려 혈색
도 좋고 더 활기차게 변한 것 같았다.

큰 깨달음이나 기연이 온 것은 아니었지만 자신의 의지를
더 단단히 만들고, 무공을 익히기에 좋은 몸이 된 것은 확실
하다고 모용중인은 느끼고 있었다.

그래서 무한으로 오는 동안 부쩍 천무악에게 비무를 하자
고 졸랐다. 물론 만날 얻어터졌지만.

네 사람은 세상 유람이라도 하듯 느긋하게 왔기 때문에 예

상보다 너무 늦게 도착했다.

　호북 무한의 거리는 초입부터 사람들로 인산인해를 이루고 있었다. 정파무림대회의 접수가 하루 앞으로 다가왔기 때문에 거리에는 묘한 두근거림으로 가득했다.

　"흠냐, 혹시 이 많은 사람들하고 다 붙어야 하는 건 아니지? 무슨 사람들이 이렇게 많아!"

　천무악은 혹시나 하는 마음에 모용중인에게 물었다.

　"하하하! 그럴 리가. 십 년에 한 번 있는 큰 대회라서 그래. 일단 무림대회 접수는 내일 시작하고 접수가 끝나면 바로 무공 능력을 알아보는 시험을 치르게 돼."

　"시험?"

　그런 소리를 처음 들어보기 때문에 천무악이 되물었다.

　"응. 실력 미달인 사람까지 다 경기를 치르게 되면 보름이 지나도 끝나지 않기 때문에 미리 걸러내는 거지. 무림대회 시작 당일부터 사 일간에 걸쳐 대진표에 의해 경기를 치르게 돼."

　"그럼 시험은 어떤 방법으로 치르게 되는 건데?"

　"솔직히 별거 없어. 그냥 운철이라는 바위에 흠집만 내면 통과. 하지만 운철은 검기를 사용할 수 있는 능력이 없다면 흠집을 낼 수 없기 때문에 적어도 무림대회는 검기를 기본적으로 사용할 수 있는 사람들만 치르게 된다는 거지."

　"방법은 좋은데 귀찮기는 하네. 그런 것도 거쳐야 하고."

　천무악은 한 개의 관문이라도 존재한다는 것이 귀찮았다. 하지만 많이 싸우지 않아도 되고, 혹시나 잘못 때려도 죽지 않을 놈들만 골라낸다고 하니 그나마 고개를 끄덕이며 수긍했다.

　"삼등까지는 부상으로 운철로 된 병기가 주어져. 자신이 원하는 것으로 무림맹에서 만들어주거든. 운철이라는 것이 아주 귀하기도 하지만 그 광석을 다루는 장인도 몇 안 되니 그 병기는 엄청난 보물이라 봐야겠지."

　"뭐, 그런 것은 관심없어. 그런데 이제 우리 어디로 가? 배고픈데."

　천무악에게는 병기가 따로 필요없으니 그런 부상은 관심 밖이었고, 일단 배가 고프다 보니 어디로든 얼른 가고 싶었다.

　천무악의 말에 이곳저곳을 기웃거리던 모용중인이 난처한 표정을 지었다.

　"어르신, 어쩌죠? 상황을 보니 숙소 구하기가 쉽지 않겠는데요?"

　모용중인의 말에 화지천도 거리를 한번 둘러보더니 그렇겠다는 생각을 했다. 거리에 있는 이 많은 사람들이 도대체 어디서 묵고 있는지 궁금할 정도로 붐볐으니 말이다.

　일찍 도착해 숙소를 잡은 사람들은 여유가 있었지만 너무 늦게 도착한 천무악과 비슷한 사람들은 방이 없어 길거리에서 노숙하는 자들도 있었다.

그 모두가 정파무림대회에 참여하거나 구경하기 위해 온 사람들이었다.

대문파라면 무림맹 안에 숙소가 정해졌지만 이름없는 중소문파나 낭인들까지는 숙소를 정해주지 않았기에 무한에 있는 객잔과 음식점들은 호황을 누리고 있었다.

"야, 모용세가라면 그래도 한때 이름을 날렸다면서? 그럼 무림맹에서 숙소를 정해주지 않을까?"

천무악의 물음에 모용중인의 얼굴이 씁쓸한 표정으로 변했다.

"안타깝게도 십 년에 한 번 있는 무림대회 때마다 무림맹으로 가봤지만 숙소를 정해준 적은 없다고 아버지로부터 들었다. 그런 것은 꿈꾸지 않는 것이 좋을 것 같아."

모용중인은 세가가 약해졌다고 이렇게 사소한 것에도 등 돌리는 현 무림맹에 섭섭했는지 시큰둥하게 말했다.

그때, 무엇인가 잠시 생각하던 화지천이 앞으로 나섰다.

"흘! 일단 무림맹으로 가보자꾸나. 내 친우 놈에게 말하면 아마 숙소 정도는 얻을 수 있을 것 같으니. 그놈은 무림맹에서 힘깨나 쓰거든. 흘흘흘!"

화지천이 당당히 말하며 무림맹이 있는 곳으로 앞장서 걷기 시작했다.

무림맹(武林盟).

천하 무림의 거대 세력인 정파를 이끌어가고 있는 구심점으로, 그 어느 세력도 건드리기 두려워하는 명실상부한 최강의 집단이다.

예전에는 하남의 낙양에 있었지만 오십 년 전 정마대전 때 호북 무한으로 옮겨왔다. 대전 중 무림맹이 압도적으로 밀리는 바람에 원래의 터전을 버리고 호북까지 밀려났던 것이다.

현재는 낙양에 있을 때보다 거대해진 규모와 함께 무사의 수도 압도적으로 늘어나 있는 상태다. 각 문파에서 차출되어 나온 무사들이 삼 년에 한 번을 주기로 교대하며 무림맹을 지켰기에 항상 무사들로 넘쳐났다.

예전의 힘보다 더 강해진 무림맹을 어느 새로운 세력이 맞서 싸운다는 것은 실로 어려운 일이 되어버렸다.

하지만 많은 세력이 모여 있다는 것은 안팎으로 규합하기도 쉽지 않은 일이었기 때문에 이번처럼 정파무림대회를 계기로 화합의 장을 마련하고 있었던 것이다.

이번 정파무림대회에 삼위 권 안에 들어가는 사람에게는 엄청난 부상과 함께 새로운 임무가 주어진다는 것은 무림맹 내부만 알고 있는 사실이었다.

천중산에 있는 천무악의 집이 세 개는 통째로 들어갈 만큼 큰 무림맹의 정문.

화지천을 비롯해 세 사람은 누군가를 기다리고 있었다.

무림맹의 정문을 지키는 위사는 눈에 힘을 주며 이들을 지키고 있었다.

무림맹 정문 위사 장초출은 조금 전에 있었던 일로 지금 바짝 긴장한 상태였다.

무림맹의 굳건한 위세에 용건이 있는 사람을 제외하고는 쉽게 다가오지 못하는데 자신의 눈앞에 있는 무리는 거칠 것 없이 당당하게 다가왔었다.

뭐 하는 인간들이기에 저렇게 당당한지 궁금했는데 일행 중 나이가 가장 많아 보이는 자의 말로 인해 흥분하지 않을 수 없었다.

"들어가 소림의 청목이를 불러와. 흘흘흘!"

'허참! 이 늙은이가 장난치나. 소림사의 청목 대사님이 뉘 집 개 이름도 아니고, 어디서 오라는 소리를 당당하게 하냐!'

장초출은 입에서 욕이 바가지로 나오려는 것을 참으며 조용히 이 이상한 노인네를 타일렀다. 왜냐하면 자신은 공명정대하고 의로운 무림맹의 정문위사이기 때문이다.

"저기 영감님, 소림사의 청목 대사님은 지금 굉장히 바쁘십니다. 아무나 부른다고 나오실 수 있는 분이 아니란 말입니다. 워낙 유명하신 분이다 보니 영감님이 이렇게 이름을 쉽게 말씀하시는 것 같은데 소림사의 승려들이 보면 경을 칠 일입니다. 얼른 저쪽으로 가십시오."

화지천은 정문위사가 자신의 말뜻을 이해 못한 것 같아 다시 말했다.

"아니, 내가 청목이 친우 되는 몸이니……."

"영감님, 제가 좋은 말로 하니 못 알아들으시는 것 같은데 청목 대사님이 영감님 만나러 나올 일은 없으니 저쪽으로 가시라고요! 계속 이러시면 제가 힘을 쓰는 수밖에 없습니다."

정문위사가 자신의 말을 이해 못한 것이 아니라 무시하고 있다는 것을 알게 되자 화지천은 길길이 날뛰었다.

"야, 이 자식아! 내가 내 친우를 불러달라는데 뭔 말이 그렇게 많아! 그리고 뭐? 힘을 써? 내 그냥 이 자식을……. 크으! 됐고, 가서 악괴가 왔다고 전해라! 그럼 나올 것이야!"

"아, 아, 악괴!"

장초출은 화지천이 날뛰어도 귀엽다는 듯이 보고 있다가 갑자기 튀어나온 별호에 깜짝 놀랐다. 갑자기 여기서 악괴라는 별호를 들으니 당황할 수밖에 없었다.

자신은 제대로 본 적도 없는 인물이지만 소문만큼은 귀가 닳도록 들었으니 말이다. 굉장히 위대한(?) 인물이라고.

"저, 정말 아, 아, 악괴 어르신입니까?"

그렇다고 덜컥 믿을 수도 없는 일이다. 확실하게 신원을 확인해야 했다. 악괴라는 인물은 근 이십 년간 아무 소식도 들리지 않았던 인간이니 말이다.

"그럼 악괴가 나 말고 또 누가 있었어? 그거 아니면 잔말 말고 어서 청목이나 불러와! 흐흐!"

"예, 옙! 잠시만 기다리십시오."

장초출은 신속하게 움직였다.

'일단 밑져야 본전이다. 청목 대사님과 같이 온화한 분이라면 이 인간이 악괴가 아니라도 웃으면서 넘어갈 수 있을 것이다. 하지만 만약 이 인간이 정말 악괴인데 내가 버티면……내 콧구멍은 반드시 뚫릴 것이다.'

속으로 생각을 정리한 장초출은 무림맹 안으로 들어가 다른 당직자에게 말을 전하라 하고 다시 정문에 바짝 긴장하며 서 있었다.

잠시 후, 정문으로 경공을 펼쳐 날아오는 승려가 보였다.

넓은 이마에 계인을 찍고 인자한 얼굴을 한 키 큰 늙은 승려였다. 긴 수염을 흩날리며 한걸음에 도착한 승려는 화지천을 보자 아주 밝게 웃으며 말했다.

"이 꼴통새끼, 진짜로 왔구나!"

"키만 큰 멀대같이 생긴 놈아, 그래, 왔다! 잘 지냈냐? 흐흐흘."

"허허허. 정말 반갑구나, 이 자식아! 네놈의 개차반 같은 성격에 아무 일 없이 올까 하고 걱정하며 지냈다."

두 사람의 해후(邂逅)를 구경하던 천무악을 제외한 사람들의 눈이 망둥이 눈처럼 튀어나왔다.

화지천이야 그렇다 쳐도 이름있는 고승이라기에 생긴 것
처럼 인자한 성품일 것이라 예상한 청목 대사가 오자마자 욕
으로 시작하니 그 환상이라는 놈이 와장창 깨져 버렸다.

특히나 장초출은 무림맹에 있으면서 멀리서나마 청목 대
사를 볼 기회가 꽤 있었다.

그때마다 항상 인자한 웃음으로 모두를 예(禮)로써 대하던
사람이 저런 걸쭉한 언행을 보이니 당황스러움을 감출 수가
없었다.

"제자야, 내 친우 청목이란 놈이다. 인사해라. 흘흘흘."

화지천은 자신의 친우를 제자에게 자랑하고 싶었는지 큰
소리로 소개했다. 하지만 청목 대사가 멀리서 다가올 때부터
놀라고 있었던 천무악은 제대로 인사를 할 정신이 아니었다.

겉으로는 허허롭게 보였지만 몸 깊숙한 곳에 숨겨진 엄청
난 거력을 느꼈기에 충격을 받은 상태였다.

"제자야, 뭐 하느냐?"

"아! 죄송합니다. 제가 잠시 다른 생각을 하느라……. 처음
뵙겠습니다. 천무악이라고 합니다."

인사를 받으며 청목 대사는 아주 부드러운 얼굴로 천무악
을 바라봤는데 표정과는 다르게 눈빛만큼은 무엇을 살피는
듯 날카로웠다.

청목 대사와 눈을 정면으로 마주한 천무악은 갑자기 자신
의 몸에서 소름이 돋는 것을 느꼈다.

　주위를 맴도는 기의 흐름은 평화로웠지만 청목의 눈에서 순수하지만 중후한 내력의 기세와 마주했기 때문이다. 그 기세는 자신의 몸을 옭아매듯 감싸기 시작했는데, 그것을 가만히 보고만 있기는 싫었다.

　이것은 자신을 시험하고 나아가서는 사부의 안목을 보는 것과 다름이 없었기에 당하고만 있을 수 없었다.

　눈을 감고 천능동해각법을 이용해 자신의 내공과 의지를 담아 기를 펼쳐 갔다. 기와 기가 얽혀 잠시 힘겨루기를 하듯 밀고 밀리다 결국 한줄기 바람으로 동화되어 흩어져 버렸다.

　자신의 기세를 이겨낸 천무악을 청목 대사는 진실로 놀라워하며 말했다.

　"허허허! 네놈 말대로 제자 하나는 잘 둔 것 같구나. 자랑할 만해. 내가 네 사부의 친우 청목이라고 한단다. 반갑구나. 만약 내가 도울 일이 있다면 언제든 편하게 말해라. 최선을 다해 도와줄 것이니 말이다. 허허허!"

　청목 대사의 말에 화지천은 어린아이의 미소처럼 순수하게 웃었다.

　자신의 자랑스러운 제자가 절대십천(絶代十天)이라 불리는 최고수 중 오왕의 수좌인 권왕에게 칭찬을 받아서 기쁜 것이 아니었다.

　그저 하나뿐인 친우에게 진실로 인정받는 것이 너무 좋았던 것이다. 그리고 청목 대사는 반대로 자신의 친우 화지천에게 희망을 준 천무악이 너무나 고마웠다.

한때는 뜻대로 되지 않아 좌절하며 많이 힘들어했는데, 일 년 전에 본 모습은 예전의 그가 아니었다.

그것이 다 눈앞에 있는 천무악 때문이라는 것을 알기에 모든 것이 기꺼워 보였다. 거기다가 모든 것을 파악할 수는 없었지만 잠깐 느끼기에 심상치 않은 경지에 다다른 것 같아 놀랍기도 했다.

"그런데 여기 이 후배님들은 누구신가?"

청목 대사를 바라보며 정신을 놓고 있던 모용중인은 깜짝 놀라며 긴장된 목소리로 말했다.

"예, 옙! 저는 현 모용세가의 장남 모용중인이라고 합니다. 옆에는 제 동생 모용화린입니다."

"아, 모용세가의 자제들이구먼. 허허허! 만나서 반갑네. 일단 우리 여기서 이러지 말고 안으로 들어가지."

청목 대사는 얼굴에 함박웃음을 지으며 천무악 일행을 무림맹 안으로 안내했다.

모두가 다 안으로 들어가고 혼자 남은 장초출은 목숨이 왔다 갔다 하는 경험을 해서인지 숨을 헐떡이고 있었다.

무림맹 안.

"정말 우리가 이 숙소를 사용해도 돼?"

"그럼! 당연히 내 친우를 위한 숙소인데 이 정도는 돼야지.

안 그래? 허허허!"

"크흘흘흘! 역시 권왕의 이름이면 이 정도는 문제가 없구나. 내가 친우 하나는 잘 둔 것 같단 말이야."

"그렇게 생각해 주면 고맙고. 허허허."

천무악 일행은 청목 대사가 마련해 준 숙소를 보고 입을 떡하니 벌렸다. 신경 써줬다는 것을 단번에 알 수 있게 으리으리하고 호화로운 장식으로 꾸며져 있는 건물이었던 것이다.

주변에 있는 다른 건물들과 따로 떨어져 있어서 지내기에도 좋았다.

"아무래도 네놈이 다른 문파와 붙어 있으면 분명 말썽이 생길 것 같아 이렇게 따로 떨어뜨려 놨다. 허허허."

"쳇! 그럴 것 같긴 해. 점창파 그놈이 아직 나를 기억하려나? 흘!"

"제발 이번에는 그냥 잘 넘어가길 바랄 뿐이다. 네놈이 먼저 시비를 걸어선 절대 안 된다. 내 얼굴을 봐서라도 좀 참아라."

"이놈아, 내가 언제 먼저 시비 건 적이 있더냐? 건드리지만 않으면 그럴 마음 없으니 걱정 붙들어 매라. 흘흘!"

"식사도 이쪽으로 보낼 테니깐 일단 푹 쉬어라. 난 일이 있어 이만 가봐야겠다."

"그래. 어쨌든 고맙다. 나중에 보자."

대화가 끝나자마자 청목 대사는 멀리 보이는 고루거각으

로 향했다.

청목 대사가 가길 기다렸다는 듯이 천무악이 화지천에게
물었다.

"사부, 친우라는 분은 얼마나 강한 겁니까? 저런 기운은 처
음 느껴봅니다. 혹시 천하제일인 아닙니까?"

화지천이 이해한다는 표정으로 피식 웃었다.

"천하제일인을 다투기는 하겠지만 아직은 아니다. 언젠가
는 될지도 모르지. 왜? 많이 놀랐냐? 흘! 내 친우가 좀 쓸 만하
지. 흘흘!"

천무악은 진지한 얼굴로 고개를 끄덕였다.

자신이 기감으로 느껴본 바, 쉽게 범접할 수 없는 기운을
몸에 지니고 있었는데, 저러고도 천하제일인이 아니라면 도
대체 어떤 인간이 그 칭호를 얻을 수 있는지 궁금했다.

"현재 천하제일인에 가까운 존재라면 절대십천이라는 열
명이 있지만 상위에 있는 자들도 당당하게 자신이 최고라고
말하기는 어려울 거야. 뭐, 이황(二皇)이라면 다르겠지
만……."

"세상에는 강한 자들이 굉장히 많군요. 새삼 무림이라는
곳이 굉장하다고 생각되네요."

"왜? 저런 사람들에게는 꼼짝도 못할 것 같으냐? 흘흘!"

화지천의 말에 천무악이 발끈하며 소리쳤다.

"저 사람들이 강한 것은 사실이지만 덤비지 못할 것도 없

습니다. 절대로 쉽게 지지 않을 자신은 있으니까요!"

"그래도 이긴다는 소리는 안 하는구나. 크흘흘흘!"

화지천이 염장 지르는 소리를 계속하자 짜증이 나는 천무악이다.

"쳇! 전 들어가 쉴 겁니다!"

천무악과 화지천이 들어가고 둘만 덩그러니 남은 모용 남매는 들어가지 않고 멍하니 있었다.

일단 화지천이 말한 친우가 권왕이라고는 생각지도 못했고, 무림맹 입구에서 말을 듣고도 거짓이라 생각했는데 사실이었기 때문에 놀랐다. 거기다가 권왕과 맞붙을 수 있다는 말에 어이가 없었다.

절대십천이 누구인가. 하늘 위에 하늘이 있다는 천외천(天外天)의 존재들이 아니던가.

자신들로서는 꿈도 못 꿀 존재들을 거론하는 두 사람이 신기할 뿐이었다. 물론 천무악이 그런 사람들과 맞붙을 수 있다고는 생각지도 않았다. 그런 것은 오십 년은 지나야 가능하다고 생각하는 두 사람이다.

다음날, 드디어 정파무림대회의 접수가 시작됐다.

아침부터 시작해 무림맹 정문에는 수많은 사람들이 몰려들어 미어터질 지경이었다. 네 곳의 접수대 중 세 곳에서 사람들이 줄지어 차례로 들어가 명부를 작성하고 있었다.

　명부를 작성하고 나면 곧바로 무림맹 안으로 들어가서 접수 시험을 봐야 했다.

　무림맹 대연무장의 중앙에는 거대한 시꺼먼 바위가 놓여 있었다. 이것이 모용중인이 말한 운철이었는데, 사람들이 바위 앞에 서면서 자신의 이름을 큰 소리로 말하고는 무기를 이용해 흠집을 내면 시험은 통과였다.

　통과하게 되면 심사관이 큰 소리로 ‘통(通)’이란 소리를 지르고 명부에 결과를 적었다.

　천무악과 모용중인, 그리고 모용화린은 시험장에 늦게 나왔다. 일찍 나와서 대기해 봤자 기다리는 시간만 길어질까 봐 그랬지만 접수 시험은 생각 외로 신속히 진행되었다.

　접수하는 사람들 중에 통과하는 사람은 일 할가량밖에 되지 않았기 때문이다. 여러 행동을 할 것도 없고 바위에 흠집을 내느냐 못 내느냐는 단 한 가지의 시험이었기에 떨어지고 억울해하는 사람도 많았다.

　자신의 신법은 귀신도 못 쫓아온다며 부르짖는 사람이 있었고, 화려한 초식으로 우승도 할 수 있다며 검을 휘두르는 사람 등 탈락한 많은 사람들이 무림맹 앞에서 시위 아닌 시위를 하고 있었다.

　“다 뭐 하는 사람들이야?”

　“뻔하지. 운철에 흠집을 만들지 못하고 떨어져서 억울해하는 사람들이지. 기를 밖으로 뽑아낸다는 것이 그렇게 어려운 일은 아니나 모두에게 쉬운 것은 아니니까. 대신 자신들이 자신있는 분야를 보이며 한번 봐달라고 하는 것 아니겠냐?"

천무악의 물음에 모용중인이 설명을 했다.

"말도 안 되는 짓을 하고 있군."

천무악은 초식이든 신법이든 내공을 밑바탕으로 조화를 이루지 않으면 대성할 수 없다고 생각했다. 조화라는 것을 깨닫고 실현해 냈을 때는 극소량의 내공으로도 기를 밖으로 뽑아낼 수 있었다.

하지만 저자들은 그 조화를 이루지 못하고 한곳으로 편중되어 나타난 결과다. 그런 자들은 억울해할 필요도 없었다. 노력의 부족이었으니.

그때, 뒤에서 천무악의 말에 동의하는 목소리가 들렸다.

"정말 자네 말대로 부끄러운 짓을 하고 있군. 저런다고 달라지는 것도 아닌데……. 후딱 돌아가서 수련이나 하는 것이 좋을 것을. 쯧쯧!"

세 명의 시선이 목소리의 주인공에게로 갔다.

그들의 뒤에는 칠 척 장신에 거대한 도를 어깨에 메고 있는 장한이 보였다. 얼굴에는 흉터가 많았지만 웃고 있는 모습이 싫지는 않은 인물이었다. 온몸의 근육이 살아 있는 것처럼 움직일 때마다 꿈틀거렸다.

"아? 어이쿠. 이거 미안하네! 크하하! 내가 남의 이야기에 끼어든 꼴이 되었구만. 반갑네, 나는 차주철이라 하네. 이딴 시험은 쉽게 통과해야지 않겠나. 하지만 저렇게 빌빌거리는 모습들을 보니 큰 기대를 품고 온 내가 한심해 보여서 말이야. 쯧쯧!"

차주철이라는 장한은 너스레를 떨며 큰 소리로 웃었다. 하지만 너무 큰 소리에 사람들의 시선이 집중되고 말았다. 거기에다가 떨어진 사람들을 조롱하는 어조로 말하지 않았던가.

시험에 떨어지고 억울하다며 설치던 사람들이 눈에 쌍심지를 켰다.

"네놈이 뭔데 우리를 조롱하는 것이냐! 너 따위에게 그럴 자격이 있다고 생각하는 것이냐?"

"네놈이야말로 떨어지고 와서 징징거리며 울지 마라!"

떨어진 사람들이 여기저기서 아우성치며 차주철에게 손가락질을 했다. 그렇지 않아도 화를 풀 곳이 없었는데 잘 걸렸다는 심보로 그러는 것 같았다.

"헹! 능력도 없어서 떨어진 것들이 어디서 이 어르신에게 손가락질이야!"

코웃음을 친 차주철이 어깨에 메고 있던 거대한 도를 들어 바닥에 내려쳤다.

콰앙!

엄청난 굉음과 함께 바닥에 일 장 깊이의 구덩이가 만들어졌다. 도에서 기가 느껴지지 않는 것이 내공을 사용하지 않고 신력(身力)으로만 그런 결과를 냈다는 것을 알 수 있었다.

"어디서 건방지게 내 앞에서 입방아를 찧어! 혼나고 싶은 놈은 내 앞으로 와서 모가지를 길게 빼라! 시원하게 잘라줄 테니!"

차주철이 꿈틀거리는 용이 음각되어 있는 도를 다시 어깨에 메며 소리쳤다.

그 도를 유심히 본 사람들이 기겁하며 외쳤다.

"패, 패룡도 차주철이다!"

"나, 낭왕의 제자다!"

낭왕 사중기, 낭인들의 왕으로 절대십천의 일좌를 차지하고 있는 절대고수다. 그의 하나밖에 없는 제자가 지금 이곳에 나타난 것이다.

차주철의 이름이 널리 알려진 것은 아니었지만 낭인들의 입소문을 타고 알 만한 사람은 아는 장막에 가려진 신진고수였다.

사람들이 저마다 입을 쩌억 벌리고 있을 때, 키 크고 빼빼 마른 인물이 긴 머리로 얼굴을 가린 채 등장하더니 입을 열었다.

"쓸데없는 짓을 하며 여기에 계속 서 있을 거라면 먼저 가게 비켜라. 죽고 싶지 않으면."

사내의 말에 차주철은 기가 막힌다는 표정을 지었다.

"뭐, 뭐? 음침하게 생긴 놈아! 나한테 한 말이냐?"

"그럼 지금 내 앞에 너 말고 누가 있냐?"

“이 자식이!”

차주철의 성격은 다혈질인지 참지 않고 그대로 주먹을 휘둘렀다.

후웅!

차주철의 주먹은 엄청난 풍압이 터뜨리며 의문의 인간을 짓이기기 위해 날아갔다.

휙!

보고 있던 사람 모두와 차주철 본인은 분명히 상대를 때릴 수 있을 것이라고 예상했지만 의문의 사내는 순간적으로 자리를 이동해 모용화린의 앞에 무릎을 꿇고 있었다.

“아리따운 아가씨, 저의 마음을 받아주십시오.”

표정이 진지하고 간절한 것이 장난처럼 느껴지진 않았다.

“네?”

얼굴에 표정 변화가 잘 없는 모용화린도 갑작스런 상황에 당황해하며 뒷걸음질쳤다. 누군가가 갑자기 자신 앞에 나타난 것도 놀랐지만 무릎을 꿇고 고백까지 해오니 당황할 수밖에 없었다.

사라진 인간이 모용화린 앞에 무릎 꿇고 있는 모습을 보고 놀림당했다는 생각이 든 차주철은 부들부들 떨고 있었다.

“이, 이 자식이! 지금 나를 가지고 장난을 쳐!”

차주철은 분노가 극에 달해 의문의 사내에게로 걸음을 옮겼다. 그의 손에는 어느새 날카로운 예기를 뿜어내는 도가 들려 있었다.

손가락질하던 탈락자들뿐만 아니라 주위에 구경하던 모든 사람들은 침을 삼키지도 못하고 긴장된 얼굴로 두 사람을 번갈아가며 바라보고 있었다.

그때, 같은 복장을 한 무리의 사람들이 무림맹 정문에 있는 접수대로 다가왔다.

"여기에 줄서서 다들 고생이 많군. 우리한테도 함께 접수를 하라고 했다면 정말 못할 짓을 할 뻔했어."

"그러게 말입니다, 대사형. 우리 점창파가 저런 사람들과 같이 접수를 받을 수는 없는 일 아니겠습니까."

"그만하십시오. 듣겠습니다. 괜한 분란을 만들지 말라고 사숙께서 당부하지 않으셨습니까. 그냥 빨리 들어가 접수나 끝내는 것이 좋을 듯합니다."

"사형들한테 말하는 버릇이. 쯧!"

우르르 몰려온 사람들 중 몇 명이 한마디씩 하자 제일 뒤에서 따라가던 가장 어려 보이는 사람이 그들을 타이르는 듯 타박을 하며 네 개의 접수대 중 비어 있는 한곳으로 갔다.

사람들이 몰려오자 접수대에 앉아 있던 접수관이 일어나 공손히 인사하며 말했다.

"기다리고 있었습니다. 여기에 접수를 하시고 바로 시험을 치르시면 됩니다."

접수관의 말에 제일 앞에 있던 사내가 고개를 오롯이 들고

선 말했다.

"귀찮으니 빨리 진행시켜 주시게."

"네, 알겠습니다."

갑자기 무림맹의 정문은 분주해졌다.

"뭐야? 저놈들은 뭐기에 줄도 안 서고 저리로 가는 거야?"

차주철은 저들이 자신들처럼 줄도 안 서고 바로 시험에 직행하는 것이 어이없었다.

"쯧! 보면 모르나? 대문파에게는 혜택을 주는 거잖아. 별것도 아닌 일로 기분 나쁘게 하는군."

의문의 사내가 차주철에게 타박을 하며 대답해 주었다.

"이런 젠장! 저놈들이라고 부처 뱃속에서 난 것도 아닌데 왜 차별해!"

차주철이 화난다는 듯 무림맹 측에 따지기 위해 움직이려 했다.

"그러지 않는 게 좋을 거야. 네 사부의 위신을 깎을 수도 있다."

"크흠!"

차주철은 자신이 일을 만들면 혹시나 사부의 귀에까지 들어갈까 봐 주저하는 모습이었다. 그러다 문득 고개를 돌렸다.

"그런데 이 자식이 지금 누구한테 훈계를 해! 그래, 아까 하던 것 마저 하자!"

자신에게 타박을 주던 사람이 의문의 사내라는 것을 이제야 확인한 차주철은 다시 팔을 걷어붙였다.

"다음 들어오시오!"

그때, 접수관이 큰 소리로 외쳤다.

티격태격하는 사이에 벌써 천무악 일행의 차례가 된 것이다.

"크흠! 일단 접수 시험은 봐야겠군."

차주철이 죽일 듯이 사내를 노려보며 자신의 자리에 가서 섰다.

의문의 사내는 접수관 앞으로 향했다.

"어디의 누구요?"

"사혼문의 위지관이요."

"사혼문? 혹시 사파 아니요?"

접수관은 처음 들어보기도 했지만 문파의 이름에서 으스스한 느낌을 받아 되물었다.

"아니요. 정사지간의 문파요. 음, 사부님의 별호가 귀괴(鬼怪)라고 하면 알겠지요?"

"귀, 귀괴!"

귀괴 음청수. 화지천과 같이 강호오괴의 일인으로 존재감 없이 강호를 행보하다가 강서성 남창에서 패악한 짓을 하던 사파 파천문을 몰살시킨 것으로 유명해진 인물이다.

귀괴라는 별호가 붙은 것은 귀신같은 보법을 사용해 언제 죽었는지 보는 사람도 모를 만큼 빠른 공격을 했기 때문이다.

그리고 풍기는 기세도 음산하고 손을 쓰면 반드시 죽였기 때문도 있지만 말이다.

"흥! 한 가락 하는 놈이라 이거군. 건방을 떤다 생각했더니. 크크크. 이거 대회가 더 기대되는데."

차주철은 사내의 정체를 알게 되니 호승심이 일었는지 눈에 싸우고 싶다는 열망이 가득했다.

위지관은 운철 앞에 서서 소매를 걷었다. 그러자 팔목에 봉황이 음각되어져 있는 순백의 단검이 보였다.

이 단검이 귀괴가 사용하는 무기인 멸혼검(滅魂劍)이었다. 아무래도 사부에게 멸혼검을 물려받은 것 같았다.

위지관이 멸혼검을 빼서 손에 들고 기를 모으자 하얀색의 검기가 검신을 부드럽게 감싸는 것 같더니 순식간에 눈에서 단검이 사라져 버렸다. 걷었던 소매도 원상태로 돌아가 있었다.

그것을 보고 있던 접수 시험 참가자와 탈락자들은 무슨 일이 일어난 건지를 몰라 어리둥절한 표정이었다. 하지만 똑똑히 목격한 천무악과 차주철은 상당히 놀란 눈을 했다.

파앗! 툭!

운철의 한 모서리가 잘려 그대로 바닥에 떨어졌다.

그 짧은 순간에 멸혼검이 운철을 자르고 소매로 다시 들어간 것이었다.

위지관은 자신의 할 일은 다 했다는 듯 그대로 돌아섰고,

심사관이 운철로 다가서 흔적을 확인했다.

"사혼문의 위지관, 통!"

"와아아아아!"

심사관의 말에 사람들은 환호성을 질렀다. 자신들은 파악할 수도 없는 강자에 대한 동경이었다.

그다음으로 운철 앞에 선 사람은 모용중인이다.

검을 들어 정신을 집중하기 시작했다. 심호흡이 끝나자 검에 아지랑이가 피어오르듯 검기가 생기더니 그대로 운철을 향해 내리그었다.

샥!

운철에 두 자 길이의 선이 만들어졌다. 확실하게 화정사의 독을 이긴 후 기를 사용하는 것이 더욱 능숙해진 모용중인이었다. 예전과 다르게 힘들어하는 기색 또한 보이지 않았으니 말이다.

"모용세가의 모용중인, 통!"

모용중인은 안심이 되었는지 숨을 깊게 내쉬고는 다음 차례인 모용화린에게 웃어 보였다.

"최선을 다해. 너라면 할 수 있어."

모용화린은 고개를 끄덕이며 운철 앞에 섰다.

모용화린의 무공은 오라비인 모용중인보다 낮았다. 하지만 여자 후기지수 중에는 수위를 차지하고 있는 인물로 상당한 실력을 가지고 있었다.

　모용화린은 눈을 감고 기를 집중하고 있었다. 자신의 몸속에 있는 내공을 이끌어 검으로 보냈다. 기가 성격을 반영하는 것인지 시리도록 새하얀 검기가 모용화린의 검에 어렸다.

　스각!

　"모용세가의 모용화린, 통!"

　"와아! 역시 빙화다!"

　"아, 어찌 저런 아름다운 검무를 보일 수 있단 말인가."

　모용화린이 접수대에서 자신의 이름을 말했을 때, 주위에 있던 사람들이 깜짝 놀라며 몽롱한 시선을 보냈었다.

　아름다운 생김새를 보고 내색은 안 했지만 혹시나 무림삼화의 한 명이 아닐까 예상했던 사람들은 환호를 했다. 천상의 미녀를 보기가 쉬울까. 한 번이라도 본다면 소원이 없겠다고 생각했던 사람이 한두 명이 아니었다.

　그런데 그런 빙화가 접수 시험까지 통과하자 무림대회 때 한 번 더 볼 수 있지 않을까 하고 기대하는 것이었다.

　그들의 시선을 무시하고 표정 변화 없이 몸을 돌리는 모용화린이다.

　"다음!"

　접수관의 말에 천무악이 접수대로 향했다.

　"천지문의 천무악."

　"가운데 지 자가 무슨 지요?"

　문파의 이름을 적다가 잠시 헷갈렸는지 접수관이 되물었다.

천무악은 아무 말 않고 손가락을 들었다.

"손가락 지? 흠, 문파의 이름이 좀 별나군. 들어가시오."

갸우뚱 머리를 기울이는 접수관을 놔두고 천무악은 안으로 들어가 운철 앞에 섰다. 그리고 천무악이 움직이려는 찰나, 행동을 막는 소리가 들렸다.

"잠깐! 내가 먼저 하겠다!"

모든 사람들의 시선이 소리가 난 방향으로 쏠렸다. 그곳에는 천무악 일행보다 먼저 들어갔던 점창파의 사람들이 아직 자리에 앉아 있는 게 아닌가.

점창파에서 참가하는 세 명 중 두 명은 접수 시험을 치렀다. 하지만 점창파 사람들과 다른 복색을 한 마지막 참가자가 일부러 자신의 차례를 뒤로 미루고 다른 사람들의 무공을 견식하고 있었던 것이다.

고개를 치켜든 얼굴에서 무엇인가 뽐내고 싶어한다는 것이 강하게 느껴졌다. 거기다가 모용화린에게 뜨거운 눈길을 주는 게 확실히 자신의 무공을 자랑하러 나왔다는 것을 알 수 있었다.

"대사형, 말리는 것이 좋겠습니다. 이것은 남을 무시하려고 일부러 그러는 것이 아닙니까!"

"놔둬라. 사소한 일이지만 사람들에게 우리 점창파가 대단하다는 인식을 심어주기에는 좋은 상황인 것 같다."

제일 어려 보이는 청년이 대사형이라는 사람을 설득해 봤지만 소용이 없었다. 무림대회에 출전하는 세 명을 제외하고 구경꾼으로 따라온 나머지 사람들은 열띤 응원까지 보내고 있었다.

"사형! 사람들에게 점창파의 실력을 한번 확실히 보여주십시오!"

"다른 사람들은 잘 보거라. 대문파라는 곳의 저력을 보여줄 것이니! 속가라고 해도 저렇게 강해질 수 있는 곳이 대문파다!"

저마다 한마디씩 하는 응원을 기분 좋게 받으며 사형이라 불린 자는 천무악의 옆에 섰다. 눈치를 주는 것이 자리를 비키라는 것 같았다.

천무악은 하는 꼴들이 우스워서 그냥 자리를 비켰다. 어떻게 나오는지를 한번 보고 싶었던 것이다.

"점창파 속가로 있는 유운문의 기천덕이다. 이번에 영광스럽게도 대점창파의 이름으로 무림대회에 참가하게 됐다."

보통 속가에서 참가하는 자라면 속가 문파의 이름으로 출전한다. 하지만 기천덕이 특이하게 점창파의 이름으로 나왔다는 것은 실력이 범상치가 않다는 것을 의미했다.

구경하는 사람들도 대문파의 실력을 보게 된다는 것에 살짝 긴장한 눈으로 바라보고 있었다.

운철 앞에 선 기천덕은 갑자기 유려한 검무를 추기 시작했다.

검이 느린 것 같다가도 갑자기 빨라지고 덩실덩실 춤만 추
는 것 같았는데 어느새 검은 운철을 베어가고 있었다. 검에는
시퍼런 검기가 두 자나 나와 그 무엇도 거칠 것이 없어 보였
다.

슈각!

운철의 정중앙 부분에 세로로 깊이가 한 자가 넘는 선이 길
게 그어졌다.

심사관은 결과물이 확연히 보이니 제대로 확인하지도 않
고 큰 소리로 외쳤다.

"점창파의 기천덕, 통!"

심사관의 외침에 점창파 문하들에게서 큰 함성 소리가 튀
어나왔다.

"역시 천덕 사형! 제대로 보여주시는군요!"

"봤느냐! 이것이 점창파의 실력이다!"

점창파 문하들의 함성 소리에 다들 고개를 끄덕이며 실력
을 인정하는 분위기였다. 지금껏 자신들이 본 중에 가장 확연
한 결과가 나왔으니 말이다.

모여 있던 사람들은 역시 대문파는 다르다며 수군거렸다.
자신들의 경지와는 너무 비교되었던 것이다.

주위의 반응을 보니 자신들이 예상했던 결과는 충분히 얻
었다고 생각했는지 점창파의 사람들은 흡족한 표정이었다.

그때, 천무악이 아직도 사람들의 감탄에 고무되어 있던 기

천덕 옆에 서서 운철을 바라봤다.

사람들은 대단한 광경을 보고 난 다음이라서 그런지 천무악에게 별 신경도 쓰지 않았고, 기천덕을 포함한 점창파 사람들도 별반 다를 바가 없었다.

하지만 모용 두 남매와 위지관, 그리고 다음 차례인 차주철만큼은 천무악이 어떤 무공을 보이며 통과를 할까 관심 깊게 봤다. 그리고 조금 떨어진 곳에서 지나가던 일남 일녀도 천무악의 얼굴을 확인하고는 놀라 가던 길을 멈추고 유심히 바라봤다.

천무악은 느긋하게 손가락을 들어 일체의 망설임도 없이 그대로 운철을 찔렀다.

푹!

주위에서 그 모습을 보던 모든 사람들은 의문 섞인 눈을 했다. 다른 사람들처럼 기를 사용하는 것처럼 보이지도 않았고 무기도 들지도 않았으니 손가락으로 무엇을 할 수 있겠느냐는 시선이었다.

뽀옥!

그 순간 맑고 청량한 소리와 함께 천무악이 손가락을 뽑아내자 구경하던 사람들의 얼굴이 와장창 일그러졌다.

이 무슨 장난이란 말인가. 사람들이 볼 때는 손가락을 구부리며 운철을 찌르는 척하고 입으로 소리를 내는 것처럼 보였다. 하지만 주위의 반응은 신경 쓰지 않고 그대로 몸을 돌린 천무악이었다.

심사관이 의심 섞인 눈초리로 운철로 다가섰다.

이런 것을 제대로 판단하지 못한다면 심사관으로서 체면이 말이 아니었다.

심사관은 천무악이 손가락을 댔던 자리를 유심히 살펴보다 발견하고 말았다.

도도하게 홀로 뚫려 있는 구멍을.

"처, 천지문의 천무악, 통!"

심사관의 외침에 주변의 구경꾼들은 신기하고 믿을 수 없다며 함성을 질렀다.

"대단해! 어찌 손가락으로 운철에 상처를 낼 수 있단 말인가? 하하하!"

"그러게 말일세. 기를 사용하는 것 같지도 않았는데 말이야!"

천무악의 옆에서 보고 있던 기천덕은 사람들의 감탄 섞인 소리에 있을 수 없는 일이라며 심사관을 제치고 운철을 확인했다.

"이, 이런 말도 안 되는! 고작 손가락 따위로 기를 사용하지도 않고서 어찌 운철에 상처를 낸다는 말인가. 이건 수작을 부려놓았음이 확실하다!"

이대로 진위를 파악하지 못하고 넘어가 버리면 검무까지 추며 기를 뽑아낸 자신의 꼴이 우습게 보일 것이다.

"이 자식아! 도대체 무슨 수작을 부린 것이냐!"

기천덕은 걸어가는 천무악을 막기 위해 소리치며 손을 뻗었다.

기천덕의 손이 천무악의 어깨를 잡는 찰나, 천무악이 뒤로 돌아섰다.

"수작? 무슨 수작?"

"흥! 다른 사람들의 눈은 속여도 가까이에서 본 내 눈을 속일 수는 없다! 수작을 부렸음이 분명하다!"

"허! 눈이 제 역할을 못하나 보군."

말이 끝남과 동시에 천무악이 오른손 검지를 들어 올렸다.

"고작 저딴 것 부수는데 무슨 수작이 필요하지?"

천무악이 그대로 검지를 강하게 튕기자 엄청난 풍압이 접수 시험장을 뒤덮었다.

천무악의 오른손 검지에서 터져 나온 풍압은 기천덕의 머리 바로 왼쪽 옆을 훑고 지나갔다. 거친 바람이 지나간 자리엔 산발머리의 기천덕이 왼쪽 볼을 만지고 있었다.

풍압에 그의 뺨이 빨갛게 쓸린 것이다.

퍼어어억!

강렬한 타격음이 허공을 흔들었다. 천무악이 날린 지기가 폭풍 같은 기세로 운철을 때린 결과였다. 사람들이 모두 놀란 눈으로 운철을 보고 있었다.

쩌저어어억!

운철에서 금이 가는 소리가 들리더니 이내 수박이 반으로 갈라지듯 쩌억 하고 쪼개져 버렸다.

쿠웅!

지축을 흔드는 강렬한 떨림과 함께 접수 시험장엔 먼지가 자욱하게 피어올랐다.

믿을 수 없는 광경에 평소 알고 지내던 모용 남매조차 놀랐을 정도이니 다른 사람들은 어떠할까. 모든 사람들이 턱이 빠질 정도로 입을 벌린 채 천무악의 검지를 뚫어져라 쳐다봤다.

천무악은 그런 시선에도 아랑곳하지 않았다. 손가락을 거둔 채 태연한 얼굴로 기천덕의 눈을 노려볼 뿐이었다.

"이것도 수작이라 해보시지?"

『무적지존』 제2권에 계속…

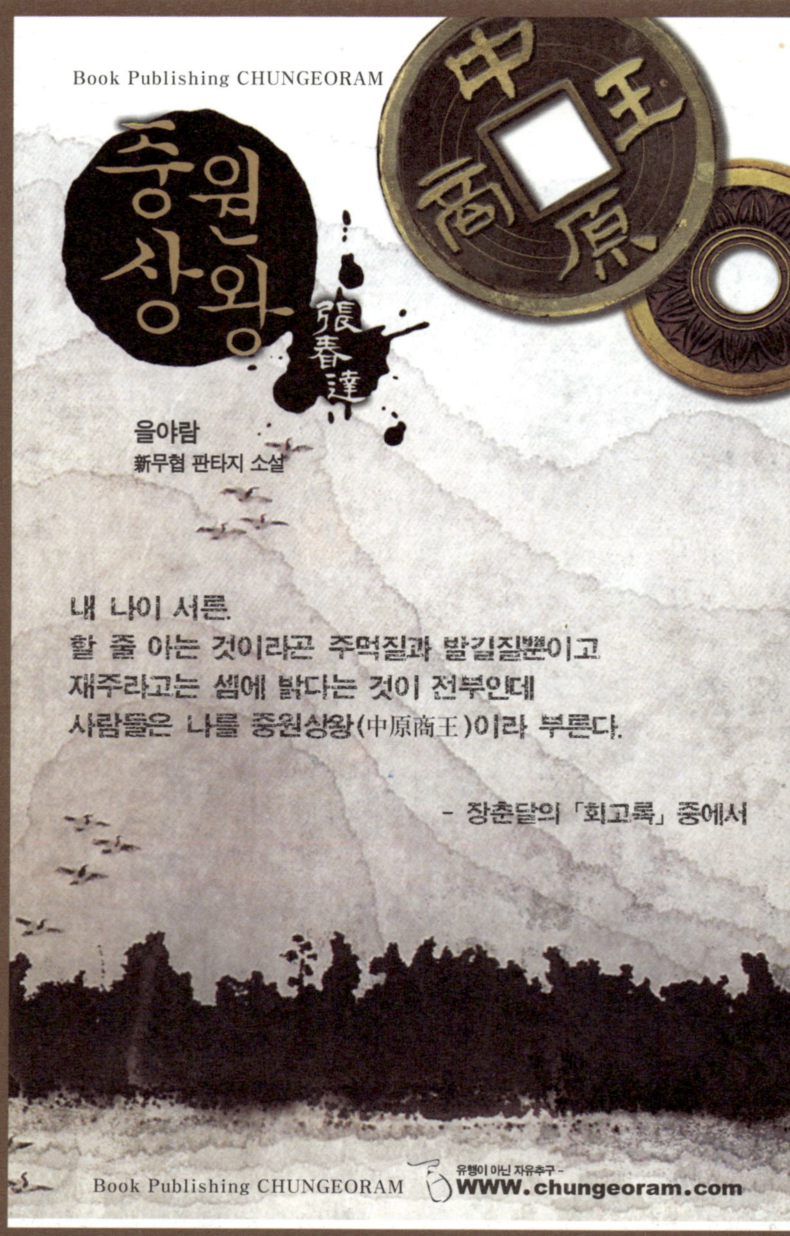

Book Publishing CHUNGEORAM
中原商王
중원상왕
張春達
을야람
新무협 판타지 소설
내 나이 서른.
할 줄 아는 것이라곤 주먹질과 발길질뿐이고
재주라고는 셈에 밝다는 것이 전부인데
사람들은 나를 중원상왕(中原商王)이라 부른다.
- 장춘달의 「회고록」 중에서
Book Publishing CHUNGEORAM
유행이 아닌 자유추구 -
WWW.chungeoram.com

FANTASTIC ORIENTAL HEROES
허담 新무협 판타지 소설
화마경
火魔經
1
대호제(大虎帝)